U0606584

Sophia Loren
索菲娅·罗兰画传

Stefano Masi 斯特凡诺·马斯 著

黄凌霞 译

照片和研究资料：Enrico Lancia恩里科·朗西亚

从意大利语翻译成法语：Martine Capdevielle马尔蒂娜·卡普德维耶

作家出版社

Table 目录
des matières

1962年索菲娅·罗兰在德·西卡执导的《三艳嬉春》中的剧照。

La jeune fille 波佐利的小女孩
de Pozzuoli

索非娅是一个有着一双大眼睛的小女孩，她的眼睛就像波佐利的海的颜色一样深，这个地方在那不勒斯往北十几公里。这里的地面几乎每天都会颤动，有时是上升，有时是下沉，这都要看地壳中的岩浆心情怎么样。这是一个经受着苦难的折磨又隐藏了很多秘密的地方，这是一个迎接了多位罗马皇帝并被神仙造访的地方。我们会联想到柯梅的女先知和但丁笔下的阿维尼！就是在这个地方，离波佐利很近的阿维尼湖，《神曲》的作者建造了一道地狱之门。就是在这个城市，那不勒斯的领主圣·让维耶被斩首，他的几滴血被收集在一个瓶子里，成为了那不勒斯人民的一个圣物。他们想要获得神的启示的方法，带着点异教徒的色彩：根据血是否融化来揭示这座城市的人民会有财富还是灾难。那么神秘莫测、那么多传说、那么多历史的碎片和奇迹都镌刻在了这个小女孩的基因密码里，她的眼神非常深邃忧郁。

在冬天，当外面狂风呼号的时候，索非娅就能听到波浪拍打着礁石的声音。但是，她不是很喜欢大海。她和妈妈，还有外祖父母一起生活的房子外有一个小花园，她喜欢在这里和别的孩子玩耍：他们叫她"牙签"，因为她长得皮包骨头。在当时，还没有带脂肪的食品，也没有喝下午茶、吃点心的习惯。一个孩子很难会营养过剩。也有卖肉片的，但是只有有钱人家的孩子才能享用这种食物，而索非娅完全不属于这样的家庭！

在这一页上我们看到索非娅和她的母亲罗米尔达；下图是在波佐利市的苏尔法拉塔街5号的家里拍摄的。

索非娅并不是出生在波佐利。她的妈妈罗米尔达把她生在了墨索里尼统治下动荡的罗马，那里是意大利王国的首都，而意大利已经是墨索里尼幻想中的"帝国"，他当时正以这样的名义在索非娅出生的前一年发动了对埃塞俄比亚的侵略战争。

然而，为什么罗米尔达要到首都去谋生呢？这还要从头说起。罗米尔达·维拉尼一直以来的梦想就是想要成为一名演员。她曾在师范大学读书，钢琴弹得很好，同时舞也跳得很好。她觉得她不管怎么样都可以以此为生了！当她赢得了为挑选影星格丽泰·嘉宝的替身而组织的比赛的时候，她在舞台表演方面的雄心壮志受到了巨大的鼓舞。

格丽泰就是格丽泰。百里挑一！这对她来说就像是上天给她的一个旨意。但是，维拉尼小姐并没有运气去把握住这次赢得第一名的机会，到洛杉矶的米高梅公司参加《女神》的拍摄，饰演格丽泰的替身。罗米尔达当时还是未成年人，她的父母完全不愿意让她去加利福尼亚冒险。于是，好莱坞成了小女孩的幻想。

她从此就感到生命中最重要的机会和她擦肩而过。她的情绪非常低落，又回到了平淡琐碎的日常生活中，每天独自一个人在海边散步，望着塞拉匹斯神庙的废墟发呆，因为在那里才能看到波佐利发生过的地震的痕迹。（海洋软体动物的侵蚀现象仍然可以从神庙的廊柱上看到印记，向人们展示了几个世纪以来这里的地面曾经好几次上升或者下沉。）

　　但是，当她长到了能自已独立做决定的年龄，罗米尔达又一次想要实现梦想，她充满自信地坐火车来到了罗马，这时候的意大利电影业已经进入了一个新的时期。她只在一个综艺演出公司谋到职位，这个公司要在阿德里亚诺剧院（罗马最大的剧院，最近被改建成了一个有很多放映厅的电影院）有演出，她像《克里斯蒂女王》中的嘉宝那样穿着打扮。下午，她就到罗马的大街上去溜达，穿着一件有长长的骆驼毛的大衣，她的样子非常像格丽泰·嘉宝。和她擦肩而过的人都回过头来看她，有些人甚至上前来索要签名。这是一种很可怜的自我安慰：她实际上既没有得到成功，也没有得到荣誉。而命运对她的补偿是让她认识了生命中的那个男人——里卡多·希科勒内，一个游手好闲且身无分文的男人。他在大街上碰到她，自我介绍跟好几个电影摄影棚的人都很熟悉。可以想象，在20世纪30年代中期贫穷的意大利，电影是一剂万灵药。在当时，人们都没有什么很现代的东西可以谈论；千万足球富翁还没有出现，彩票也没有。于是，所有的业余休息时间都被电影占据了，那是梦想和命运的十字路口。意大利电影城有着广阔的原野，在原野深处有几条古罗马引水渠的废墟，一群群的牛羊在那里安静地吃草，它们肯定想不到，在不久之后，这片原野的中央就会出现一些电影摄影棚。

　　罗米尔达的梦想和里卡多的追求最终的成果就是一个叫索非娅的女孩。

　　1934年9月20日，罗米尔达在雷日纳玛格丽塔医院的一间普通产房里分娩。这一年的夏天，罗马的天气像通常情况一样不冷不热。但是，里卡多又有了新欢，所以很快就溜走了。罗米尔达独自带着索非娅待在首都。里卡多坚决不愿迎娶这位未婚母亲，但还是去医院看了看索非娅，认下了他的这个女儿。于是，索非娅就跟着父亲姓希科勒内。

　　母亲带着女儿住在一家四个苏一晚的小旅店里。但是低廉的房租对于罗米尔达的钱包来说仍然是太高了，她不得不每天都出去找工作。小索非娅被托付给了小旅店的女老板照顾，女老板很为这个年轻女房客的前途担忧，几次劝她把索非娅送人。

波佐利来的贫穷的"格丽泰·嘉宝"奶水不够，她的孩子瘦得吓人。有一天，女老板给她喂了点扁豆西红柿汤，她差点就死了。她当时才只有不到两个月大，她稚嫩的肠胃根本没有办法消化这种食物。这些食物淤积在肠道里。索非娅日渐衰竭。天知道里卡多躲到哪里去了。一个好心的医生告诉罗米尔达，孩子需要喝母乳，而且需要更好的照顾，还需要更暖和一点的环境。否则，她就活不了多久了。这一切发生在11月：罗马的冬天很寒冷。唯一的办法就是回南部的波佐利——罗米尔达的父母家过冬。

在一幢位于苏尔法拉塔街5号的红色小房子里，这位流落的母亲受到了热情的欢迎。然而，一颗麦芽糖还没来得及在嘴里溶化，对女儿放荡行为的咒骂就接踵而至，就像那些挂在这个新家的圣诞树上的麦芽糖。

圣路易降临了。小索非娅最后终于有了一个真正的家。当然这个家并不富裕，但是两个"罗马来的女人"过着懒散的生活。祖父多米尼科是安萨尔多弹药工厂的车间主任，他的薪水足以保证维拉尼家的人的日常生活。而且，他们家所有的孩子都有工作：基多是会计，马里奥是木匠，多拉是速记员。而索非娅每天都会吃到一个新鲜的鸡蛋，是邻居大叔养的鸡下的。她妈妈也开始工作了：她教钢琴课，同时也在饭店的大堂里弹琴，甚至到那不勒斯去工作过，从来没有觉得那不勒斯离波佐利那么近。

当罗米尔达在外面工作的时候，索非娅就和外祖母路易莎待在一起。在家里，没有人叫她索非娅，因为这个名字和逃跑的里卡多·希科勒内的母亲的名字一样："莱拉"是所有人都接受的名字。小女孩整天都待在厨房里，这里是整个房子的心脏，在所有母亲主内的家庭里都是这样。从厨房的窗户望出去，能看到波佐利的古罗马斗兽场的废墟。在这幢房子的另外一边，朝北的方向，有一个漂亮的大阳台，面朝着波佐利海湾：如果天气晴朗，在远方的地平线上能看到伊斯基亚和普罗奇达两个小岛的影子。维拉尼家的房子阳光充足，非常舒适，即使它对于这样一个不断壮大的家族显得稍微有点拥挤。在这所房子里，大家过着宁静安逸的生活，就像意大利内地的众多工人家庭过的生活一样。午饭是随意吃的浓汤和面包；晚上是传统的馅饼；星期天，如果一切正常的话，吃浓味蔬菜炖肉，总之，是典型的地中海式的饮食！

里卡多·希科勒内很少来看她们。于是，小索非娅就把外祖父多米尼科看成是自己真正的父亲。罗米尔达继续长期抱有一个幻想就是说服里卡多·希科勒内娶她。当他不再拒绝的时候，她就自己跑到罗马去。经过几次这样的来回，她又怀孕了：未婚母亲再次在维拉尼家生了另一个小女孩，但是玛丽娅的出生并没有使里卡多回心转意。

随着她的妹妹的到来，索非娅不能再跟妈妈睡一个床了，她睡到外祖父的床上，那里还有她的姨妈多拉。那张床非常拥挤，幸好，如果可以这样说的话，索非娅很瘦，她的小学同学都不忘记提醒她这一点。她在卡洛·玛丽娅·罗西尼学院上小学。在学校里，她总是表现得很守纪律、严肃认真、沉默寡言，最让她感到耻辱的是她没有"真正的"爸爸。她很清楚外祖父多米尼科不是她真正的爸爸。她的同学们也知道。

有一天，这时索非娅已经五岁了，里卡多·希科勒内带着一辆小脚踏车到了维拉尼家。这辆车是蓝色的，在它的前轮罩上写着索非娅的小名"莱拉"。罗米尔达向她解释，这位看起来很体面的先生，朝她拘谨地微笑着的先生就是她真正的父亲。但是，小女孩拒绝叫他"爸爸"，尽管他给她带来了这么贵重的一个礼物，她对他仍然不太友好。

和所有的孩子一样，索非娅的想象力很丰富。她常常和妹妹一起玩演戏的游

索非娅当时常常喜欢在波佐利破旧的罗马斗兽场的小花园里玩。

戏，用纸做成各种服装。这些即兴作品总是在厨房里完成，这里是外祖母路易莎的王国，每次她都尽力帮助两个小女孩完成她们的服装制作。

接下来，第二次世界大战爆发，这听起来好像是一个很遥远的事情，战争对他们来说还是一个没有任何含义的词语。但是，随着一个星期、一个月的过去，战争变成了一个具体的事情，战争带来了定量供应、宵禁、在食品商店门前排成的长队、黑市和饥饿。但是这些还不是战争的直接后果，悲剧的影响到处都有。直到有一天轰炸开始：战争打到了波佐利。

炸弹在防空警笛的啸叫声中垂直落到地上，很危险：它们随时都会降临，白天……还有晚上。为了能在一个安全的地方睡觉，波佐利的居民们晚上都到柯梅的火车隧道里去睡觉。在那里度过的夜晚很短暂，因为凌晨的四点十分，第一列火车就会从这里通过，那时就需要飞快地让出铁轨。而这时的早晨非常寒冷。索非娅和妹妹甚至都没有御寒的大衣穿。有一天罗米尔达决定牺牲掉罗马的美好回忆，她拿起剪刀把她那件长骆驼毛的大衣改成了两件小的大衣给她的两个女儿。

索非娅还记得有几次当她们早晨离开隧道的时候，她妈妈把她带到了田野里的一条小路上，这条路很崎岖但能一直通到波佐利的高处。在那里的火山岩石中有一些小山洞，其中的一个山洞里坐着一个牧羊人，被山羊包围着，面前生了一堆柴火。这个牧羊人是马里奥舅舅的好朋友，这时他就会给他的一只山羊挤奶，然后给小索非娅一杯温热的奶喝。

这顿美味而营养的早餐能止住饥饿带来的痛苦。在维拉尼家，吃得越来越少。再也不能指望马里奥舅舅和基多舅舅的工资了，他们为了逃避纳粹的逮捕，已经辞去工作，躲到了乡下。德国人征用了所有壮年的男人，投入他们巨大的战争工业中。但是为了纳粹帝国而到德国去工作并不是意大利人愿意做的事情。

美国的轰炸越来越密集。1943年夏天，波佐利的所有居民都举家搬迁，离开了这里，到那不勒斯去生活。这一次坐火车搬家，让维拉尼家族可能很难再团聚了：躲藏在外面的舅舅们也回来一起走。火车极端拥挤。维拉尼家的人所在的车厢都是宗教人士。在半路上，火车突然停住了：纳粹拦下了火车要进行搜查。马里奥舅舅和基多舅舅认为他们会被抓走。因为没有任何可能让他们逃脱。士兵挨着每个车厢仔细地搜查。他们已经逮捕了很多人。当他们到了索非娅和她的家人待的那个车厢时，他们没有看到任何可以逮捕的对象：马里奥舅舅和基多舅舅早就不见了踪影。德国士兵没有想到两姐妹那宽大的裙子，略微有些臃肿：很显然，那里是两个舅舅最完美的避难所！

幸好，维拉尼家在那不勒斯有亲戚。马蒂娅女士是外祖母路易莎的表妹。马蒂娅家的人并不是很欢迎这些远方来的亲戚，但他们也没有让这些亲戚吃闭门羹！

索非娅是第一次去那不勒斯。在她刚来到这座大城市的头五个月中，她几乎都没有出过门。维拉尼家的人害怕如果他们一起都出门的话，马蒂娅家的人就会趁机关上门不让他们再进来。罗米尔达和她的两个女儿住在一间带阳台的小房间里，索非娅和妹妹就从那里观察世界。

在那不勒斯，他们的生活条件比在波佐利还要差。这里没有母鸡，所以没有鸡蛋吃！没有山羊，所以没有奶喝！索非娅自问，这就是大城市吗？甚至连饮用水都很紧张。每个人都在尽力接雨水来喝。马蒂娅家的人虽然有点储备，但却从来不拿出来和他们觉得很讨厌的客人分享。索非娅还是很瘦。更糟的是，她妹妹玛丽娅先得了麻疹，后来又得了斑疹伤寒。大家吃得很少。在最难过的时候，罗米尔达只好上街去乞求别人给她的孩子们一块面包。路过的行人表现得比那些表亲还要慷慨。

1944年那不勒斯解放了，南尼·洛伊据此在他上世纪60年代初拍摄了有名的

初领圣体

电影《四天》中的人民起义。索非娅第一次看到苏格兰士兵长满汗毛的长腿从他们穿的格子短裙里露出来时，她大笑不止。盟军顺着托莱多大街在游行，向人群致意。这条街上的那不勒斯最有名的蛋糕店潘多罗已经开始卖最有特色的酥皮点心（分很多层，里面夹有蜂蜜和果酱做成的馅）。这条街我们实在不知道应该怎么叫它，它有时候叫罗马大街，有时候叫托莱多大街，它的名字总是随着政治运动和这个城市给中央政府的感觉在不停地变化。

随着美英盟军的到来，那不勒斯人首先为之欢呼的是他们带来的食物，成吨成吨的，有食品罐头、咖啡、奶粉、口香糖，还有最重要的是巧克力。

索非娅和她的家人不久之后回到了波佐利。苏尔法拉塔街5号那座小小的玫瑰红色的房子被炸弹损坏了，但它仍然没有倒下，这就已经让人很高兴了。战争结束了。这种苦难的回忆在索非娅的心里刻下了深深的痕迹。她的下巴底下还留下了一道疤痕，就是在有一次飞奔向柯梅的火车隧道时摔倒在地，被石头划破的。

战争结束了，但带给人们的苦难还在持续。肚子常常被饥饿折磨。找一份工作可不是容易的事。罗米尔达又开始教钢琴，到饭店里去演奏：她在波佐利为那些出钱请她弹奏的客人弹钢琴。有时，稚气未脱的索非娅也跟她一起，在旁边伴唱。她没有丢掉学业。她爸爸里卡多·希科勒内此时已经娶了一个年轻的米兰女孩，在她爸爸的要求下，索非娅进入了一所师范学院，她想要做一名优秀的小学老师。

好莱坞的电影在大银幕上消失了好几年之后，又重新登陆了意大利，同时到来的还有食品罐头、巧克力和美国其他的小礼物。索非娅习惯去看电影，在当时，电影票价非常低廉。如果她喜欢一部电影，她就会看第二遍，还会看第三遍、第四遍，直到电影院关门。一直陪着她的姨妈多拉就不得不忍受反复看两到三遍同一部电影。外祖父多米尼科很反对她的这种爱好，因为这使她很少待在家里，并且疏远了学业。但是，年轻的索非娅强烈地爱上了贝蒂·格拉布尔、珍姬·罗杰斯、弗雷德·阿斯泰尔、琳达·达内尔、泰隆·鲍华、卡里·格兰特，尤其是丽塔·海华斯。在见了吉尔达之后，她就开始把头发梳成这个美国演员的样式。不久之后，她又模仿维罗尼卡·莱克把头发弄卷。她不再是个孩子。家里人很快就意识到了这一点。在1947年4月，索非娅的小学体育老师为她的美貌所吸引，正式向她求婚。他真是太疯狂了！索非娅当时还不满十三岁！而且她一点也不喜欢体育。路过的人开始在和她擦肩而过之后还回头去看她。索非娅感觉到了越来越多的毫不掩饰的火辣辣的目光。她此时也开始了初恋，和一个叫毛里齐奥的男孩。这段恋情并不认真，至多有几次偷吻。

《恶丈夫的六个妻子》剧照

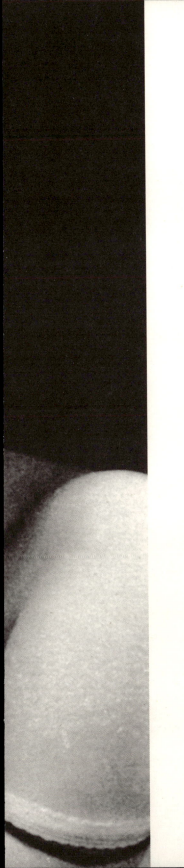

De la princesse 从公主到小天后
à la petite reine

在世界各地和各种各样的文化中，都通行着一种贫困法则：人们越穷就越想去参加竞赛和博彩，当肚子已经吃饱，钱包也鼓了，还需要幸运女神做什么呢？在二战后的意大利，只有各式各样的竞赛、博彩和赌博。各种竞赛的评委们不停地组成，又不停地再组合。报纸上充满了诱人的广告：赢得大奖，带你去旅游……

在当时，好莱坞只不过是一个带有神奇含义的词语。从20世纪30年代中期开始，大部分意大利的杂志都在谈论好莱坞，竭尽所能地夸张好莱坞的一切。还有人编造了好莱坞影星们近乎荒谬的生活。不时地，会有一张影星的照片被刊登出来，然而对这张照片的描述却是想象出来的。几乎所有的报纸都假装在好莱坞有特派记者，笔名一看就是编造出来的美国人名，有太多的"K"和"Y"。那不勒斯作家朱塞佩·马罗塔的谋生之道就是长期扮演《电影画报》周刊在好莱坞的特派记者。同样的事也发生在塞萨·扎瓦蒂尼的身上，他为自己的文章署的笔名是凯泽·扎或者是另外的四五个名字。

索非娅只看到了好莱坞电影梦幻般的世界，她非常向往。最让她着迷的是这种神秘而又光荣的表演艺术，饰演一个人物，爱着她的爱，忧着她的忧，表达着她的情感。在不知不觉中，她这时开始做和她母亲当年同样的梦。

索非娅的职业生涯的起点正好是她母亲过早中断的梦想的终点：一场竞赛。

那是在1949年9月。索非娅当时已经以美貌在她住的街区远近闻名。这时，一个邻居告诉了维拉尼家的人一个消息，城市日报组织了一次大型的选美活动，选出一名"海洋女王"和十二名"公主"。罗米尔达和这个邻居都觉得：这一桂冠非索非娅莫属。然而，其他家庭成员却坚决反对让这个年轻女孩走上艺术道路：罗米尔达从前的追梦生活让他们吃尽了苦头，他们现在还记忆犹新。

索非娅是一个腼腆的女孩。她很害怕在评委面前展示自己。罗米尔达最终说服了她，当然还有家庭里的其他成员。

但是，太多的细节都与她的愿望相违背。第一个问题就是参赛选手有年龄要求，而索非娅太小了。在这一点上，罗米尔达觉得她的女儿看起来比实际年龄要大，不管怎么说，她已经十五岁了！而且，谁会在意她是否满足这样一个条件呢？另外一个问题就是，索非娅没有一件正式的晚礼服。外祖母路易莎是一位巧手裁缝。现在唯一缺少的就是布料。罗米尔达的眼光又盯在了客厅里的玫瑰红色的窗帘上……

1949年9月15日的午饭时分，罗米尔达和索非娅踏上了一列火车的三等车厢，这列火车将把她们带到那不勒斯。因为现在不是狂欢节，上百个挤满车厢的每天乘车上下班的工人不明白为什么这个小女孩要穿成这样。在像糖果一样的玫瑰红的晚礼服下面，索非娅穿着一双皮鞋，那是她唯一的皮鞋，本来是黑色的。

但是，黑色的皮鞋与玫瑰红的裙子不能搭配，所以她母亲把鞋子染成了白色。

选美大赛在媒体中心举办，这是城里最高级的场所。她们步行前往，在午后的太阳下走了很长的一段路，从蒙迪辛度一直走到普雷比席特广场，途中经过平托罗、卡弗里谢和甘布霖努斯，一直沿着罗马大街走，哦，对不起说错了，是托莱多大街!

有几百位那不勒斯少女在她们的母亲的陪伴下，急匆匆地汇聚到这个剧院的大厅里，索非娅的心跳得很厉害，但是，当轮到她上场时，她出现在评委们审视的眼光面前时，她的恐惧就出人意料地全都消失了。

当天晚上，大家都等得疲惫不堪的时候，评委们总算宣布了评选结果。索非娅没有得到"海洋女王"的称号，但她跻身那十二位公主之列，获得了安慰性的奖励：一桌够十二个人享用的饭菜、二十八卷墙纸、一块漂亮的衣料、一张去罗马的火车票和两万五千里拉（约合八十法郎）。这笔在今天看来微不足道的奖金，相当于外祖父多米尼科辛勤劳动两到三个月的工资。因此，当索非娅回到家里，小公主立刻得到了全家的尊重。

第二天，她参加了为选出的新秀们举行的庆祝游行，她的照片随即出现在了《城市日报》上。荣耀仿佛来得毫不费力。

不久以后，又一次幸运的机会降临了。索非娅和罗米尔达加入了在那不勒斯拍摄的《海上心》的外景戏的导演乔治·比恩克的队伍。通过母亲巧妙的引荐，索非娅立刻就被导演看中并演出剧中的一个小角色：她饰演有名的康斯坦茨的妹妹，后来编剧凯撒·帕维泽安排她死去，她在剧中要笔直地坐在女主角的对面，和大家一起吃饭，当时女主角是美国影星多丽丝·道林。

"我当时一动不动，一言不发，我的脸上完全没有表情。"索非娅后来回忆说。《海上心》在意大利电影界不算是一部很重要的影片，评论界的态度不冷不热。吉安·路易吉·隆迪是大胆地为这部电影叫好的人之一。"非比寻常，另辟蹊径，这部电影冲破了所有的教条，让银幕为之一亮……"他在1950年11月5日的《时间》日报的专栏中写道："故事中夹杂着幽默和真挚的热情，大胆的讽刺

和孩子般的天真，有时会引起观众最真诚的大笑。导演娴熟的手法，让每位演员的表演都无拘无束，游刃有余。"隆迪肯定不会想到，在这部小制作电影中的才华横溢的演员队伍里会有一位将捧得奥斯卡的小金人。

罗米尔达·维拉尼夫人对自己女儿的天赋深信不疑，于是送她去读一所戏剧表演学校。这所学校由一位正走下坡路的演员皮耶托·塞尔佩执教，收费不高，但他是演默剧出身的。索非娅在这里主要学习"脸部的表情"，怎么用嘴唇的开合和挤眉弄眼来表现高兴、惊奇和害怕。虽然这些都没有什么用处，但就是这位皮耶托·塞尔佩给索非娅指明了今后的发展之路：她应该去"意大利电影城"！一位美国大导演组织了一次几千人参加的选角活动，他准备拍摄一部大型古装戏，名字叫《暴君焚城录》。这将是索非娅第一次与电影结缘。

当罗米尔达知道这件事以后，她立刻着手准备这次出行。她不顾家里人的反对，决定让索非娅放弃师范学院的学习，去罗马碰碰运气。难道这不是一个最佳的使用"海洋公主"奖励的去罗马的火车票的方法吗？她将一直陪着女儿去闯荡，不会抛下女儿不管。罗米尔达此时已经很难忍受波佐利乏味的乡村生活，重返罗马也是她梦寐以求的事情。而且，里卡多也在那座城市。

里卡多这时已经与年轻的内拉·里沃尔塔结婚，对罗米尔达母女俩并没有敞开欢迎的怀抱。当然，他认为小索非娅到电影界闯荡是一个疯狂的想法，简直无法理喻。但是，不管怎么样，她们都有权做她们想做的一切！无论如何，他都不会再在她们身上浪费时间，也不会出钱帮助她们。他甚至对她们的态度变得十分冷淡。

幸好，罗米尔达在罗马还有一个远房亲戚。亲戚们看到她们并没有表现出特别开心，但他们也没有拒绝给母女俩提供一张过夜的床。当罗米尔达跟他们解释，她想一直留在罗马为索菲娅在电影界的发展寻求机会时，他们暗示说给她们提供的床只能让她们住一个星期。

索菲娅和罗米尔达就睡在客厅的长沙发上。每天晚上，她们都要等所有的家庭成员都睡了之后，她们才能躺下。早上，她们又要很早起床，把一切都收拾整齐，尽快把她们的卧室又恢复成客厅的样子。她们尽量不打扰主人家的私生活。而主人们则毫不掩饰她们的到来给自己增添了不少麻烦。头一个星期很快过去，她们被迫同意交很少的一部分钱，继续租住在这里，成为亲戚家的房客。

在当时，她们要想尽一切办法才可以参加《暴君焚城录》的拍摄。这部大制作的电影，成本在几百万法郎，给意大利人创造了很多就业机会。每天，几百名试镜的演员都拥向"意大利电影城"的大门。他们中的大部分人并未抱着成名的梦想，他们都是各个年龄段失业的人，身无分文、生活困苦，想得到几里拉的零钱去填饱肚子。一天早上，索菲娅和罗米尔达就出现在这群吵吵嚷嚷的人群里。

招募演员的工作人员先对大门外众多的试镜的人进行一次初选。被选中的人才可以踏进"意大利电影城"神秘的大门。索菲娅和罗米尔达在经过第一次的初选后，进入了第二轮的面试，这次她们站在和她们同样幸运的一堆人中间。这次是电影导演茂文·勒鲁瓦亲自面试他们。他的四周围着一帮助理和对他的每一句话都赞同附和的人。他在试镜的人中选择那些看上去比较有意思的面孔。而且和他们进行简单的英语问答。长相不错的人很多，但没有一个人会说一个英语词。罗米尔达来之前就对索菲娅讲过，如果他们用英语和她说话，她不要不理睬：只要每次都回答"yes"（是）就行。罗米尔达肯定是在意大利解放的时候从美国士兵那里学到这个词语的。茂文·勒鲁瓦停在了索菲娅面前，礼节性地问了一句：

《海上心》。索非娅坐在右边后面的那张桌子旁。
照片来自杂志《罗马电影》，出版于20世纪50年代，将当时的一
些电影改编成图片小说刊出。

"你会说英语吗？"刚开始，罗米尔达的建议还很有效，但是没过多久，茂文·勒鲁瓦就明白了这个女孩只会用英语说"是"。

索非娅在电影里没有一句对白，但她仍然和她的妈妈一起参加了几天电影拍摄，得到了五万里拉的报酬，这是她入选"海洋公主"奖金的两倍。她参加演出了各种各样的群众戏，在电影里能看到她的脸：她站在那些为凯旋的战士欢呼鼓掌的人群中的最前面一排。我们能在移动的拍摄镜头中最先看到她：她给英勇的马尔科·维尼乔献上鲜花。她的嘴现出一个大大的微笑，在被拍摄的人群中特别抢眼……就像在说：你们看到我了吗？我在这里！

然而，这部讲述古罗马故事的电影《暴君焚城录》却意想不到地给索非娅带来一件让她不愉快的事情。在每天工作结束领工资的时候，会计会叫每个群众演员的名字。当有会计叫到"希科勒内"的名字时，另一个女人，不是索非娅，自称她就是这位希科勒内，并且很肯定地说自己是唯一一位真正叫希科勒内的人，这个女人不是别人，就是里卡多·希科勒内的妻子，那个最终和他结婚的女人。很有可能是里卡多告诉她，罗米尔达和索非娅在罗马拍摄《暴君焚城录》，她于是对索非娅充满敌意，在她看来，索非娅没有权利姓希科勒内。意大利电影城发生的这件事让可怜地乞求在电影中出现一个短暂镜头的母女非常生气。但索非娅像一尊大理石像一样一言不发——这是她第一次也是最后一次见到这个女人。

勒鲁瓦的电影受到媒体的大肆吹捧。因为这是一条朝早已饥渴难耐的意大利电影城流来的美元之河。人们从来没有在一部电影里看到那么多演员——群众演员就有几千名，也没有见过在一部电影里有那么多的道具：骑兵、凶猛的野兽、

四匹马拉的战车、杂技演员、两匹马拉的战车，还在银幕上展现了一个巨大雄伟的罗马城，有神庙，有广场，有餐厅（餐厅里的餐桌三面都设有斜榻），还有雕塑，金碧辉煌，就像在这座城市做了一次旅行。还有人将茂文·勒鲁瓦的这部电影比做塞西尔·B.戴米尔的那部家喻户晓的巨制。当然，还没有人注意到那位古代的罗马姑娘带着迷人的微笑，为凯旋的马尔科·维尼乔的将士们献花。

索非娅第一次与意大利电影城接触就取得了不小收获。但困难接踵而来。参加演出《暴君焚城录》的机会也不是天天都有，要想得到另外的演出机会得付出努力。母女俩开始挨家挨户敲开罗马的电影制作公司的大门：在接待室里苦等，毫无希望的面试，太多的承诺，太多的失望，很少——应该说是极少——有机会出镜。她在拉图达和费里尼电影公司拍摄的电影《卖艺春秋》中短暂地亮相，扮演一个上了杂志的舞蹈演员。在最近的一次电影节目访谈中，阿贝托·拉图达回忆说他在拍摄这部戏时注意到了索非娅，当她从布景楼梯上走下来时，她有一种特别的吸引力。这部电影讲述了几位三流演员的生活，他们没有钱，受着生活的折磨，正是索非娅在上世纪50年代艰辛生活的写照。她在意大利电影界的重重黑幕中追求属于自己的财富和荣誉。

她随后又在马里奥·伯纳德的电影《许愿》中出演了一个角色。马里奥·伯纳德是上世纪30年代众多导演中的一位，他经历了二战的战乱。在这部影片中，索非娅饰演在皮缔古萝嗒圣母节上的一个年轻女孩，这一幕是——应该肯定是——电影中最美好的场景之一：阿图罗·拉诺奇塔也这样觉得，他在《晚邮报》上的专栏作影评时这样说，这是对索非娅的第一次评论，他还为这部影片写了一篇文章，赞扬当地的风俗。

上世纪50年代的索非娅只能在一群演员中露个脸，在神奇的摄影机面前她的脸上充满失望和焦急。但她的演艺道路还很长。她每次在电影里短暂的露面都够她在罗马维持基本的生活。每部影片她只能拿到一万到一万五千里拉的片酬。这并不是一笔小数目，但她离成功还很远，可以说还有几百万光年的距离。

在由卡洛·卢多维科·布拉加利亚执导的《恶丈夫的六个妻子》中，年轻的索

非娅饰演被怪兽掳走的女孩中的一位，女孩们被怪兽囚禁在城堡的地下宫殿里。这部戏的主角名叫尼克·卡特，由托托扮演，他是意大利最有名的演员之一，在影片中，他把索非娅从怪兽手中营救出来。当时托托每年都要拍六七部影片。他每年都能用这些成本极低、拍摄方式简单的影片赚回几十万里拉。

另一部让索非娅偷偷露脸的是有托托参与的影片名叫《托托泰山》，是由马里奥·马托里执导的。在影片中，索非娅饰演对"托托泰山"狂热迷恋的一个女孩。这是一部滑稽的讽刺戏，充满了影射和暗示，只有意大利人才能看明白。这部戏是为了嘲弄约翰尼·魏斯穆勒扮演的最有名的大银幕形象"泰山"。约翰尼·魏斯穆勒是美国宾夕法尼亚州的游泳运动员，曾经五次得到奥运金牌。他的电影在被战争中断了几年之后，又被重新搬上了意大利的银幕。

索非娅的母亲对自己的女儿寄予厚望，但是谁能给女儿一个真正的电影角色呢？在当时，她只能在一些小成本的电影里出现。下一部电影是《回到班奇市》，由乔治·卡洛·斯蒙利执导。在该片中，索非娅扮演一个打字员，她在雷纳托·拉谢尔的示意下打出了宣战书，而雷纳托·拉谢尔并不情愿地去镇压这场发生在南美洲某个假想出来的国家的解放运动。这种电影在意大利各大日报的电影评论员看来是不屑一顾的，都是他们的助手或合作者对这类电影写点文章。当然，不会有人注意到雷纳托·拉谢尔的秘书，包括雷纳托·拉谢尔自己都不曾料到她将有一个美好的前程。"在当时，"这位意大利演员回忆说，"索非娅已经具有了电影明星的风采。她很有天分。这是一个勤奋的女孩，她的目标很远大。我们后来会看到她最终实现了宏伟的目标。"

图片小说《我不能爱你》中一场艰难的爱情。

L'eterna canzone del mare, il respiro infinito delle onde e del cielo, ancora una volta accompagnano il miracolo dell'amore. (Foto Latanza)

SOFIA LAZZARO e CORRADO ALBA in una scena di "Non posso amarti"

14 gennaio 1951 e Spediz. in abbonam. postale - Gruppo II

Vive le cinéma 图片电影万岁!
de papier!

索非娅随后的生活被从波佐利传来的一个坏消息打乱：她的妹妹玛丽娅生病了，需要她的母亲回去照料。罗米尔达依依不舍地把她的大女儿留在了亲戚家，但她答应女儿她会很快赶回来的，尽自己最大的力量帮助女儿登上第七类艺术的奥林匹亚山巅。

当时索非娅在电影里没什么表现机会。但她最终在图片小说里当上了主角。

经过上世纪30年代末的一段酝酿期之后，当电影类杂志比如《影视详解》和《影视解析》真正将电影技巧和纸上电影结合起来时，意大利人民表现出对图片小说的巨大热情：这些夸张的故事情节首先俘获了女性观众的心，她们对此十分热衷。这些纸上电影的观众文化层次不高，识字不多，他们很容易被简化的曲折的故事情节所感染。观众群的数量巨大，他们大多是在上世纪30年代法西斯的统治下没有上过学的人。

图片小说分集刊登在周刊上，比如《大饭店》《梦》《博雷罗电影》等都是意大利最有名的周刊，有时，图片小说也汇集成册出版。这个拥有广大读者群的巨大市场由一小撮编剧统领，他们挣了几百万里拉。这种系列剧最开始就是由一个编剧将文字和图片串联起来，这是一种给穷人看的电影。

环球出版社在1946年6月26日向所有的报亭投放了《大饭店》。一个月之后，这上面刊登的电影《派萨》获得了威尼斯电影节的大奖。1947年5月25日意

大利的出版巨头蒙达多利出版社也加入了市场竞争中，出版了《博雷罗电影》，其中"图片小说"这一用语正式登堂入室。几个星期以前，1947年5月8日，诺维希玛出版社推出了《梦》杂志，此后不久，这家出版社就被另一个出版巨头里佐利兼并。

图片小说开创了一个崭新的世界，它有自己的演员、自己的电影主角、自己的导演、自己的特殊的表现手法。但它仍然保持了和当时的电影里的对白和神话故事相似的一些重要特征，在意大利掀起了一股反对上世纪20年代的法西斯拍摄的电影中制定的条条框框的运动。于是，就像罗贝托·罗塞利尼、德·西卡、扎瓦蒂尼、卡斯特纳利等导演的电影一样，上世纪40年代末的图片小说也在积极地寻找新的面孔、新的面貌、新的动力。发行量很大的刊登图片小说的杂志《博雷罗电影》将中间的一部分版面用来举办一个"长期的竞赛"，希望能发掘到一些新面孔：杂志社承诺给他们的忠实读者一个机会去饰演他们刊登的图片小说中的一个戏份儿不少的角色。谁知道这个承诺有没有兑现……

在那个时期的新一代导演们也表现出了很强烈的愿望，将一些大街上撞见的新人和新面孔推上大银幕。我们后来看到吕西诺·维斯孔蒂就在他执导的《美丽》中抨击了这样的潮流。但是电影制作者遇到的最大难题就是必须要请更多的临时演员，他们要有一张能上镜的脸，但不需要他们说对白。

新一代导演的工作就围绕着在街上拍摄新面孔展开。从这一点出发，图片小说有着很大的制作空间，因为拍摄的那些"新面孔"不需要念对白。阿贝托·索迪正是利用了这些面孔和一些对话来创作了他的电影《心灵邮件》，这部电影在东方的氛围和特别平凡的现实中间摇摆。

索非娅的美貌带着一点野性，说话也有很浓的那不勒斯口音，她也许不太适合出演上世纪50年代初的电影。但这些特点并不影响她拍摄图片小说，因为在照片中人物的对话都是通过一些对话框或者直接写在画面上的。索非娅开始的时候都是作为背景出现几个画面，看起来像一个茨冈人或者打扮成一个迷人的阿拉伯女孩，因为她的加入，影片生色不少，她是典型的地中海美女。于是，她开始得到了真正的角色，她的名字也出现在了演职员名单中。

但是，一个女演员不能叫希科勒内，即便是在图片小说中！1950年12月2日出版的《梦》周刊以她作为封面，她的名字是索非娅·拉扎罗。这是她第一次作为封面女郎，她看起来有点不怒而威，犀利的眼神，性感的双唇，高傲的神情。她漂亮的秀发在少许的逆光中闪着光芒，卷成大卷垂在肩上。在照片下面，可以看到一行字："激情四射的索非娅·拉扎罗和克拉多·阿尔巴一起演绎《我不能爱你》。"她第一次以她的新名字亮相：这是《梦》的主编和图片小说的导演斯特凡诺·雷达的发明，他是报刊界最有名的伯乐之一。

索非娅在《我不能爱你》中饰演的角色跟她的这张封面照非常贴合：一位名叫齐亚拉的充满激情的普通女孩，要为父亲报仇，她的父亲陷入了一个神秘的圈套中被谋杀了。但是，她却爱上了犯罪嫌疑人的儿子……最后，在挑起了乡下农场主家庭的父亲和儿子的矛盾之后（很像布努埃尔的电影《邪恶的苏珊娜》里的苏珊娜），齐亚拉恢复了平静。经过二十三集的故事，读者见证了爱情的胜利，就像所有的公式化的大团圆结局的爱情小说和好莱坞式的爱情故事一样最终有了一个完美结局。

索非娅出演第一部图片小说的时候才十六岁，但是变化很大。在某些照片中，她看起来好像表演得很笨拙，不像后来世界闻名的那位演员；她有时甚至不够优雅。但是，在很多其他的照片中，一个未来的演员具有的许多重要品质又已经显现出来，她那迷人的魅力，散发一种野性的气质和一种原始的力量。《梦》的编辑急忙在1951年1月7号出版的那一期杂志上用她的照片塑造了一个人物，第一次给读者一个传记性的故事。"索非娅的头发是褐色的，眼睛是绿色的，"

和克拉多·阿尔巴一起演绎《我不能爱你》。

一个不知名的传记作家写道，"她在《我不能爱你》中是长头发，但是，在私底下，她是潮流的拥护者，她剪的是短发。"

《梦》的读者知道一些索非娅私生活的细节，如同我们现在知道的这些，还了解了她是拉齐奥足球队的球迷，支持基诺·巴特利（著名自行车运动员冯斯托·科比的老对手）。她最喜欢的花是兰花。在所有的男演员中，她最喜欢格里高利·派克，尤其喜欢《海上心》里的男主角雅克·塞尔纳（这是索非娅·罗兰拍摄的第一部影片）。在这一点上，我们还发现了一个奇妙的巧合：在这部影片中，塞尔纳是里窝那海军学校的新生，而在《我不能爱你》中，索非娅正好爱上了一个这所学校的学生。

都是图片小说的编剧的功劳，导致所有人都会猜想索非娅肯定偏爱海军军官。实际上，图片小说一直在尝试作为一些大家已经看过的电影故事的续集，这样对情节的发展会有很多帮助，并且把演员的形象和大家心目中故事主角的形象相结合。

在《梦》杂志上的照片中，索非娅·拉扎罗第一次享受到了出名的滋味。杂志的读者们给她写信，有着人民大众的质朴的特征：有的想要她的签名照片，有的给她写情诗或者提建议，还有的向她求婚。她时常还会在杂志的读者来信专栏里，公开回答几封她的第一批崇拜者的信。这就是索非娅的回信之一（也许是别人帮她写的），她给雷焦卡拉布里亚的读者朱塞佩·蒙泰莱奥内回信："亲爱的朱塞佩，你的诗让我怎能不开心呢？但是我不得不告诉你一个不幸的消息，因为我和《梦》签的合同，我不能私自回信给我的仰慕者，所以我也不能给他们寄去我的照片。但是有我对你的友谊还不够吗？我的照片，你可以在《梦》杂志上找到很多。我知道你会把最美的照片都从杂志上剪下来，珍藏起来。如果你没有这么做，我肯定会很失望。"

另外的一些仰慕者想要向她求婚，下面就是一封索非娅给巴勒莫的读者伊尼亚齐奥·阿巴特的回信："相信我，亲爱的伊尼亚齐奥，你给我的宣言非常正式！……你真是太好了！但是我不能接受你通过信件来追求我。如果你有一天到了罗马，就来找我！但是，在我们之间……你不觉得你现在谈结婚还太年轻了点吗？"

索非娅最终有了她自己的形象、自己的面孔、自己的姓名和自己的特征。尤其是她有着开放的心态，任由别人去评说。她在电影上没有得到的，从图片小说的大批读者那里得到了。

多亏了这个新工作，索非娅每天可以挣到差不多一万里拉。虽然这个数目比她在电影里短暂地出镜得到的报酬要低，但是拍一部图片小说，她就可以连续工作十二到十五天。除了她在图片电影上取得的巨大成功之外，对她更加重要的是另外一件事：索非娅·拉扎罗正在建立起自己的拥护者，这就能让她一直都有工作做。1951年4月的《梦》上刊登了《我不能爱你》的最后一集。从5月起，在《影视解析》（属于同一个出版集团的另一本杂志，但是给她的角色戏份儿更多）上又出现了她的新片的新造型：《安拉的花园》是理查德·波列拉夫斯基执导的著名的同名影片的图片小说版，理查德·波列拉夫斯基的那部电影是在1936年拍摄的，由玛琳·黛德丽和查尔斯·波尔主演。索非娅在里面扮演蒂莉·洛施当时饰演的那个角色，也就是那个美丽的阿拉伯舞者伊雷妮，一个恶魔般的人物，拥有病态的毁灭性的爱情。

图片小说版的《安拉的花园》用自己的方式表现了一部小型的古代历史巨

《安拉的花园》

制。要想知道它是怎么拍摄的，只要想象一下费里尼拍摄《心灵邮件》的盛况就够了。这部图片小说的预算连经纪人的工资都考虑进去了，说明这部电影的制作时间会很长，过程很繁杂；这本书的发行量也比通常的图片小说要大很多；背景和服装也更加考究。索非娅的角色并不是主角。女主角实际上是一位金头发的欧洲美女多米纳·恩菲尔登，这个角色在波列拉夫斯基的电影里由黛德丽扮演；在朱利奥·邦吉尼执导的图片小说版中，这个角色由英格丽德·斯温森饰演，这是一个化名，躲在这个名字后面的是娇美的莱奥诺拉·鲁福（在一些探险电影中担任角色，主演了《萨巴皇后》，她在费里尼的电影《流浪汉》中也出现过）。

　　《安拉的花园》情节很曲折，主要就是讲述两个女人之间的敌对争斗，代表两种截然不同的女性美。她们争斗的目标就是一个禁欲的修士。莱奥诺拉·鲁福饰演的是善良天使，她是一个天真的女人，不知道她爱的男人犯下了原罪。索非娅饰演邪恶天使，她是一条蛇，把罪恶的苹果递给亚当吃。在这两个人物中，莱奥诺拉·鲁福饰演的那个角色比较平淡无奇。而索非娅的表演激情澎湃，性感撩人。她饰演的那个人物的阴暗面可能有点过分强调了。"啊，如果可以，我真想用我的双手把她的心掏出来！"她朝着她的对手怒吼。

　　索非娅塑造了一个非常丰满的角色。我们看到她在照片里跳肚皮舞，疯狂地想让她的爱人看她胸脯上的伤痕，并且热烈地拥抱了还俗的修士。她还不知道正

43

在《梦想的囚徒》中，索非娅越来越漂亮了。

SETTIMANALE DI FOTOROMANZI

Sogno

N. 31
LIRE 30

在《梦》的封面上，索非娅这次和歌唱家兼演员的阿希尔·托利亚尼合作，拍摄《落难公主》。

A volte una semplice e selvaggia fanciulla nata e cresciuta in un villaggio di pescatori sogna di incontrare un principe e di amarlo e di morire di amore per lui. A volte il sogno si trasforma in realtà e la realtà è più bella del sogno. Questo è accaduto a Michelle, l'ardente e primitiva Michelle, una delle più belle creature nate dalla fantasia di Luciano Paverelli, un personaggio nuovo ed umano, rivestito di una istintiva poesia, aspro e sensibile come le rocce che dalla costa brettone strapiombano sul mare

ACHILLE TOGLIANI e SOFIA LAZZARO
in una inquadratura di "PRINCIPESSA IN ESILIO"
(foto Lalanza)

5 agosto 1951 ● Spediz. in abbonam. postale ● Gruppo II

确的表演方法，但她已经学会掌控好每一张照片了。

在1951年的7月，当图片小说版《安拉的花园》已经连载到差不多第十集的时候，索非娅的第三部图片小说在《梦》上刊载了，名字叫《落难公主》，根据伦巴第作家卢恰纳·佩韦雷利的同名小说改编，他是意大利有名的靠创作公式化的大团圆结局的爱情小说成名的作家之一，他以前是图片小说的合作者，后来做了《影视解析》杂志的主编，是为图片小说编撰故事的先驱者。

《落难公主》的主题与前一个故事相比比较平庸：这部片子的成本不高，远没有《我不能爱你》中的乡村场景和《安拉的花园》里的撒哈拉装饰好看；但是在这部戏中，索非娅演一个"脾气古怪的女孩，有点野性，却很敏感"，这是人物介绍的文字这样说的。故事发生在法国，我们的小索非娅叫做米歇尔·迪马。当然她不是片名上讲的那个有着高贵身份的人：索非娅是农村的一个贫穷的女孩，她和逃亡的公主成了好朋友，爱上了出身高贵的罗若王子，可王子对她却比较冷淡疏远。米歇尔和罗若有了一段短暂的爱情故事，但是最终，王子选择了和他门当户对的婚姻。可怜的米歇尔只好自杀了。

索非娅在这部图片小说中就像一位从海水里诞生的仙女。米歇尔有着波浪般的卷发，美丽的手臂，有点冷艳的眼神，柔软的身体在薄纱下显出优美的曲线。也就是在这片海里，她最终自杀，为她的生命画上了一个句号。导演斯特凡诺·雷达将索非娅塑造成一个大自然的尤物，海的女儿，她既美丽绝伦又神采奕奕。她的爱情太强烈了，最终将她吞噬。这个角色比前几个都要浪漫，这样的角色就不适合有个完美的结局。在这第三部图片小说里，索非娅依旧是那么充满野性美，但有时又过于端庄。她有时会局限于一个姿势，在好几张照片中都是一个样子。她现在开始留意要展现她漂亮的一面，坚持要摄影师就拍摄这个角度。她的眼睛非常传神，就如同在《安拉的花园》中一样。

《落难公主》取得了巨大的成功。这次新的成功应该归功于斯特凡诺·雷达，是他创造了索非娅·拉扎罗。至于演罗若王子的演员，雷达请的是歌唱家阿希尔·托利亚尼。"当时的想法，"阿希尔·托利亚尼后来在接受温琴佐·莫尼

在图片小说《可爱的闯入者》中。

卡的采访时说，"就是要聚集三位处在不同的表演阶段的人：迪亚娜·瓦劳洛，图片小说的知名演员；我，大家在广播中已经对我比较熟悉，但是我只有出现声音，没有出现样子；而索非娅是一个在电影界刚开始起步的新人。这样的组合产生了很好的效果，这部图片小说像小面包一样畅销。"在当时，托利亚尼的名气已经超过了索非娅。在拍摄《落难公主》的时候，这位年轻的歌唱家一下子变得家喻户晓，成功摘得了圣雷默音乐节的大奖（意大利有名的国家音乐节），他演唱了两首歌——《银白色的月亮》和《无人的小夜曲》。

在拍摄这部图片小说的过程中，索非娅和托利亚尼成了好朋友。一年之后，在他们中间产生了没有公开的爱情。在《落难公主》出版刚一个月之后，《影视解析》又推出了《梦想的囚徒》，索非娅参演的第四部图片小说。这部连载故事的编剧是卡尔洛·马佐尼（也叫卡尔莱托，"小查理"），他非常喜欢《落难公主》的拍摄方法，而且是这本杂志的主编。我们还可以在1951年发行的电影《胆小的魔术师》中看到他，他饰演索非娅的丈夫。

在图片小说《梦想的囚徒》中，索非娅饰演的角色叫马洛娃，她是一位在马赛一间叫"灰猫"的小酒馆里唱歌的歌手，这里经常有水手和码头上的人光顾。她在上几部戏的角色中都不能穿现代的服装和异国风情的打扮，这一次她终于可以打扮得花枝招展，着一袭晚礼服，脖子上戴着两串珍珠项链。"马洛娃这个人物，"索非娅在给两位来自泰拉莫的仰慕者回信时说，"正好符合我自己的性格，我向你们坦白说，在我所有表演的图片小说的角色中，我最喜欢的就是《梦想的囚徒》中的这个角色。"她再一次演一个海边的女孩：马洛娃是一个法国女人，傲慢无礼，却有一定的品位。她穿着低胸的衣服，随意地露出肩膀，美得让人窒息，她一直想要打乱一位年轻帅气的海军上尉的家庭生活，却让所有无法拥有她的男人为她痴狂。在《梦想的囚徒》中，索非娅已经是一位光彩照人的美女，她表演娴熟，能掌控好自己的形象。她在前几次图片小说的拍摄中所表现出的不足和不完美，都已经成为遥远的回忆。这位波佐利来的野心勃勃的女孩最大的梦想就是有朝一日能成为电影明星。她给一个崇拜者——一个皮瑟大学工程学院的学生回信的时候这样写道："当你毕业的时候，如果那个时候我成了一个电影明星，我就让你帮我建造一幢漂亮的别墅，有网球场和蓝色的游泳池。你觉得怎么样？代我向琦琦、马里奥、塞尔吉奥和所有在信件的最后签名的人问好……而你，可惜得很，你躲在一个笔名后面。你的未婚妻是不是有时候会因为你喜欢索非娅·拉扎罗而吃醋？"从这里我们就可以看到，挑逗性的人物角色已经附在她的身上了。

随着《梦想的囚徒》的十二集的发表，索非娅·拉扎罗的人气又往上升了很多，这时《梦》又推出了《可爱的闯入者》，在这部图片小说中，索非娅的旁边出现了年轻的安东尼奥·奇法列罗，对于当时的读者来说，他的名字莫洛·韦拉尼更加有名。

这第五部图片小说，与前几部不同，是由一位女导演执导的（导演是埃莱娜·卡利），索非娅在戏中的角色名叫塔迪亚娜·奥索，她是一个"热情的女奴"，和马纽埃拉对着干，而马纽埃拉是一个天真无邪的女孩，一只待宰的羔羊。

这两个女孩都爱上了新来的医生，他是一个年轻帅气的小伙子，气质高贵。马纽埃拉嫁给了他，但是塔迪亚娜去勾引他，使他违背了职业良知和家庭的安宁祥和。最终，在毁掉了他之后，塔迪亚娜又离开了他。

饰演塔迪亚娜·奥索的索非娅在《可爱的闯入者》连载到第十六集之后，突然宣布离开纸上电影的舞台，好像塔迪亚娜·奥索在故意逃避她的责任。

"一切都结束了。你痛苦一段时间之后，你就会忘了我，就像所有自以为相爱的人一样。" 塔迪亚娜残忍地对绝望的爱人说。这也同样是索非娅对图片电影的告别，向成千上万的影迷的告别，他们把她的照片从报纸上剪下来珍藏，为她写诗，写求爱信，还以她不能接受的方式向她求婚。

《米兰大富翁》中，在蒂诺·斯科蒂等演职人员的名单中出现了索非娅，但她的时代还没有真正来临。

Une Miss 风光无限的小姐

en toutes saisons

据说，在上世纪50年代的意大利一个刚出道的电影女演员的生活是非常艰苦的。所有的一切都要去争取，因为在战后这个远离西方的角落里，演电影的机会非常少。意大利刚把年轻男子从海军中解放出来。意大利开始重新认识自己，发现了长期的友好相处带来的喜悦。接下来就是激烈的竞争：身材丰满的漂亮女孩多得不得了，有着坚定的自信心，重新找回了对美丽和幸福的渴望，新一代导演在不知不觉中渴望从街头招聘不知名的演员。需要拍摄多少张照片才能得到足够的钱去买一件新大衣或者买到一辆现代化的小轿车？索非娅不知疲倦地去——敲开各种大门，为了得到在她感兴趣或者不感兴趣的电影里短暂露面的机会，片酬也是有高有低，当她已经凭借《梦》和《影视解析》杂志上的图片小说得到成为一个半红不紫的明星的时候。但是她相信总有一天她能在电影的世界里实现她的目标。

在吉罗拉米、梅茨和马尔凯西执导的影片《米兰大富翁》中，她短暂地出镜。"她饰演一个蛋糕店里卖蛋糕的小姐，"导演马里洛·吉罗拉米回忆道，"所有的顾客都想追求她。她没有一句台词。她只是一个配角，但是她的表演已经很有激情，很坚决，有很强的感染力。"这部影片受到公众的喜爱，但也没有逃过评论界的眼睛，特别是蒂诺·斯科蒂幽默的评价。马尔切诺·马尔凯西在当时是意大利最有名的编剧。他擅长轻喜剧和音乐舞蹈剧。《米兰大富翁》是众多

模仿大制作影片的电影之一，它模仿的是爱
德华多·德·菲利波的《那波利大富翁》，
这部影片大约是一年之前上映的。这些制作
匆忙、技术简单的小成本影片的目的就是为
了利用大制作电影造成的广告效应来推广自
己的电影。但是在这个竞争激烈的市场上，
大批的演员成长起来了，赢得了名誉。他们
很幸运地在这样的小成本影片中继续演艺道
路，寻找机会去展示他们的真正才能。索非
娅在《米兰大富翁》中饰演了一个小角色。
没有人注意到她的存在。但是这一次至少她
的名字出现在了演职人员名单里。

　　万幸的是，这个时候索非娅的母亲带着
她的二女儿回到了罗马。于是，小家庭重新
建立起来。索非娅有了强有力的支持，决定
去碰碰运气，参加"亚得里亚海的美人鱼皇后"的选美比赛。残酷的竞争在切尔
维亚（亚得里亚海边的一座小城市）开始，这个城市真是一个举办选美比赛的好
地方。幸运的是，来去的车票都由组织者负担。

　　亚得里亚海对索非娅来说并不是一个很吉利的地方，她在切尔维亚平坦的海
滩上没有取得成功。但是，罗米尔达坚定的决心再一次帮了索非娅的忙。几天之
后，"意大利小姐"的选美比赛将在萨尔索马焦雷举行。在所有的选美比赛中，
这个比赛最为重要。评委都是由有名的报社记者、电影制片人和一些头面人物。
索非娅用她母亲的名字报名参加了比赛，没有得到任何赛制规定的奖励。但是她
留给评委们的印象非常好，他们为了不让她空手而归，给了她一个特别为她设置

的奖项——"高贵小姐"。

索非娅和卡洛·庞蒂是在另外一次选美比赛中认识的。据说他们是在罗马，一个九月的晚上，在科莱欧匹奥山脚下的一间有舞蹈演出的饭店，这个饭店的露天餐桌正对着山。在这些露天餐桌边，竞选"拉丁小姐"的佳丽们正在准备她们的表演。索非娅偶然出现在这里，和一群爱起哄的朋友一起来的。庞蒂和他的制片公司的搭档迪诺·德·劳伦蒂当时都是这个选美比赛的评委。主持人发现了索非娅，他递给她一张参赛入场券，邀请她参加这次选美。索非娅根本没有思想准备，礼貌地拒绝了这个陌生人的邀请。但是，当她知道这个邀请是谁发出的时候又非常欣喜：这个四十多岁的男人，看起来像个律师，实际上，是一位有名的电影制片人。他为路克斯电影公司拍摄与《逝去的青春》和《磨坊》同类型的电影。路克斯是当时很有名的一家电影制作公司。卡洛·庞蒂的搭档迪诺·德·劳伦蒂刚刚娶了一个罗马女人做妻子，并在几个月后将她捧红成一个明星：西尔瓦娜·曼嘉诺。现实世界比图片小说还要浪漫！

索非娅夺得了选美比赛的第二名。颁奖典礼一结束，庞蒂就走到她的面前，向她作自我介绍。据说，他们随后在花园里散了很久的步，在此过程中，卡洛·庞蒂和她进一步地相互了解，他已经离开了那些女演员，比如阿莉达·瓦莉和吉娜·罗洛布里吉达。他现在想要在她身上碰碰运气。很难说清楚，到底这个雄心勃勃的米兰的制片人对她说的话有多少是真的，他只不过晚饭后和一位新当选的美人在散步的时候随便聊聊。

当然，在这样一个温柔的九月的夜晚，他有那么多话想对一个漂亮的年轻女孩说，尤其是几杯香槟下肚之后……"老实说，"庞蒂承认，"索非娅最开始吸引我的是她这个人，而不是未来的那个演员。"索非娅是一个十七岁的妙龄少女，美丽动人，正在寻找一个光明的前程。卡洛·庞蒂在她看来就是意大利电影城里最重要的人物了。

第二天，索非娅就去了庞蒂的办公室。这位制片人把她带到几个摄影棚里去试镜，但是试镜的结果非常糟糕。她非常感动，拥抱了他。她不知道怎么在摄影

棚里摆姿势，她的手在颤抖，她说不出一个字来。而且，摄影师还抱怨索非娅的鼻子太长，这样会在年轻女孩的脸上造成一个无法去掉的阴影。不久之后，庞蒂又把索非娅带到斯泰诺的面前，让她去试镜。"在当时，"斯泰诺回忆道，"索非娅并不是特别会打扮自己，相反，她显得有点偏瘦。当时，庞蒂让我给索非娅试镜，让她去演《强盗磨坊主》里的一个小角色。但是，最终她也没有演。"

为了不让索非娅失望，卡洛又给她安排了别的试镜，但是也没有取得很圆满的结果。即使接二连三地经历失败，这位米兰的制片人却越来越相信这个年轻女孩有自己的个性。"她的身上有很多闪光点。我从来不会觉得她只是个小女孩。她是那么成熟，那么专心致志，那么坚决地想要演电影，那么敬业，同时又是那么腼腆和不自信。"从这个时候开始，卡洛·庞蒂开始照顾她，为她设计造型和打造形象。他给了她几次很好的出镜机会，在庞蒂-德·劳伦蒂电影公司和其他与雷纳托·瓜利诺的路克斯电影公司有关的电影公司拍摄的电影里。

渐渐地，他取代了罗米尔达的地位，成了索非娅的经纪人和顾问。也许正是这个原因，维拉尼夫人没有给他好脸色看：她感觉她不久之后就会被剥夺她如今的地位。至于索非娅，十分清楚这位讲话带着很浓的米兰口音的律师将会为她做很多事情。因此，她一步不离地跟着他；她对他言听计从；她有时就纠缠在他的办公室里不走，当这个律师有时好像忘了她时，她就几个小时、几个小时地耐心地等在候客厅里。他偶尔会把门微微打开一条缝，他请她再等五分钟，而最终她等了几个小时。

庞蒂没有不管她，如果她需要，他总会帮助她，就像他对别的女演员那样。意大利繁荣发展的电影业，在当时产生了和美国电影业相似的电影制片厂体制，也就是说电影制片厂会和演员签订明确规定演员专属权的合同。要和大的电影明星——比如安娜·麦兰妮——签订这样的合同，电影制片厂需要开出很高的价码。对电影制片厂来说最好还是培养未来的希望之星。电影工业的欣欣向荣为整整一代青年演员提供了真正成为明星的希望。所有的大电影制作公司都签下了一批初出茅庐的女演员，他们希望这些演员有朝一日能成为他们的摇钱树。

这就是整个意大利电影界的状况，而此时的索非娅已经迈出了她的第一步，还是使用那个使她登上图片小说的奥林匹亚山的名字：索非娅·拉扎罗。她用这个名字出演了恩佐·特拉帕尼执导的电影《麻风病人》，是关于毒品交易的，在当时这是一种很特殊的犯罪，很少成为电影的主题。几年之后，这位导演离开了电影界，转投电视界，取得了更大的成功。在意大利电影评论界的眼中，《麻风病人》根本没有资格登上意大利电影的年鉴。对于那些写评论文章的记者来说，索非娅好像并不存在，虽然她的名字也在演职人员列表中。在这部电影里，她演一个很小的角色。几乎没有什么人物形象：她饰演一位戈里尼家的房客。她出现在两场戏中：第一场是埃尔曼诺·兰迪回到租住的房子里去找埃丽卡的时候，第二场是当警探阿梅德奥·纳扎里开始调查案件时。索非娅饰演的这个角色充分展示了她那维纳斯般的线条。她的身材实在太完美了，极富诱惑力。她的表演并不是很巧妙，但可以看出她能很好地驾驭大银幕上的人物形象。

同样地，在两位大师级导演梅茨和马尔凯西执导的电影《奇妙的夜》中，索非娅在演职人员列表中的名字是索非娅·拉扎罗。同时，她作为图片小说明星的知名度开始下降了。就算在演职人员列表里有她的一席之地，但她在电影里并没有塑造什么真正的角色：她饰演骑士费迪南多遇到的一个陌生女人，接着又出现在一场爱情的梦幻中。在一座金碧辉煌的后宫，索非娅穿着女奴的衣服，充分展现了她的魅力：她让人回忆起了图片小说《安拉的花园》里的伊雷妮，在这部图片小说的开头部分，人们看到她穿着类似的衣服，跳着肚皮舞。《奇妙的夜》

演员埃尔曼诺·兰迪与戈里尼家的女房客们……电影《麻风病人》中，很少有人注意到索非娅。

和《安拉的花园》在当时差不多同时上映。有可能梅茨和马尔凯西想通过索非娅·拉扎罗的表演来唤起大家对图片小说的回忆。通常情况下，图片小说的导演会从电影里借鉴一些东西，但有时电影也会到处取材，使用一些图片小说中的灵感。这样做在当时简直就是丑闻，因为图片小说的声誉特别不好，几乎就等同于现在电视里播放的肥皂剧。

　　《奇妙的夜》有一个法语版，镜头里更多袒胸露乳的画面，索非娅在戏里甚至有裸露双乳的镜头。"在法国，"索非娅很多年之后在她的回忆录里解释说，"尺度比较宽，影片不是那么纯洁。在拍摄这场戏时，我和其他年轻女孩一起扮演后宫中的女人时，导演要求我们把胸罩脱掉之后拍摄，作为法语版的场景。其他女孩都同意了，我犹豫了一会儿，也接受了。拍摄进行得很快，但是使我发现了我的性格的另一面：在摄像机面前全裸，我一点都不会感觉自己性感和有吸引力，反而会觉得不自在和别扭。我觉得裸露身体会阻碍一个演员的表演，因为她没有了任何的神秘感：一个穿着衣服的身体将比全裸的身体更令人亢奋。"

索非娅和她的家人在罗马的生活慢慢地变得很平稳。索非娅渐渐找到了自己的事业。但是她的妹妹玛丽娅还是没有适应新的生活，感到非常孤独。她拒绝去上学，因为她是个没有爸爸的孩子，老觉得自己在别的同学面前抬不起头来。她于是每天都把自己锁在家里，大部分时间都独自度过，因为索非娅和她母亲都在四处奔波，为了在电影界取得成功。只有当索非娅慢慢地独立之后，罗米尔达才把自己的时间留给她的二女儿，此时她惊讶地发现二女儿已经变得郁郁寡欢。

在不久之前，这个三个女人组成的"家庭"曾被一件不愉快的事情打扰，索非娅在她写的自传《生活和爱》中也讲过。一天清晨，几位警察敲开了维拉尼家的女人们在罗马的住所的房门。有一封针对她们的检举信：检举的事情很严重，特别是带有污辱性。信中说，在这所罗米尔达抚养她的两个女儿长大的房子里发生了一些见不得人的勾当。在警察局里，警官向她们解释了情况：如果她们不能说出她们平日花销的合法来源，她们三个人就会得到一张正式的驱逐令，被遣返回老家波佐利。索非娅此时已经在图片小说演员中小有名气，很容易就拿出了自己的收入证明，足够她和她的母亲及妹妹在罗马的一切生活需要开销。"但这是一个莫大的耻辱，"女演员回忆说，"我从来没有像那天在警察局里感觉那么屈辱，面对的是我父亲的含沙射影的诬告。"罗米尔达真不敢相信自己的耳朵，当她听到检举信竟然是里卡多·希科勒内亲自写的的时候。这个男人有一天在街上碰到她，就谎称自己是电影制片人，这个她爱过的男人，她女儿们的父亲！为什么要写这封诬蔑人的信？为了彻底地摆脱她们？或者，因为他还在怀疑罗米尔达和索非娅到罗马来闯荡的真正目的？然而，这两个女人的梦想就快要实现了！

导演阿贝托·拉图达在索非娅出演电影《卖艺春秋》的时候就已经注意到她了。当再一次和这位导演合作《欲海慈航》的时候，索非娅与大银幕就更加贴近了。"她总共只有一句台词，"阿贝托·拉图达回忆说，"是我的童年好友、我的第一部影片的制片人卡洛·庞蒂向我推荐她的。于是，我专门为她设计了一场戏。索非娅在夜总会里走着。酒保维托里奥·加斯曼朝她低声喊道：'嘿，我的

上图：《奇妙的夜》剧照。下图：和维托里奥·加斯曼在电影《欲海慈航》中。
导演回忆说："她太美了，穿着黑色的裙子，裙子上布满了金色的亮片。"

美人！我们俩可以在一起了？'而她非常生气地回答：'决不！'她太美了，穿着黑色的裙子，裙子上布满了金色的亮片。"

这部电影获得了巨大的成功，因为它集中了很多公众喜欢的东西。在所有的伟大的意大利导演中，拉图达和朱塞佩·德·桑迪斯最能将诗意的现实和高尚的理念相结合。情节剧是电影模式的一种，它巧妙地迎合了意大利人的情感，使用一些和图片小说相类似的拍摄技巧，清楚地区分善与恶，这种表达方式被左派评论为太像摩尼教的善恶二分论。《梦》和《影视解析》的读者们在图片小说中感受了索非娅·拉扎罗曲折的爱情故事，非常高兴地在《欲海慈航》里再次见到他们的偶像。我们可以从《影视解析》的读者来信专栏中看到他们的热情。在1952年2月3日出版的杂志上，索非娅在回答一封来自帕维亚的"蓝花"塞雷内拉的信时写到："在《欲海慈航》里，我饰演的并不是一个值得你那么喜欢的角色。而且，我只演了几场在酒吧里的戏，也只说了两句对白。但是你那么喜欢，我只希望一件事情，就是所有的导演都像你那样想。希望他们能从我演出的这几个短短的镜头里发现我的天赋，让我在他们以后的电影里担任主角！"

半开玩笑半认真地，索非娅希望她在图片小说中取得的成就也能在电影界取得，在两个领域都有属于自己的位置。而且，拉图达的这部电影就像一座桥，把索非娅带到了河的对岸。几个星期之后，另一部电影公映了，里面也有索非娅的镜头：《佐罗的梦》，导演是马里奥·苏狄特。在这部电影里，索非娅结束了她出演无名氏的历史，她的角色终于有了名字：康奇塔。这是个墨西哥女人，她被为演出《佐罗的梦》，索非娅将长发烫成卷发。

佐罗胆小的孙子雷蒙多拥抱。雷蒙多的扮演者是瓦尔特·基亚里，当时意大利电影界最帅的演员之一，他也是报纸娱乐版里经常报道的花花公子，绯闻缠身，和安娜·麦兰妮也传出恋情。

意大利记者们终于发现了索非娅的存在，真是多亏了这部《佐罗的梦》。"索非娅的初吻，"塞尔焦·罗利在《今日电影》杂志上写到，"就是瓦尔特·基亚里给她的。这是一个充满爱意的吻。在她妈妈的眼皮底下。我很羡慕她，这个吻虽然是佐罗的孙子献给康奇塔的，只是一个电影上的吻；但不管怎么说，这也是一个吻。"这部影片并没有得到好评，几乎得到阿图罗·拉诺奇塔在《晚邮报》专栏里的尖锐批评，这是一份在意大利很畅销的报纸。他这样写到："故事情节平淡，没有亮点。整部电影只有在决斗快结束时稍微有点激情，这也是对武侠故事中常见的惊天动地的决斗场面的滑稽的模仿。"马里奥·苏狄特是一个资深作家，被授予"贵族文学家"的称号，同时也是一个雄心勃勃的编剧。实际上，苏狄特喜欢巧妙地再现一个热情洋溢的时代。

1952年夏天，杂志明星索非娅·拉扎罗饰演了马洛娃这个角色取得了巨大的成功，这个角色是图片小说《梦想的囚徒》里面的。多亏了这个浪漫的故事，《影视解析》杂志提高了印数，超过五十万册，这对一本周刊来说是很重要的一步。而且，与此同时，另一部电影上映了。电影的名字叫《胆小的魔术师》，在这部戏中索非娅出现在卡莱托·马佐尼的身旁，他是《影视解析》的主编。

吉罗拉米、梅茨和马尔凯西三个人共同担任这部电影的导演，让索非娅和卡莱托·马佐尼饰演一对新婚夫妇。影片的男主角蒂诺·斯科蒂在抢去索非娅的新婚礼物时不停地亲吻她的脸颊。评论界并不喜欢这部电影。贾科莫·甘贝蒂在《好莱坞》杂志上直言不讳地说："这部电影并不缺少爱情和奇遇，还有一群漂亮女孩。但是缺少悬念，故事的转折起合都很平淡，就像在耍小聪明。最后观众在看完整个故事之后，就会有一种强烈的不满足感。"上世纪50年代初的意大利

SOFIA LAZZARO
tra il cinema e i fotoromanzi

Adora le orchidee, i motivi in bianco e nero, la "samba" e il "baillon" e tra qualche settimana firmerà a Parigi un contratto con una importante casa cinematografica di Hollywood

报纸开始对索非娅感兴趣……左图是《胆小的魔术师》剧照。

电影评论界并没有一个合适的评判标准来表达对小成本影片的正确评价。

《胆小的魔术师》由阿马迪－曼布内蒂电影公司制作。卡洛·庞蒂和曼布内蒂有过长期的合作关系，可能向他强烈地推荐索非娅担任这个角色的演员。庞蒂同时和蒂塔努斯电影公司的关系也非常好，为他守护着的索非娅在年轻的戈弗雷多·隆巴尔多制作的小成本电影《调音师来了》中争取到了一个角色。这部电影的导演是杜伊利奥·科莱蒂。

在这部影片中，索非娅饰演的是安东内拉·卢阿尔迪的热恋中的女友。这也是一个小角色，只让她得到了预期的结果：看到自己的名字出现在演职人员名单上。阿贝托·索迪在和尼诺·塔兰托谈到他第一次见到索非娅的情景时说道：

"一天早上，我刚进内景棚，就看到一个头发很长很卷的女孩在哭。我问她怎么了，她回答说她被剧组抛弃了，因为当摄像机从她的脚一直往上拍她的腿的时

候，有人说她不知道怎么摆放她的脚，就把她赶出了剧组。她的母亲气愤到了极点在一旁陪着她。我于是找到了导演科莱蒂，让他为这位可怜的眼泪汪汪的女孩帮帮忙。科莱蒂和有些导演一样背对着摄影机，把一切事情都交给助理去负责。他听了我的话之后大吃一惊，不知道该说什么才好。最后，经过一段时间的商量，索非娅又继续开始了当初的拍摄工作。"

对索非娅来说，这不过就是在她参与拍摄的电影里增加了一部。而且，《调音师来了》是一部小成本制作的影片，专栏记者是不会去评论这样的小成本喜剧片的，他们都把这种差事派给他们的助理去完成。索非娅迷人的外表和诱人的身材很适合拍摄这种类型的喜剧片，因为在这样的片子里充满了很多我们称为"女孩"的人。但是，专栏评论家们并不屑于提到她的名字。在当时，去电影院看电影的意大利人中大部分人同时也是图片小说的读者；相反，他们对电影评论从来都不会去看一眼。可是，索非娅用尽了全部精力，抓住了一切可以抓住的机会。她在不断地自学演技，同时也在向一位苏联的老演员彼得罗·沙罗夫学习，他曾经在罗马的商业演出的马戏团里获得了很多表演经验，他送给像索非娅这样一些初学表演的人由斯坦尼斯拉夫斯基启迪的智慧的珍珠。

索非娅的演技在电影《贩卖白奴》（1952）时发生了质的飞跃。这部电影的导演是科门奇尼，制片人是卡洛·庞蒂和德·劳伦蒂。这是一个很好的机会。她竭尽所能地向庞蒂展示了她的表演天赋；她得到了二十五万里拉的片酬，和一个

索非娅在为《调音师来了》试镜。

真正的电影明星得到的一样多。

在《影视解析》杂志的读者来信专栏里，索非娅在给一位叫詹尼·达克纳的读者的回信中说："如果你想看到我真正在电影里的表演，那么就去看《贩卖白奴》吧。"短短的几个字透露出她的一种自豪之情，好像是说她在那以前都是闹着玩的。现在，她想要让所有人都看到她的能耐！

科门奇尼的电影在上映前有好几个名字：《无辜的女奴》、《人道主义》、《贩卖白奴》。在电影上映前，还有一段放映广告，第一次在这部广告片里将索非娅·拉扎罗的名字用特别的方式突出出来，这是一个影坛新星，人们承认了她的才华。庞蒂让他在报纸杂志界的朋友帮忙，于是赞美的文章随处可见。

电影《贩卖白奴》让庞蒂和德·劳伦蒂再次得到了他们拍摄前一部与这部同样主题的影片时的辉煌成绩，前一部影片的名字叫《封闭》，编剧是《噩梦》和《苦涩的米》的剧作者詹尼·普奇尼。他们把这部影片交给了路易吉·科门奇尼来执导，他按照自己特有的方式来拍摄，组成了一个女性肖像的长廊。在当时，科门奇尼原来是拍纪录片出身，他已经享有很高的地位，因为他能抓住儿童或者缺乏经验的演员最美好的部分。卡洛·庞蒂把索非娅交给这样一个善于捕捉人物感情的高手，给索非娅创造了一个绝佳的机会。年轻的女演员也没有让这个机会溜走。在《贩卖白奴》中，索非娅最重要的戏就持续了一分钟零几秒，在这场戏中，她经过长时间的舞蹈，然后昏倒在地。人们把她抬到西尔瓦娜·潘帕尼尼的卧室里。据说，在拍摄间隙的时候，剧组的一个人说："这个女人，她要夺去西尔瓦娜·潘帕尼尼的明星地位！"

索非娅饰演的埃尔维拉这个角色非常可信。她的容貌非常吸引人，她的美丽与众不同。但是，这部电影拍摄的主题被认为是一个禁忌，评论界对此言辞谨慎，特别是在那些"政府的"日报上的专栏里。在当时，教堂对这种太过于追求现实主义的意大利电影一片斥责之声，更不会喜欢这样的故事。

在吉奥瓦尼·罗卡尔蒂执导的《海底的非洲》中。

Le dernier film 索非娅·拉扎罗的
de Sofia Lazzaro 最后一部电影

"**我**感觉你能走得更远。但是这一切并不像你想象的那么发展。你需要辛勤工作。"如果我们相信那些报纸上刊登的离奇的花边新闻,其中就有这段卡洛·庞蒂对索非娅说的话,这时《贩卖白奴》正大获成功。有可能他不完全是这样说的,但是意思很明确。

庞蒂决定竭尽所能地照顾这位年轻的波佐利来的皇后。同样地,他也支持年轻的索非娅去参演一部电影的女主角,这部电影是由歌剧改编的,名叫《宠妃》。索非娅第一次出演主角的这部电影,是由塞萨·巴拉基编剧的,根据多尼泽蒂的同名情节剧改编的。在《宠妃》中,索非娅塑造的角色名叫莱奥诺拉·迪·古兹曼,是卡斯蒂利亚国王阿方索的皇宫里的一个贵族女子。她是国王的宠妃。但是希科勒内小姐无论从气质上还是形象上都不适合扮演慵懒的宫廷生活中的女子。她穿着塔夫绸的蓬蓬裙,衣领是金色的细布皱领,这套豪华的行头让她很不舒服。她怎么才能转变成为一个贵族女子?虽然她在《落难公主》中也不是演一位宫廷里面的女人。当然,那个唱歌的声音不是索非娅的,而是著名的女高音歌唱家帕尔米拉·维塔利·马里尼。演员使用配音在歌剧电影里经常使用,也是很平常的,因为很少有电影演员能唱歌剧,也很少有歌唱家能演电影。

意大利电影评论界对这部多尼泽蒂风格的小成本影片并没有多少热情,他们把这部电影看做是一种电影形式的产物。但是,索非娅终于很满意在一部电影里担任主角，即使她的喜悦还不完全：实际上，她既然能让大家看到她的脸和她的身材，相反却不能让大家听到她的声音。趁热打铁的时候到了。庞蒂又把她介绍给了蒂塔努斯电影公司的总经理、他的同行、那不勒斯人戈弗雷多·隆巴尔多。这位制片人正在筹拍一部以红海的波涛为背景的长片。他在寻找一个年轻的美人做片子的主角。索非娅给他留下了良好的印象，并向她保证鱼和她是唯一的一家人。她拿到了这份拍摄合约。

然而，这部影片一直被神秘的气氛所笼罩。一开始据说这是一部重量级的影片，将有一位美国知名男演员出演索非娅身边的角色：在1952年4月，《今日电影》周刊宣称索非娅·拉扎罗将和泰隆·鲍华联袂出演《海上歌》。对于这位图片小说明星，这次机会简直千载难逢！美妙得都不敢相信是真的！预算突然减少，只好用斯泰韦·巴克利代替泰隆·鲍华，斯泰韦·巴克利以前是美国职业拳击手，在二战后来到意大利，在当时他只演了一些不知名的小制作电影。电影的名字也随之改变，成了《海底的非洲》，在法国也上映了。

还有很多东西都要改变。索非娅·拉扎罗的名字在戈弗雷多·隆巴尔多看来太普通、太平庸了。而且，《海底的非洲》的背景都充满了异国风情，需要一些更加奇妙的、吸引人的元素，至少不要一个在意大利人的名字里面很俗的名字。与此同时，这位年轻的老板、蒂塔努斯的创始人正在筹备拍摄一部由瑞典女演员马尔塔·托兰主演的电影：她，至少有一个好听的名字！他于是也对索非娅的名字做了类似的事情。有人说隆巴尔多按照字母表的辅音挨个拼读，从最开始的一个：波兰，不行；弗兰，读起来不顺……接着往下，一个一个地念，他找到了罗兰。但是他还是不满意。"索非娅的名字我也不喜欢，"他说，"我想把它改成索菲娅（原来的名字是Sofia，修改后是Sophia，但读音相同）。好吗？"希科勒内小姐当时还十分顺从，特别是在制片人面前，她同意了……她甚至说的是"OK"。

索非娅·拉扎罗这个名字最后一次使用是在电影《宠妃》中。

　　据说，这次改名的事情发生在罗马有名的维内托大街的办公室里，在1952年的春天。但是，关于改名的趣闻还有别的说法。意大利的记者阿贝托·瑟内托在为《电影界》杂志写的文章里说了一个与前面的索非娅·罗兰改名的故事完全不同的版本："一天晚上，索非娅和电影的制片人，还有一位导演和他的夫人一起吃晚餐。导演的夫人是职业画家和雕塑家，她姓罗兰娜。制片人正想为索非娅取一个艺术家的姓，因为他不喜欢拉扎罗这个姓。正当制片人江郎才尽的时候，他突然想到把女画家的姓去掉最后一个元音字母，然后大叫起来：'罗兰，罗兰，很不错啊，你们觉得呢？'这就是索非娅第三个姓的由来。"瑟内托在文中说的那个导演就是巴拉基，但是实际上，在他执导的电影《宠妃》中，索非娅的名字还是写成索非娅·拉扎罗。

　　很多人都喜欢索非娅·罗兰的名字，但不是所有人都这样。首先不喜欢的就是那些不太识字的人，特别是波佐利的一些居民，他们不知道ph的发音和f一样，

这张照片上还出现了饰演国王的演员。

抬起头去读海报上的名字时："索比娅，真的很奇怪……"有的人以为是印刷错误。在当时的意大利，文盲的比例还比较高，会使用英语拼读方法的人还很少。

有一些传媒业的人也表达了同样的困惑。《梦》周刊的主编卡洛·马佐尼显然更喜欢原来的那个名字，女演员用这个名字在他的杂志上连载了好几个月的图片小说。"她现在叫做索菲娅·罗兰了，"他在1952年10月给读者解释说，"她主演了一部彩色影片，这部影片的大部分是外景拍摄，在海上，潜入海底。索菲娅成了意大利的埃丝特·威廉斯。我对她这次改名不负任何责任：是她同意了制片人给她的建议。更加奇怪的是，这位漂亮的女演员在《贩卖白奴》中演出重要角色时用的是索菲娅·拉扎罗的名字。总的说来，真是一团混乱……"实际上，形势并没有那么严重。但是图片小说界的人都持反对意见，几乎是抵制，因为他们用自己的方式创造了一个明星，这个索菲娅·拉扎罗将会成为向世界推广纸上电影的使者，使纸上电影得到更多人的喜爱。

就算在一间茅屋的门口也那么有皇家气质。电影《海底的非洲》剧照。

出于完全相反的动机，卡洛·庞蒂非常赞成这个新名字，因为他要做的正是把这位图片小说演员与过去决裂，重新塑造索菲娅·罗兰的形象：如果索菲娅·罗兰想要进步，就必须成为另外一个人。她正在逐渐地成为这另外一个人。如果索菲娅·拉扎罗在街上碰到现在的自己，她可能也认不出来了。这个转变最明确的信号就是她在1953年初为《梦》拍摄的封面照片，不久之后，《海底的非洲》就上映了。封面上的文字最后一次出现了演员原来的名字，带着些自豪和怀旧："索菲娅·拉扎罗，主演了很多让我们难忘的图片小说的角色，离开我们去拍电影，但是索菲娅并没有忘记《梦》的读者，还向他们热情地问好。"在这张照片上索菲娅已经变成了索菲娅。她的形象用一种充满诱惑力的方式拍摄出来，就像那些好莱坞影星的照片一样。这和女演员在表演《梦》和《影视解析》的图片小说时的朴实形象相去甚远。这第一次的封面照片展现了不同以往的性感外表；她脸上的线条更加柔和，眼睛被灯光照亮，卷发梳理得恰到好处，嘴唇还闪着光。这张照片的拍摄者署名也很有意思：索菲娅专用的摄影师尼诺·拉坦扎的名字被路克萨尔多替代，这位摄影师的技术更加高超，他的作品成为了精致和高贵的同义词。他的出名首先是因为他能把电影明星用好莱坞式的照相方法照出来。在这张照片上，索菲娅的眼神很纯洁，有点冷，不可接近：经过几年的图片小说的辉煌点燃了她心中的热情，索菲娅总算开始呼吸电影界的最高峰上那稀薄的空气了。

《海底的非洲》中，索菲娅饰演了巴巴拉·拉玛，她是一个富有的工业家的女儿，朝气蓬勃，这位工业家给红海上的科考活动赞助了一艘游轮。他那年轻的女儿也上了船，在历经千辛万苦之后，她爱上了船长。大家都说这个角色造就了一个新的埃丝特·威廉斯，她总是出演在海上拍摄的电影。但是，1952年的索菲娅·罗兰和传奇的美国演员之间有一个本质的不同：埃丝特·威廉斯会游泳，而索菲娅不会。索菲娅怕失去拍摄这部电影的合约，向隆巴尔多发誓说她是个游泳健将。在出海的第一天，真正的悲剧就上演了：一路上的船长兼导演吉奥瓦尼·罗卡尔蒂，他是拍摄海上的和潜入海底的纪录片专家，向老天张开双臂。经过"野外"的强化游泳课的训练，索菲娅勇敢地迎接晕船对她的挑战：幸运的是她有快速学习的天赋，这一点在她以后的职业生涯中，在各种复杂的情况下，都是起着决定性作用，使她能从她的同行们中脱颖而出。

索菲娅在《海底的非洲》中游泳的样子令人满意。应该说大多数观众看起来对她那充满诱惑的身材比她的泳姿更感兴趣。而这部电影在评论界遭到激烈的批评。在意大利，电影评论界毫不留情，并不是针对初出茅庐的导演罗卡尔蒂（他的职业生涯差点就此断送），也不是针对两位主演。"如果这部电影想要展示海底发生的故事，"雨果·扎特兰在1953年4月18日出版的《意大利日报》的电影评论专栏中写到，"就不应该缺乏特色和趣味。海底的景色非常美，五光十色更让这些景色魅力无穷……很遗憾影片中有很长一部分是在海面上拍摄的，想要用一段平淡的爱情去打动观众，一个是双桅帆船的船长，另一个是富商的女儿，在一次对红海的科考活动中，最开始两个人敌对，到最后结合。这就在各个纪录片式的短片中间建立起一种生硬的连接，就像用这样一个平庸的爱情故事去串起一场芭蕾舞表演的每一幕。导演可能只会为他拍摄的海底世界的精彩画面而自豪，斯泰韦·巴克利和索菲娅·罗兰的表演就完全没有什么可以值得自豪的地方了。"总的来说，批评的人认为，海豚和其他的海洋动物的表现比那些演员都好：这对第一次担任主演的索菲娅·罗兰来说并不是一句赞美之词。不幸的是，其他的评论文章也是这个观点，比如著名的评论员阿图罗·拉诺奇塔在意大利最重要的日报《晚邮报》的影评版上严肃地说："谈到演技，应该说章鱼和甲壳类动物比索菲娅·罗兰更能胜任角色，即使后者无可争议地比前者漂亮很多。"（1953年3月27日）莱奥·佩斯特利在《新新闻》上的影评版里也高度赞扬了导演拍摄的风景纪录片，强过演员们的表演；但是他明确指出索菲娅·罗兰"不只是好看，而且很吸引人！"（1953年4月24日）关于这部电影的这些文章并没有减弱索菲娅的热情。索菲娅这一次也没有为自己扮演的人物配音（这在当时是很正常的），她以我们希望的样子演出：一个穿泳装的美女，在故事的某些情节里感觉不可信。如果说她的表演并不完全可信并不是她的错。实际上，应该把一部分责任归于导演吉奥瓦尼·罗卡尔蒂，他更擅长拍摄海底世界而不是指挥演员拍戏。

在索菲娅还叫做希科勒内的时候，她因为没有人推荐，错过了在意大利电影之父米开朗基罗·安东尼奥尼的电影里担任主角的机会。那部电影的名字叫《茶花女》。"我当时建议，"安东尼奥尼在后来的一次采访中说道，"起用一位我常常在小饭馆里碰到的不知名的女演员，她很年轻，褐色头发，高个子，非常漂亮，明眸皓齿，带着一点野性：索菲娅·希科勒内，意大利电影城的临时演员。制片人拒绝了，他想找一位明星来演：于是卢西娅·博塞出演了这部电影，但是她不适合这个角色，因为她太高贵了，而且不够丰满。"命运真的是一场赌博。在索菲娅今后的演员生涯中她从来没有机会和安东尼奥尼一起拍一部电影（即使在上世纪90年代，这位意大利导演专门为她筹备了一部戏，但没有拍成）。如果希科勒内小姐进入电影界是从这扇大门进去的，而不是经过好几年的磨难从窄门里进去的，那她的命运将会怎样呢？没有人能回答。她有可能就不会那么坚强地去面对她今后遇到的艰难困苦，也可能不会改名，也许她根本不会变成索菲娅。

在她刚改名为索菲娅之后，又有一部新的歌剧片《阿依达》在等着她。在上世纪50年代初，歌剧片很流行，在电影市场上占有一席之地：它能让那些外省的小城市的人们也能欣赏到歌剧，那些城市太小，还没有剧场，或者无法组织一次昂贵的歌剧表演。《阿依达》的导演是克曼迪·弗卡斯，他当时刚捧红了另外一位意大利女演员埃莱诺拉·罗丝·德拉果，在电影《性感》中。最开始，有人建议这部歌剧的主角用吉娜·罗洛布里吉达，她的人气正在与日俱增。可当她得知给自己配音的是雷纳塔·特巴尔蒂后，放弃了这个角色。吉娜·罗洛布里吉达在当时已经很有声誉，认为由特巴尔蒂给她配音有点冒险，实际上，这位配音的女高音歌唱家是少数几个在歌剧界也很知名的人。于是，索菲娅·罗兰得到了这个机会：这是她第一次和吉娜的演艺生涯发生碰撞，后者成为了她永远的敌人。几年之后，我们就将看到各种生动的例子。

"最开始，"索菲娅·罗兰在回忆录中写道，"我买了一张特巴尔蒂演唱的《阿依达》的唱盘。我听了几个小时，整天整天地听，直到我完全熟悉歌词和歌剧演员的表演：我的嘴唇的张合和歌唱的声音完全匹配。"大家都知道，阿依达是埃塞俄比亚国王的女儿，在法老宫殿里做女奴。索菲娅担心不够像，她在这部戏中对自己做了大胆的改变。化妆师把她的皮肤都涂成了深色。总之，在改变名字之后，她又改变了自己的皮肤颜色。经过这次转变，她具有了不同寻常的魅力。她脸上那阿拉伯式的神秘的线条使她的这次转变大获成功。每天早上，她都要花3到4小时在化妆室里化妆。她还要忍受在没有暖气的摄影棚里挨冻的滋味：《阿依达》是在冬天拍摄的。而且，戏服都非常单薄……女演员差点得了肺炎。但是她的付出是值得的！电影在意大利和全世界上映，得到了评论界的一致好评。基诺·维桑蒂尼在《意大利日报》上写文章说："电影技术让歌剧片呈现出的不只是舞台效果，而且还很自然，调动起了各种元素。导演克曼迪·弗卡斯做了很多努力使他的电影具有广阔的视野和庄严的气氛。索菲娅·罗兰将阿依达身上的美融合在了自己身上，包括脸部的表情都是那么惟妙惟肖。"（1952年12月22日）《晚邮报》的影评人阿图罗·拉诺奇塔再一次成为最苛求的人之一："这部电影就是在展示美丽的背景、豪华的服装和颜色各异的房间；展示芭蕾舞和编舞者怎么去配合音乐，怎么去把演员的嘴形都对上歌剧唱词，索菲娅·罗兰、路易斯·麦克斯韦尔、鲁西阿诺·德拉·马拉和其他的演员都在努力配合优秀的歌唱家唱出的高音……在那些特别有演技的演员中，我们注意到了路易斯·麦克斯韦尔、索菲娅·罗兰的皮肤被化妆成巧克力色，不是那么吸引人。"然而，索菲娅在深色的皮肤映衬下比以前更加光彩照人。她的脸就是因为有了颜色才好看，她那洁白的牙齿和眼睛的眼白让她的皮肤更有光泽。金光闪闪的首饰戴在她身上都黯然失色，她那像女神一样的身体展现出了她的所有魅力。她那不同寻常的表演和为音乐配的动作稍显僵硬。总的来说，她的表演非常出色，不管是从气质上还是动作上来看。

多亏了交流的春风，这部电影得以在全世界上映，甚至还去了百老汇，给

上图：索菲娅·罗兰、鲁西阿诺·德拉·马拉和路易斯·麦克斯韦尔在电影《阿依达》中。下图：《阿依达》中的近景，同样在鲁西阿诺·德拉·马拉身边。

那些热爱歌剧的人们带来了巨大的欢乐。索菲娅的名字终于出现在美国报纸的文章中。《大陆电影纵览》的影评专栏里，戈尔敦·雷德称赞了她，发现她的棕色皮肤比电影里的其他演员"更有表现力"。但是，真正有用的评论出现在美国最重要的报纸《纽约时报》上。碰巧是鲍斯雷·克洛瑟亲自撰写的评论，他的严肃认真是远近闻名的，他写道："索菲娅·罗兰，年轻漂亮的女演员饰演黑人公主阿依达，还要听着著名的实际上是由雷纳塔·特巴尔蒂演唱的咏叹调，而且还要尽量使她的嘴形与歌剧唱词相吻合……更妙的是这样一个美妙的声音再加上美丽的脸和身材，就把天堂里的圣人都引向了地狱，把我们所熟悉的歌剧表演得动人心魄。"《综艺》杂志同样也表达了肯定的观点："罗兰小姐，"在一篇署名是海弗特的文章中写道，"穿着埃塞俄比亚女奴的服装也那么有魅力，她在好多场戏中都有上佳的表现，唤起了观众的热情。"（1954年10月13日）

《阿依达》对索菲娅来说无疑是一个巨大的成功。仰慕她的人迅速增加。她收到了成百上千封信。"罗兰小姐，"一位来自米兰的安吉莉奥·S.写信说，"我在米兰的欧德翁电影院看了好几场《阿依达》。我从来没有像现在这样为你饰演的角色所感动。我无比仰慕你的艺术、你的美貌和你的魅力。你的温柔、你的忧郁、你的表演深深地穿进了我的灵魂。"被索菲娅的表演穿透的灵魂成百上千，在她那看似温柔、带着忧郁又有点神秘的眼神里变得透明。她演出的人物深入人心，罗兰这个名字也引起了震动：让她的身世充满神秘色彩。"我对她一无所知，"一个不知名的仰慕者说，"我不知道她是意大利人，还是外国人。我只知道她把我征服了。"

德·西卡自己也很喜欢索菲娅，他表示他迟早会给索菲娅一个好角色。当然，这不会让年轻的女演员不开心。但是，索菲娅并不会沉浸在幻想里：人们给了她太多的承诺了！另一位电影明星塞西尔·B.戴米尔也同样注意到了这个巧克力色皮肤的阿依达："在她的周围，"他宣称，"人们将会取得巨大成功！"如果一切都如戴米尔所说的就好了……

索菲娅以一种奇怪的方式花掉了大部分她演《阿依达》的片酬。她的妹妹玛丽娅为她是个非婚生子女受了很大的罪，她所做的一切就是让妹妹能够跟着爸爸姓。里卡多·希科勒内先生害怕要承担很重的负担，不愿意承认玛丽娅是他的女儿。但是，他知道索菲娅收入很高。于是，他又向罗米尔达继续建议：只要付出"少部分"钱——一百万里拉，他就同意让这颗冉冉升起的电影新星的妹妹姓他的姓。在1953年，一百万里拉可不是小数目，但是索菲娅还是毫不犹豫地付了这笔钱。

《阿依达》的成功唤起了卡洛·庞蒂对这个年轻演员的再次关注。这位制片商建议索菲娅签一份私人合约，除了有名的德·劳伦蒂公司的合约之外。但是，罗米尔达抱着怀疑的态度，因为她认为一个正处在上升阶段的电影明星不能被任何专属合约束缚住。于是，在庞蒂要她签的附加合约和她妈妈建议的绝对自由之间，索菲娅想了个折中的办法：签一份十二个月的专属合约。

她很失望。她对这个合约的期望应该是很多的。也许是因为她对庞蒂是那么信任，庞蒂在她看来有着特别的魅力。她希望能实现演技的飞跃。但是，这位米兰的制片人没有给她推荐任何一个好一点的角色。她不过都是在小成本影片中演主角，在大制作的电影里演小角色。她每个月都会得到一张支票，这就足够三个波佐利的女人在罗马过着舒适稳定的生活了。

剧作家卢西奥·弗尔兹认为，当时庞蒂并没有真正认识到索菲娅的才能。正

索菲娅在电影《一个了不起的女孩》中。在她身边，从左往右依次是詹尼·卡卡利耶里、达波托和卡洛特努托。

是根据弗尔兹写的剧本拍摄的年轻女演员主演的新电影：《一个了不起的女孩》（1953年）。"那个角色，"剧作家说，"当时是给了埃尔莎·梅利尼，但是她觉得这个角色不适合自己，就拒绝了。于是，索菲娅·罗兰才接手。在当时，她总是在一个小角色和另一个小角色之间跳来跳去，她来为这个新角色试妆。波洛尼尼评价说：'好吧，对，她不让我讨厌！'我将有一天看到她在一场戏里跳舞，很显然她是个好演员，名符其实的！"波洛尼尼曾经做过赞帕、德诺奈和阿莱格里的助手，这次是他第一次当导演，做得非常好。

在这部电影里，索菲娅饰演玛丽莎，一位音乐厅里的女演员，从零开始，学唱歌、跳舞和表演，成为了一位全才型的职业演员。这部电影的结构就像一个"明星快车"，能让索菲娅自由地施展她的才华，呈现出她在各个方面的天赋。但是，拍摄的机器很简陋，根本不够：只能作为这个有雄心壮志的女明星的跳板。在索菲娅饰演的这个全能的演员的角色中，她表演得非常出色，以致有很多公司都来找她签合约，想要把她的名字放到他们的海报上第一排，让她在他们的剧院里演出。但是，索菲娅·罗兰的梦想是电影。

《一个了不起的女孩》不太被意大利影评界看得上。阿贝托·艾伯塔奇在《间奏曲》（1953年12月31日）的专栏上评论说："这部电影的主题很平淡，表演也不是很好。这部电影肯定不能被认为是比较重要的作品。这部片子除了简单讲述主人公的经历之外，就没有别的了，多亏了演员达波托和索菲娅·罗兰，这部影片才有了点情节，实在是个进步……"这对希科勒内小姐来说好像不错。阿图罗·拉诺奇塔在《晚邮报》（1954年2月14日）的影评版上简要地表达了他对索菲娅的看法："除了索菲娅·罗兰隐藏起来的表演天赋和达波托的喜剧才能之外，《一个了不起的女孩》最成功的还要算尼拉·皮兹的配音……"同样地，都灵日报《新新闻》的评论员莱奥·佩斯特利毫不掩饰他对第一次担任导演的波洛尼尼的严肃态度："整部电影就是一个大杂烩，好在有几个有意思的情节，我们才可能会时常地发笑，有两个主演的表演，索菲娅·罗兰是一个全能的剧院演员。詹尼·卡卡利耶里、卡洛·达波托和其他配角的演技差一些。"到现在，所有人好像都对索菲娅说着一些鼓励的话。她的仰慕者越来越多，对她不乏溢美之词，其中多是些被她所演的角色吸引的男性观众，当然也有很多女性观众给她写去了祝贺的信。

"索菲娅·罗兰太棒了！"一位来自佩萨罗的叫安娜·G.的观众写信说："我是个中学生，是她的影迷。昨天晚上我看了《一个了不起的女孩》，我认识到你有太多的才华，你不只会演戏，还会跳舞。你真是太棒了！"

就在《一个了不起的女孩》上映的时候，索菲娅·罗兰和歌唱家阿希尔·托利亚尼的恋情也浮出了水面。他们是在拍摄图片小说《落难公主》的时候认识的，有两年没见面了。"是尼拉·皮兹让我们再见面的，"托利亚尼在近期的一次采访中说道，"她当时在罗马和卡洛·达波托，还有索菲娅·罗兰一起拍一部电影，名字叫《一个了不起的女孩》。在拍戏的间歇，她到都灵来，因为我们要一起合作录制一张唱片，由安热利尼乐队伴奏。在录制唱片期间，她对我说索菲

索菲娅与詹尼·卡卡利耶里。《一个了不起的女孩》展现了索菲娅·罗兰的才华。

娅·罗兰向我问好，要是哪天我去罗马见见她，她会很高兴的。几个星期之后，我们就在罗马相遇，我们晚上一起去吃饭，一切就这么开始了。"他们的爱情故事正好发生在索菲娅和庞蒂的关系闹僵的时候，当时，女演员肯定对庞蒂非常失望，觉得他辜负了自己的信任。此外，托利亚尼也是一个"很帅的人"、走在潮流前端的人。"我们相差十岁，"歌唱家回忆说，"但是，我们谈了一场特别浪漫的恋爱……即使我们从来没有生活在一起。我们就像传统的未婚夫妻那样。我记得在排演歌剧《皮缔古萝嗒圣母节》时，我在那不勒斯生活，她在波佐利。我们早上见面，一起去利科萨角的海边。然后，下午和晚上她都在歌剧院里陪伴着我，在包厢里听我的歌剧表演。索菲娅很善良，也很专注。演出歌剧很累人，在演出的间隙，我大口地喘气。有时候，索菲娅会送给我一块手帕、香水、爽身粉和干净的汗衫，这样我就能重新以良好的状态去演好下一场戏。"

在被认为是埃丝特·威廉斯的继承人之后，人们现在把她和艾娃·加德纳相比。索菲娅是一尊美丽女性的纪念碑：因为她减去了几公斤体重，她变得更加轻盈，她的容貌几乎达到完美。她一直梦想演一部大制作的电影，但是现阶段，她还是很满足于在小成本电影里担任角色，比如《勇敢的人的星期天》，这部戏的剧本是由瓦斯科·普拉托利尼和吉安·多米尼科·贾尼的剧本改编的，他们的剧本获得了1951~1952年度国家无线台举办的戏剧艺术大赛的优秀奖。这个故事的灵感来源于一个新现实主义的故事，都是很平凡的人的梦想，他们没有钱，属于社会底层。这些人的命运在一个踢足球的星期天交织在了一起：在赛场里，正是罗马队和那不勒斯队的足球比赛，这是意大利南部最传统的德比之战。《米兰大富翁》描述了米兰队和那不勒斯队的足球比赛，这次，索菲娅又一次拍摄跟足球相关的电影。

在《勇敢的人的星期天》的海报上，年轻的索菲娅的名字与玛丽娅·费欧勒的名字并列在一起。玛丽娅·费欧勒的老家在与波佐利相邻的一个村庄，她在成功出演了《一线希望》之后，人气有所下降。在《勇敢的人的星期天》中，索菲娅饰演伊内斯，一个年轻的村姑，到城里来找那个把她抛弃的男人算账。好在雷纳托·萨尔瓦托里成功地让她放弃了这个初衷，陪着她度过了一个浪漫的星期天。导演安敦·朱利奥·玛扎诺，在电视界取得了骄人成绩，成功地把索菲娅从她以往表演的角色中拉了出来，演出了一个完全不同的人物。伊内斯是一个年轻的村姑，实在、坚定、聪明而又热情。演员在表演这个人物想要报仇的心情时，演得相当可信，但在她与雷纳托·萨尔瓦托里的亲密对话的浪漫场景中，表现得有点生硬。

《勇敢的人的星期天》中的另一位演员费欧兰若·费欧兰蒂尼回忆起了索菲娅和玛丽娅·费欧勒之间的某次敌对情绪。"玛丽娅·费欧勒，"这位罗马的男演员回忆说，"担心年轻的女演员索菲娅·罗兰会与她竞争，她的戏份儿和自己的一样重。于是，她去向制片方要求，得到了满意的结果，就是不要让

1953年拍摄的电影《勇敢的人的星期天》是索菲娅·罗兰演艺生涯的转折点，导演是安敦·朱利奥·玛扎诺。雷纳托·萨尔瓦托里和索菲娅·罗兰在剧中。

索菲娅的胸脯露出来一点。"引起公众对这两位女演员的对比也正是这部影片的目的之一。而且，玛丽娅·费欧勒完全没有弄错：索菲娅在电影中的形象非常强势，甚至对她塑造的人物形象造成威胁。伊内斯的形象比她饰演的形象更加光彩照人。媒体的评论也没有偏袒哪一个人。"《勇敢的人的星期天》，"《晚邮报》的一篇未署名的文章写到，"心怀善意地去总结罗马一个繁华街区的居民们度过的一个星期天。先是玛丽娅·费欧勒和她的未婚夫吵架。她的未婚夫于是就不和她去看足球比赛了，而是陪着索菲娅·罗兰，使她放弃了跟踪，也可能谋杀那个背叛她的男人的计划。"（1954年8月29日）意大利共产党的机关报《团结报》上也发表了托马索·奇阿雷特的评论文章，他对这部由玛扎诺导演的电影赞不绝口，觉得这部电影已经赶上了爱梅尔导演的《八月的多米尼科》。"电影非常好看，充满有趣的对白。除了这部电影中有些明显是来自电视剧里的情节、讽刺意味太抽象之外，这部电影能带给观众很多乐趣。这是一部直白的电影，没有谁会看不懂。还有一批优秀的演员饰演不同的角色，比如玛丽娅·费欧勒、索菲娅·罗兰、雷纳托·萨尔瓦托里、维托里奥·萨尼波里等。"（1954年4月9日）大部分的评论和专栏都对索菲娅好评如潮。在那不勒斯出版的日报《晨报》上出现了极少的对她不利的评价。这份报纸以前在索菲娅当选"海洋公主"的时候率先刊登了她的照片。"这部影片，"维托里奥·里希蒂评论说，"本来可以更加精彩，更加吸引人，至少它有很多好看的情节……演员们认真地表演，挑战自我。相反，索菲娅·罗兰的表现并不出彩。"（1954年1月24日）里希蒂很有可能在一个星期之前在那不勒斯的圣卡洛剧院里见过索菲娅（他不太喜欢她），当时是1月16日星期五，索菲娅是来参加一个慈善演出的，这场演出的名字叫"那不勒斯的慈善"。这场演出中到场的有德·菲利波家族的三个很重要的人物，还有一些演艺界的大腕。那天晚上，年轻的索菲娅饰演财富女神，负责从投票箱里抽出幸运的人赢得这次慈善晚会的奖品。奖品就是菲亚特1100轿车，在当时赢得这辆轿车的人是第一批开这种轿车的人。

在斯泰诺导演的电影《轻罪法庭的乐趣》（1953年）中，索菲娅饰演的角色不太引人注意。她的名字叫安娜，是一个女贼，向法官承认自己曾在电车上偷过一个神父。影片是几个小故事拼贴而成的，这部电影的灵感来源于意大利法庭上的遇到的一些稀奇古怪的小案件，这是一部名不见经传的电影，但还是吸引了一些严肃的评论，比如吉安·路易吉·隆迪在《时间》日报——意大利的"政府"报的影评专栏写到："从某种意义上来说，那些在法庭上出现的家伙们也能给大家带来一些生活上的教训，尤其是他们代表着各式各样的人……"（1954年2月18日）都灵日报《新新闻》的评论态度不是很富有哲理："电影中的故事，"莱奥·佩斯特利写到，"都是真实的：法庭，法庭上的各

电影《轻罪法庭的乐趣》中，漂亮的女贼和神父。

电影《和埃及艳后的两夜》中，索菲娅·罗兰同时饰演两个角色。这张剧照是其中一个角色：残暴的埃及艳后。

种案子，那些小人物，组成了一个变化多端的戏剧舞台：电影没有结尾，而且通常是一部滑稽剧、喜剧和悲剧的结合。导演通过摄影机镜头对这一切进行探索。允许我再来说说编剧，在导演塑造的所有的人物中，我很遗憾，他们想要表达得太多了，他们不是有节制和镇定的编年史作者。但是这部小电影实在太丰富了……演员都很不错：瓦尔特·基亚里表演的书记员温和而得体，阿贝托·索迪很放得开，西尔瓦娜·潘帕尼尼、塔尼娅·韦伯和索菲娅·罗兰特别亲切……"（1954年1月29日）

索菲娅在演职员表上第五个出现。于是，她觉得有点受辱，但是还是忍耐了，因为她知道现在需要她表现出耐心，尤其是不要灰心。导演斯特凡诺·凡兹娜做导演的名气比她作为艺术家的名气还要大，她在回忆索菲娅时说："她拍戏的时候非常守时，想要尽可能地表演得更多、更出色，而且性格坚强。她每一次电影《和埃及艳后的两夜》中另一个角色：温柔的女奴尼斯卡。

作出决定，好像都是凭直觉。我们已经看到她从来不去学别人的模式，迟早她会塑造出自己的形象，而不是模仿她的同行。"

在那些公开支持她的杂志中，马里诺·欧诺拉蒂在《今日电影》上直言不讳地说："索菲娅·罗兰正开足马力，让她的才能得到肯定，让她能得到大家的喜爱。"（1954年2月25日）

她总是想多演出一些的愿望最终在马里奥·马托里执导的《和埃及艳后的两夜》（1953年）中实现了，在这部电影里，她同时饰演两个角色。在《阿依达》之后，索菲娅再次尝试异国风情的造型。这一次，所幸的是，她不用再演一位埃塞俄比亚的女奴了，她也不用再像上次那样把皮肤都涂上一层深色了。这一次，她要饰演骄傲的埃及艳后，同时还有温顺的女奴尼斯卡。当然，这两个女人长得非常相像。两个索菲娅也很相似，但是她们性格上的不同造成了感觉上的不同：埃及艳后的美就像是精雕玉琢而成，棕色头发，冷冰冰的，带点傲气；而女奴尼斯卡是金色头发，有点纯朴，爱幻想，好像比她的主人更圆润。

与之相对应的是，1954年，卡洛·庞蒂和迪诺·德·劳伦蒂这两个意大利电影界的巨头历史性地合作成立了一家公司，设想拍摄两部彩色的充满明星的电影（自从这一年托托演的一些电影短片制作成彩色电影之后，意大利电影迎来了彩色的时代），使用的演员是他们各自的"缪斯"：索菲娅·罗兰和西尔瓦娜·曼嘉诺：马托里的《和埃及艳后的两夜》和卡梅利尼的古代历史巨片《尤利西斯》。她们俩都在各自的电影里演两个角色：索菲娅·罗兰，我们已经讲过了，饰演温柔的女奴尼斯卡和残暴的埃及艳后；西尔瓦娜·曼嘉诺同时扮演迷惑人的女巫和忠诚的妻子珀涅罗珀。德·劳伦蒂主要投资大制作影片，而他的同伴庞蒂主要制作小成本影片。但是，这两部相似的电影，连布景都很相像，并不被认为是巧合。

《和埃及艳后的两夜》的滑稽效果在于两个角色的互换，造成了传统的张冠李戴的喜剧，在这种电影里导演马里奥·马托里已经超越了主导的地位。和索菲娅搭档的是阿贝托·索迪，他刚演完费里尼的著名电影《维泰洛内》，在里面他饰演一个罗马军团的士兵，展现了自己的表演天赋。正处于成功的顶端的索迪想要得到更大的成就，在这部电影中，他充满喜剧天赋的表演有时甚至超越了剧本。另一方面，索菲娅的双重角色对她的要求也很苛刻，有利于她发挥自己的天赋。《和埃及艳后的两夜》最终成了两位演员：阿贝托·索迪和索菲娅的真正狂欢节。

他们俩被媒体大肆褒奖。在《时间》日报的影评专栏里，吉安·路易吉·隆迪宣布他是索菲娅·罗兰的信徒："这部电影肯定会变得很平淡无奇，因为它情节简单，喜剧效果也是短暂而肤浅的，如果不是索菲娅·罗兰饰演了双重角色埃及艳后和女奴：美丽而性感，她显示了一个才华横溢的演员在各方面都能游刃有余，注重细节。"（1954年2月11日）不得不说隆迪是第一个相信这位年轻的女演员具有出众的才华的。马里诺·欧诺拉蒂就不同意他的观点。在《今日电影》上，他说他对《和埃及艳后的两夜》很失望："索菲娅·罗兰在这部影片中饰演的双重角色埃及艳后和女奴，让我觉得她只是一只花瓶。"（1954年2月18日）《早报》也同意这个观点，维托里奥·里希蒂对电影里索菲娅的双重角色表示批评："马托里的这部电影是一部平庸之作……不幸的是，不管是阿贝托·索迪的指手画脚，还是索菲娅·罗兰穿着的古埃及服装都与这部电影不相称。"

在为马托里和美丽的索菲娅极力辩护的人中有皮耶罗·维基迪诺，他在意大利南部最重要的报纸《南方报》上描述了他们的优点："马里奥·马托里导演的《和埃及艳后的两夜》是一部喜剧，服装得体，连宫殿里的各种装饰都是精心设计的。每一幕的喜剧效果都源自一些简单的情节。这是一出让人轻松的喜剧，在意大利引起了很大的反响。而且，演员的表演使简单的剧情增色不少，特别是在电影《这些流浪汉》中，索菲娅·罗兰非常漂亮。

性感女星索菲娅·罗兰，她的表演非常吸引人……"（1954年3月9日）但是，对马里奥·马托里的电影和男女主角最有趣的评价无疑是《晚邮报》上阿图罗·拉诺奇塔的评论，不太友好："图像是彩色的，对话是浪漫的，从台伯河流向尼罗河，索菲娅·罗兰是埃及艳后，阿贝托·索迪穿得比她还少，裸露的双腿并没有让影片更好看。可能还有什么误会……他们穿的衣服是不是就是为索菲娅·罗兰定做的啊？"（1954年6月2日）

索菲娅和歌唱家阿希尔·托利亚尼的爱情故事并没有持续多久。"我们的爱情结束了，"托利亚尼说，"在我们一起拍摄一部电影的时候，这部电影的名字叫《这些流浪汉》（1953年）。"这是一部由法国导演让·布瓦耶执导的喜剧片，也是彩色电影，这一次提供了一个机会让索菲娅展示了她的美丽。但是除此之外就没有了。她在电影里的名字就像一个电视节目的名字：Bonbon（糖果的意思）！索菲娅在剧中非常欢快、甜美，她从来都没有这样过，这就是唯一一个救了这部电影的因素，使这部影片不再那么乏味。意大利媒体对这部电影的评价很一致。"就算索菲娅·罗兰的身材和这些喜剧演员的特殊才能，都没能使这部电影摆脱意大利电影界长期以来存在的这种平庸的喜剧风格，"一个不知名的记者在《意大利日报》上评论说，"这一次，责任比以往都要大，因为这部电影是翻拍一个同名的歌剧，这部歌剧很有名……导演让·布瓦耶不是很有感觉，同样索菲娅·罗兰也是。"（1954年9月1日）在意大利共产党机关报《团结报》的影评专栏上刊登的评论就更加刻薄："这个无聊的小故事就像薄伽丘的小说，"记者写道，"由让·布瓦耶执导，他尽最大的可能避免把这部电影拍成彩色电影里最差的一部，他也做到了，电影里有很多年轻漂亮的女演员，身材丰满，袒胸露乳，都在索菲娅·罗兰的统领下。"（1954年8月29日）电影天主教中心也觉得这部电影里有太多索菲娅·罗兰袒胸露乳的镜头，因而抵制观看《这些流浪汉》，这部电影充分展现了女演员的魅力。索菲娅老是收到许多求婚信和火热的信件。为了讨好她的那些追求者，杂志上公布了她令人艳美的三围，胸围95厘米，腰围56厘米，臀围95厘米。索菲娅·罗兰是意大利电影界的帝国大厦！

1954年的电影《人生的几步》中的一个电影短片《照相机》的剧照。

　　阿尔桑德罗·布拉瑟蒂是阿尔卑斯山麓的一位伟大的剧作家，他想让索菲娅演一个角色，就是一个不幸的妇女最后决定和自己的丈夫一起把孩子抛弃在教堂里。这个故事是电影《人生的几步》（1953年）中最精彩的一个情节，这部影片是一年以前，同一个导演执导的一部短片电影《别的时间》续集。如果索菲娅得到这个角色，她就有幸和马塞罗·马斯托依安尼合作，因为他正是饰演那个倒霉的丈夫的人选。但是，布拉瑟蒂最后选择的是勒阿·帕多瓦妮，索菲娅被推荐主演了另外一部短片《照相机》，这部短片在短片电影的末尾，她和上世纪50年代最有名的意大利电影演员之一安东尼奥·德·古蒂斯演对手戏，他更为大家熟知的艺名是托托。他演一位摄像师，而索菲娅饰演一位模特。阿图罗·拉诺奇塔将短片电影最后的这部短片叫做"一场闹剧"，大部分的影评也都认为这部末尾的短片与这部电影里的其他短片不搭调。在《当代》杂志上，意大利评论家、理论家路易吉·恰利尼写道："托托和索菲娅·罗兰分别代表了喜剧和性感……在影

电影《悲惨与高贵》的结尾，所有演员都亮相了，这是一个完美的结局。

片的结尾绝望地互相紧紧地抱住，就像两个溺水的人，但是我们看了也没用，因为我们没有任何办法去救他们。"（1954年5月14日）但是，布拉瑟蒂还是很高兴能让索菲娅在他的电影里演一个角色，还满怀热情地回忆起这个女演员当时的表演："我对索菲娅·罗兰的表演天赋、激情和才能印象很深刻。她毫不费力就超过了才华横溢的托托，再一次证明了她是一个好演员，不只是一个性感女郎。"

这部《人生的几步》中的短片相比《悲惨与高贵》（1954年）只是一个试验，这部片子又一次将索菲娅带到了托托的面前。这部将斯卡佩塔的喜剧改编成电影的导演是马里奥·马托里，他对电影执导非常严格，一定要遵照原来的样子。索菲娅在这部电影里并不是主角：她饰演一位老厨师的女儿，这位厨师是个暴发户，喜欢摆阔气。而年轻的追求索菲娅的侯爵欧仁尼奥制订了一个计划要给这个暴发户一点教训：他的一个计谋就是让一个贫穷的作家——由托托扮演——冒充一位王子，就是年轻的侯爵的叔叔。

托托和他未来的侄女演出了一场精彩的对手戏，侄女是美丽绝伦的索菲娅：只要一有机会，他就控制不住自己，要去对索菲娅饰演的女孩纠缠，拥抱她，或者做些其他示爱的动作，这就给观众呈现了一个非常具有喜剧效果的场面。但是，索菲娅是欧仁尼奥的计划的同谋，同时也是这位假叔叔的过度关注的受害者，并没有得到什么好处。她要摆脱叔叔的热情示爱的想法，充满了善良和女性的机灵聪慧。

《悲惨与高贵》得到了公众的热烈欢迎，让埃克瑟尔萨电影公司挣到了十亿里拉。当时的影评界很少关注喜剧片，对这部电影表达了很复杂的想法："小心，马托里什么都没有——几乎是一无所有——除了他自己的品牌，"拉诺奇塔在《晚邮报》上写到，并且把功劳都归于托托，"这位男演员凭借他出众的外形，使这部电影找到了自己的基调，新创立了艺术喜剧。多亏了他和他的同伴们，这部由戏剧改编的电影有了一股新的力量……索菲娅·罗兰和弗兰卡·法尔蒂尼只不过用她们的美好身材让银幕变得更加美丽。"（1954年4月29日）在意大利喜剧电影王子的面前，所有的其他人都失去了光彩。

《悲惨与高贵》取得的巨大成功并没有让索菲娅·罗兰得到什么特别的好处。这部电影只是继续维持了她的人气。同样，在电影《神奇的旋转木马》中，这个年轻女孩也没有得到出演主角的机会，但是这次的电影是路克斯电影公司的一次大制作，这是意大利仅有的几个最大的电影公司之一，这部电影所做的就是汇聚了当时最有名的意大利电影演员。卡洛·庞蒂是加利诺电影公司的一名"独立制片人"。就是他向这部电影的导演埃多尔·詹尼尼推荐了索菲娅·罗兰，这位导演以前做剧场导演，是临时"借"到电影界的。

最开始，这位导演对索菲娅还有点抵制，但是他很快明白了这是一桩好买卖。他让索菲娅饰演茜茜娜。索菲娅·罗兰穿着由马里奥·齐亚里设计的美丽服装，花枝招展地出现在电影里。《神奇的旋转木马》可能是意大利电影史上唯一的一部音乐电影，居然被全世界所喜爱：它在1954年代表意大利参加了法国戛纳电影节，还参加了意大利高等教育服务中心组织的一个重要的伦敦电影展，在这次电影展上放映这部电影的目的就是为了让外国人知道"意大利制造"的电影取得的辉煌成果。

　　此次伦敦电影展映我们已经记得不太清楚了。但是，总的来说，《神奇的旋转木马》得到了热烈的欢迎。《新新闻》的特派记者马里奥·格洛莫在信中写到："……不同的人物都由一大群意大利知名演员扮演，马塔尼娅饰演斯托帕，索菲娅·罗兰饰演格蕾，费欧勒饰演皮卡……这是我们的电影第一次那么有活力地拍摄音乐电影。这是为了表演的表演，没有一点停顿，不惜成本，保持着一种稳定的品位，一部闪闪发光的电影，充满节奏、音调和颜色……戛纳的观众热烈地欢迎这部电影，甚至这部电影还在筹备的时候就是如此。"（1954年4月6日）吉安·路易吉·隆迪在戛纳作为《时间》的特派记者，他也非常高兴，也发表了同样的观点："埃多尔·詹尼尼的电影《神奇的旋转木马》让意大利取得了巨大的成功……需要保持一段距离才能评价这部电影，从以往我们习惯的拍摄电影的各个不同的层面。因此，我们应该好好地欣赏这次演出，这是一场精致而聪明的盛会，热情洋溢，人人都穿着贵重的衣服，引人入胜的剧本；这部电影不管是导演还是各位演员都受到大众的追捧非常正常，即使还在筹拍的过程中……"（1954年4月6日）意大利记者们的热情是受到电影节的气氛感染和强烈的民族自豪感的驱使，这些情感在戛纳这样的国际电影盛事上是不会缺少的。

《神奇的旋转木马》在意大利的电影院里上映是在戛纳电影节过后的几个月，评论界的热情再度被一次深入的研究激起来了。这一次，隆迪表达了他的几点困惑："电影节总是过于狂欢，"在《时间》上可以看到，"有点过度，不冷静，稍微冷静下来是有好处的。同样，那不勒斯真正的灵魂应该进行更深入的研究和确认；'表演'真的很好看，而不是让我们激动，让我们为之飘飘然，它本应该使我们着迷，这个结果是肯定的。"（1954年10月10日）

然而，詹尼尼的电影也有一个公开的追捧者就是阿图罗·拉诺奇塔，他在《晚邮报》的著名的影评专栏里写到："《神奇的旋转木马》是一部好电影，无比美妙，光芒闪耀。有时观众会被感动，特别是在第一次世界大战的那几场戏里，出现了可爱善良的索菲娅·罗兰……"（1954年10月2日）拉诺奇塔在十年以后，将会为索菲娅美丽的自传签名，当时他已经是索菲娅的影迷。索菲娅看到他写的这些话很高兴。

电影《游击女郎》中的索菲娅·罗兰和马塞罗·马斯托依安尼。

Sophia, la Pizzaiola,

contre Gina, 比萨店老板娘索菲娅

la Bersagliera 对阵女狙击手吉娜

索菲娅在离开托利亚尼之后，开始越来越多地与卡洛·庞蒂见面了。在1953年末，他们的恋爱关系确定了下来。"但是，我当时的性格还像是个波佐利的小女孩，"女演员在她的回忆录里写到，"罗马五光十色的生活并没有改变我，我的行为仍然在遵循着传统的道德规范。我外祖母对我的严格要求对我影响很深，同样影响我的还有养育我成长的家庭里的观念和我在宗教学校受到的压抑的教育。"

卡洛·庞蒂是已婚男人，事情就变得复杂了。"对于一个波佐利的女孩来说，是不能想象和一个已婚男人有恋爱关系的。'你不能和已婚男人同居。'有一条戒律是这样说的。对我来说，家庭是神圣的。我是在一个相对封闭的环境里长大的，这样的道德规范我认为很重要。当然，我妈妈在年轻时候的烦恼对我来说就是一个严重的警告，我不会在婚姻之前走错一步。这并不是说卡洛和我就没有相互表达流露出来的感情，但是我们相互能接受的爱意和发生身体的关系是完全不同的。卡洛知道我的顾虑，也尊重我的保守。他知道我不是一个随便的女人，也不会强迫我。我也知道他还经常和其他年轻女演员见面。他妻子好像对这些事情不放在心上。她看到她丈夫每次都不会和同一个女人一起出双入对，她就不会觉得有什么威胁。就是因为这样，我们俩才习惯于私底下偷偷地见面。"

关于索菲娅和庞蒂的关系有很多说法，也有很多文章及很多传闻。这些谣传

电影《追求爱情的人》中，索菲娅·罗兰扮演一个失业的舞蹈演员，为了一点点钱而去诈骗。

里有很多不同的版本：有的人认为索菲娅·罗兰利用她和这位米兰制片人之间的关系来发展自己的演艺事业；另一些人认为正相反，是卡洛·庞蒂利用索菲娅来稳定自己作为制片人的地位。但有一件事是肯定的：他们一直在相互扶持。在电影界这样一个弱肉强食的世界里，这样的相互帮助也许已经是一种爱的表示。

如果再顺便用心理学的分析方法来看，我们能看出索菲娅的心里一直缺少一位父亲的角色。而这位米兰的律师，比她年龄大很多，对她非常照顾，慢慢地教她怎么管理自己的生活，尤其是在商业演出很频繁的情况下，他对她来说就是一个像父亲一样的爱人、一个向导、一种稳定和安宁的保证。

在《追求爱情的人》中，她饰演一位失业的芭蕾舞女演员，一伙骗子找到她，要利用她来骗取两位老军官的钱，这两位军官一个是德国人，另一个是美国人，都是在意大利打仗的。这部电影上映后名不见经传，因为它实在平庸而无趣。"这是一幅'速写'，"意大利的《节日》杂志一个不知名的专栏作家写到，"二战前流行的那些喜剧中的一部。对白充满了带双关语的句子，冗长而俗

99

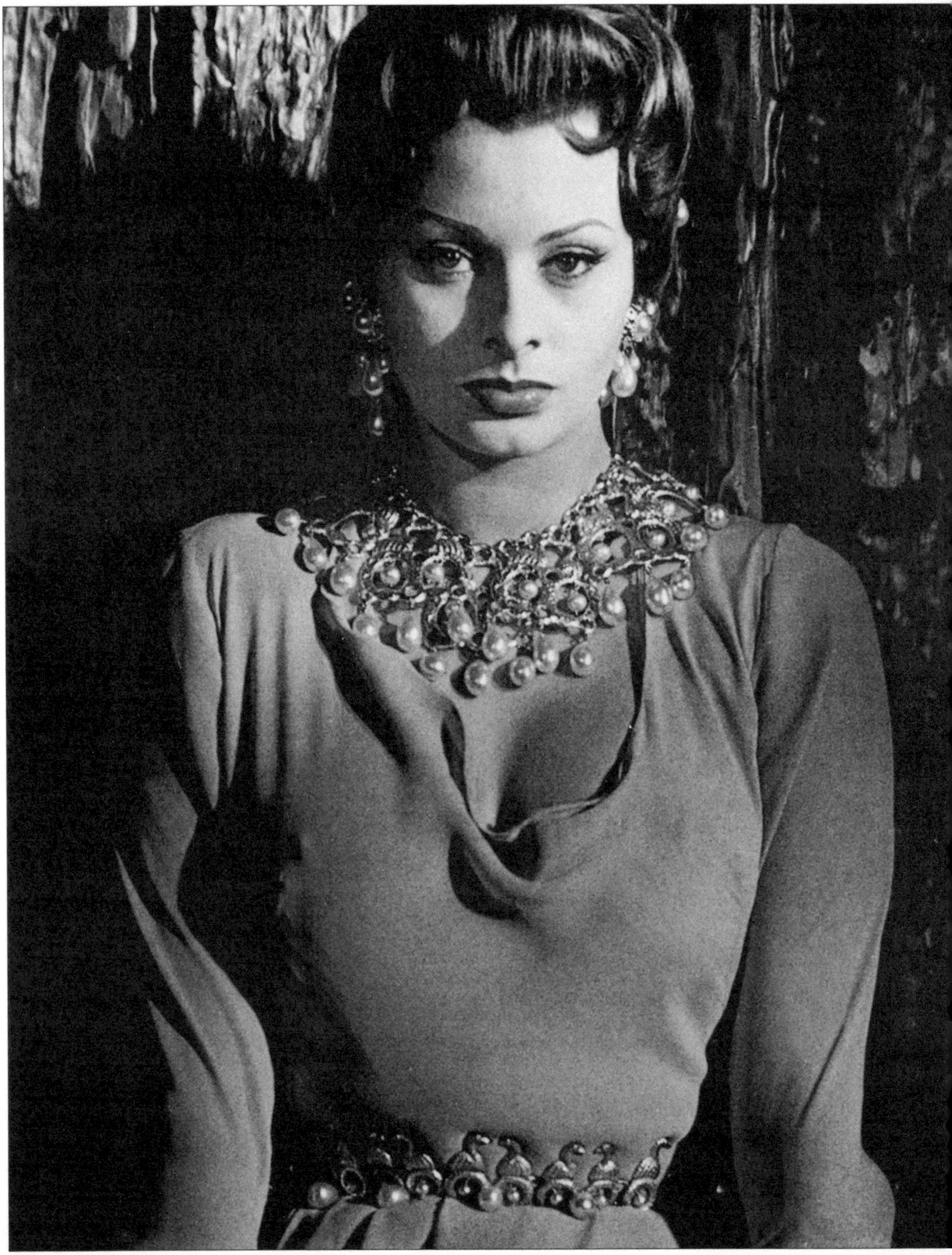

电影《征服者》剧照。

索菲娅·罗兰在电影《那不勒斯的黄金》中饰演一个比萨店老板娘，导演是德·西卡。

气，整部电影充斥着让人难以忍受的嘈杂。一个不是很有天赋的导演都会把这个故事拍成一部小成本的喜剧片；胡扎诺想发挥演员很少的主动性，除了艾达·曼吉妮，他饰演的二号男主角让人印象深刻。索菲娅·罗兰让观众欣赏了她优美的身体曲线、勾人的眼神，但是电影就是另外一回事了！"（1955年2月19日）

《征服者》（1954年）是一部更加轰动的作品，也为索菲娅提供了一个很好的机会。这部电影由路克斯电影公司的波第和德·劳伦蒂制作，导演是皮耶特罗·弗兰西斯。索菲娅的名字第一次出现在了由很多外国演员组成的演员名单上，在她的名字旁边有安东尼·奎恩、亨利·维达尔和艾琳·派帕斯。她饰演欧诺利娅，瓦伦迪尼安国王的妹妹，将要嫁给阿提拉。但是索菲娅在戏里既没有戴王冠，也没有穿罗马式的长袍。安东尼·奎恩刚脱掉了电影《大路》中赞帕诺的戏装，是这部电影里真正的关键人物。"所有的一切都在追求最好的表演效果，"基诺·维桑蒂尼在《意大利日报》上写到，"但是没有取得预想的效果，改编的历史故事也很让人失望。安东尼·奎恩饰演阿提拉，是个野蛮而残忍的首领，太能干了，因为他把所有其他角色的光芒都掩盖了，除了索菲娅·罗兰，他真不应该忽视她的存在。"（1955年3月27日）因为这部电影的演出阵容是国际化的，于是它有机会到美国去放映，但是，并没有受到美国媒体热烈的欢迎。霍华德·汤普生在《纽约时代》上还为这部电影写了一篇言辞激烈的评论文章。在他看来，"演员的国际化"使电影的主题变得"单薄，对白也很冗长"。"索菲娅·罗兰的角色看起来就像个胖妇人，肯定是被摄影师和服装师忽略了。"（1955年3月8日）这里提到的服装师就是维尼耶罗·科拉桑蒂，一位伟大的专业服装师，他对古罗马帝国了如指掌。他专门为大型历史剧制作服装，但是他错就错在没有本能地被索菲娅的美貌所吸引，也没有看出在索菲娅身上有一种公主或王后的气质。他在另外几部历史题材的电影里重新又为她做了服装，比如大型历史电影《罗马帝国的覆灭》，让人暗地里觉得他对这位电影明星的形象设计总是有所保留。

与此同时，更有趣的剧本诞生了，是关于匈奴人和拜占庭帝国的故事。据

中间是美国影星伊冯娜·德·卡洛，两边是朋友兼对手的两位意大利影星索菲娅·罗兰和吉娜·罗洛布里吉达。

说，德·西卡第一次碰到索菲娅·罗兰的时候是在拍摄《暴君焚城录》里：一位化妆师把一位不知名的美女介绍给导演。德·西卡说他当时看到面前站着的这个美丽女孩都惊呆了，如果不是她太小——才刚满16岁——他就会立刻去追求她！后来，索菲娅改了新的艺名，他曾公开地称赞她在《阿伊达》里的表演。而且，他还给了她一个承诺。一年之后，维拉尼家的电话铃响了。"这对我真是个惊喜，"索菲娅说，"德·西卡没有忘记我。他要给我讲一部正在筹备的戏《那不勒斯的黄金》（1954年）。一部短片电影，根据那不勒斯作家马洛塔的小说改编的……更让我开心的是这部电影是庞蒂-德·劳伦蒂电影公司制作，而卡洛并没有替我说过一句话。于是，我和德·西卡见了个面，我们进行了一次非常有趣的谈话，但是在这次谈话中，他没有给我说过有关这部电影的任何一个字，也没有说要我去试镜。我回到家觉得他好像什么都不用我做。我很失望，因为德·西卡是意大利电影界的知名导演，我一直很欣赏他。"但是事情并没有完。一个星期之后，索菲娅又接到了德·西卡的电话："我们今天去那不勒斯，你去吗？"德·西卡作出了自己的选择，没有试镜，没有空谈。

有人传言，德·西卡花了很多的工夫才说服了德·劳伦蒂，同意索菲娅出演，因为德·劳伦蒂想要用一个更有名的女演员，可能是吉娜·罗洛布里吉达。

吉娜和索菲娅的命运又再一次相交。但是，吉娜比索菲娅大七岁，而德·西卡希望能有一个真正有潜质的演员演好这个角色。在1947年，当这部小说出版的时候，索菲娅·希科勒内还是波佐利的卡洛·玛丽娅·罗西尼学校的中学生。但是，在马洛塔的奇妙文学作品中，他描写的那个做比萨饼的人的名字就是索菲娅。当然，命运是多么神奇啊……

德·西卡的电影立刻引起了大家的关注。在1954年春的那不勒斯，人们交谈的话题就只有这部电影：短片电影里的所有的短片。从开机起，索菲娅主演的《赊账比萨店》是最受关注的短片。因为这部短片的大部分是在外景拍摄，而外景地就是老城区的一个人口众多的街区的一条巷子里。顺着这些狭窄的小巷子往下走，就到了萨尼塔街区的中心，在这里一点点事情就能引起嘈杂，使这儿变得很热闹。

那不勒斯最美的"比萨饼西施"的摊位就摆在一个比萨饼店的前面。在摊位的上面，有一条新的横幅，在深橙色的底上用蓝色笔写着"索菲娅的比萨"，这是黑白影片中最漂亮的颜色搭配！卡洛·蒙托利通过他经验丰富的角度调整，把年轻女演员的美都恰到好处地表现出来，她那姣好的身材被匹亚·马尔凯西设计的紧身衣勾勒了出来。

电影的拍摄地很快就变成了战场。"那不勒斯的孩子们，"塞尔焦·罗利在他为《今日电影》杂志做的专栏里写到，"发出惊声尖叫。他们引来了许多妇女的关注，附近的游手好闲者也都聚集过来，他们总算找到事做了，他们堵住了电影剧组正在拍摄的这条街，想要混进工作人员的队伍里，希望能得到德·西卡的垂青，让他们在戏中演一个群众角色。但是，维托里奥不需要任何人，至少在这个时候。尽管什么都做不成，可这些围观群众也不离开，结果造成了局面的混乱，导致必须要叫消防队员来帮助电影剧组和已经在现场的警察一起维持秩序，但是已经超出了拍摄电影的范围！"索菲娅已经小有名气，但她还没有达到她饰演的这个人物，以及《河娘泪》（1955年）中的人物给她带来的那么高的声誉。这两部电影将巩固她作为意大利电影明星的地位。当时，在街上看热闹的人群更

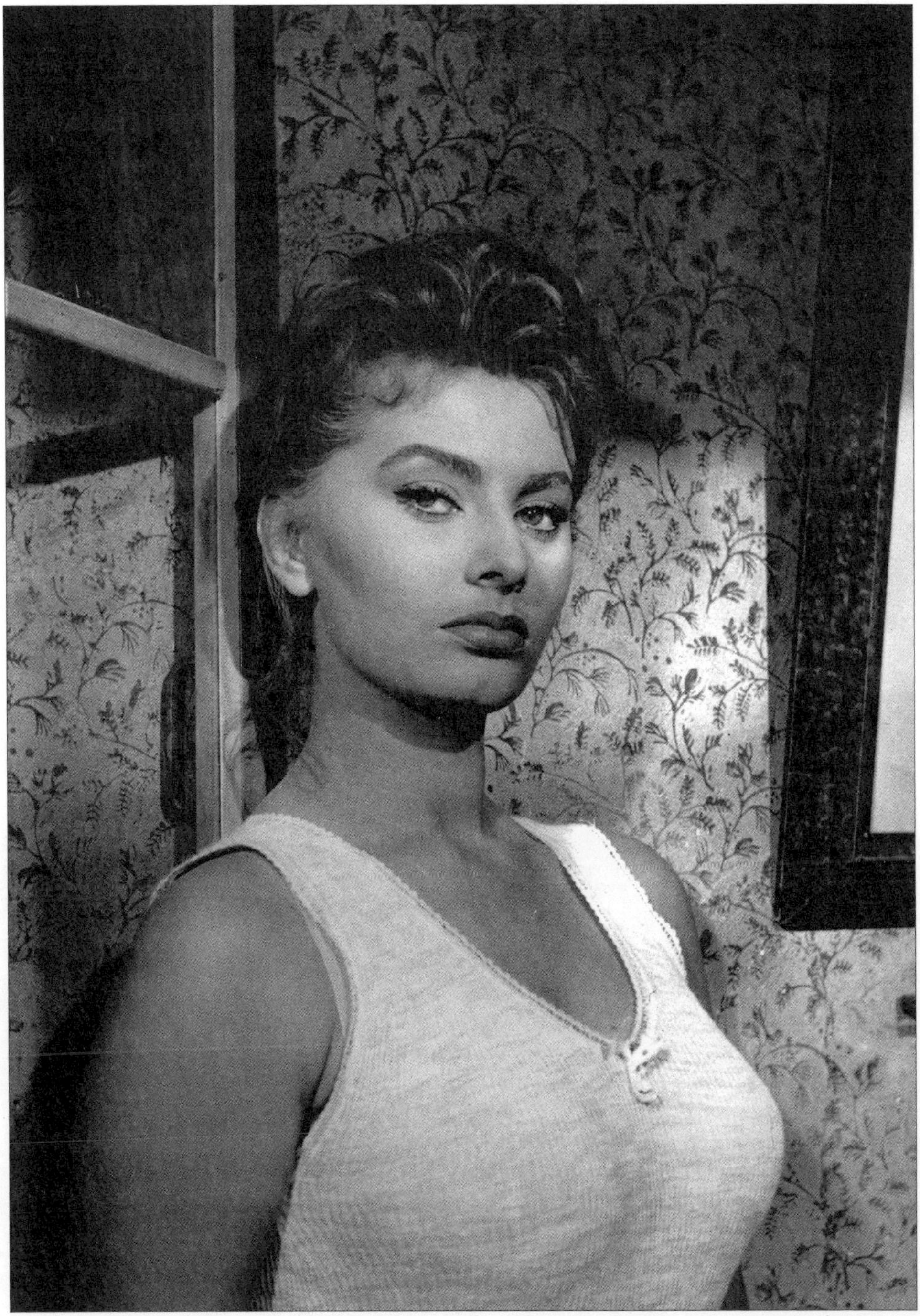

电影《河娘泪》剧照

多的是为了看德·西卡，而不是冲着她去的。最开始，由于现场很混乱，还没有人认出她来，有人甚至谣传正在演电影的女演员是西尔瓦娜·潘帕尼尼，另外一些人说是吉娜·罗洛布里吉达——又是一次对立！

虽然有警察的封锁线，但是拍摄工作进行得还是非常缓慢。当索菲娅向四处大喊："快来看！过来看啊！来尝一块啊！谁想吃我做的比萨！"人群中总有一个人捣乱地回答："我！我！"当贾科莫·弗里亚朝人群喊出他那著名的口号："在这里我们能吃得很好！"围观的群众总是报以一片嘈杂之声。可怜的德·西卡只好叫停……再拍一次！

在德·西卡电影的演员表中，索菲娅暂时放弃了她名字里的"ph"，重新被写做"Sofia"。显然《那不勒斯的黄金》的导演作的这个决定，想要更多地展现出这位年轻女演员的内心世界，而不是她从演艺生涯中学来的那些表演技巧。他去掉了她那些人工雕琢的痕迹，让这位来自外省的女孩，重新让她身上那种那不勒斯的急躁而真实的个性闪闪发光。"我最终找到了她性格中最关键的一点，"德·西卡说，"索菲娅在她的周围建立起了一道墙，保护她自己的隐私，那些她最脆弱的情感。她已经习惯躲在这样的一道墙后面，而且感觉很好。但是，她真正的状态是情绪化的，有点不稳定，典型的那不勒斯人，她对高兴、痛苦、生气、不耐烦和其他情绪的表现都是那么极端。这就是为什么她会缩在这堵墙后面。但是，当她饰演一个角色的时候，她就能跳过这堵墙，释放出她最深的也是最真实的感情。她能大笑、大叫，歇斯底里地表演，诱惑别人，在她释放感情到极致的时候。"

对于所有意大利人来说，索菲娅成了"比萨饼西施"。在电影上映时，她到一些有名的意大利比萨店去照相，让大家看到她正在为顾客准备比萨。

在短片《那不勒斯的黄金》中，她出演的人物是最受大家喜欢的。肯定比西尔瓦娜·曼嘉诺主演的那部还要吸引人，因为西尔瓦娜·曼嘉诺饰演的是一个冷美人（特雷莎），比她饰演的人物更加残忍和有距离。影评也是对索菲娅·罗兰主演的短片赞不绝口。维托里奥·里希蒂从来没有对这个波佐利的女演员表达过好感，现在他也在《晨报》的影评专栏里说索菲娅是一位"有前途的比萨饼厨师"。但是，他的主要论点还是赞扬德·西卡的能力，能够指导所有演员，成功将马洛塔的小说搬上大银幕。《晚邮报》上有专栏的阿图罗·拉诺奇塔也重点强调了一下德·西卡非凡的导演工作："他执导的电影，非常忠实于那不勒斯小说家的原著，将所有内容都充分表现出来。不管是不是真的，那不勒斯在影片中是那么宜人，那么有魅力。"（1954年12月24日）吉安·路易吉·隆迪对电影赞扬得不多，主要是夸奖索菲娅："非常热情，"他在《时间》报的专栏里写道，"很有节奏，毫不掩饰，但是都带点尖锐的讽刺，这部电影随时可能滑出喜剧的范畴，因为它非常有趣，最终会成为另一种风格的电影，就是滑稽剧。索菲娅·罗兰吸引人的演出，化身为一个比萨饼西施，魅力无穷……"（1954年12月24日）相反，在《意大利日报》里，基诺·维桑蒂尼的观点更加严肃："索菲娅·罗兰饰演的是一个魅力十足的比萨饼店老板，可能有点夸张地亮出了她的王牌，就是姣好的身材……"（1954年12月25日）但是，索菲娅这样一个拥有美貌的比萨饼店老板的形象迅速风靡了全世界。美国人很喜欢这位充满活力的女孩，同时又具有一些女性才有的小心思。在《纽约时代》杂志的专栏里，鲍斯雷·克洛瑟写道："罗兰小姐……聪明伶俐，喜欢捉弄人，而且有点傲慢。她在她丈夫的顾客面前表现出来的那种征服者的形象正是她聪明的表现。"（1957年2月16日）《时代杂志》也表达了同样的观点："她那沾沾自喜的神态好像在说：'看看我。我身上没有哪一点没有女人味，一个像我这样的女孩，你很难再看到了！'"在最让人喜爱的场景中，有一场戏是索菲娅冒着大雨前进，穿的薄衫都被淋湿了，贴在身上，显现出她姣好的身材，而整个街区的男人都很开心地一直盯着她看。

然而，为了能完全了解德·西卡在《那不勒斯的黄金》中塑造的这个人物的重要性，光浏览意大利和外国的报刊杂志上的影评文章是不够的。索菲娅·罗兰受人欢迎的新形象不仅在意大利电影史上占有一席之地，也是当时人们道德观念的反映。她的形象在平民神话中引起了轰动，最终的结果就是要赶紧"消费"。

举个例子，罗卡特利公司的品牌是德国最大的饮食品牌之一，使用了她漂亮而诱人的形象来做他们的莫泽雷勒干酪的广告，标上"比萨店老板娘"，专门推荐给体态丰满的女性食用。如果你想变得和索菲娅一样漂亮，请品尝罗卡特利公司的"比萨店老板娘"干酪……

在《那不勒斯的黄金》上映前，索菲娅作为官方代表团的成员参加了在伦敦举行的意大利电影周的活动。其他女演员也参与了这项盛事，比如吉娜·罗洛布里吉达。索菲娅因为在电影《神奇的旋转木马》中的精彩表演受到好评，举行了一个记者招待会，在会上，有些记者就拿她和吉娜·罗洛布里吉达作比较。当时，索菲娅·罗兰的英语不是很好：肯定有误解，有些记者就借题发挥，制造事端。总之，这个记者招待会最终成了向吉娜·罗洛布里吉达宣战的地方，都是由于索菲娅英语不好，再加上有些记者故意为之。随后，在报纸上我们就看到了这样的标题："我讨厌吉娜·罗洛布里吉达"。

《星期天地理》甚至还发表了一篇假冒的署名索菲娅·罗兰的文章，里面有这样的句子："吉娜·罗洛布里吉达不能以一种让人可信的方式去演戏。"或者是："我的三围比吉娜·罗洛布里吉达好，但这并不是她讨厌我的理由。"在罗马，索菲娅的律师埃玛纽勒·格利诺急忙为她澄清这些挑衅的言辞的真实性。

吉娜·罗洛布里吉达在《面包、爱情和幻想》中饰演一名女狙击兵，进一步巩固了她作为意大利的性感象征的地位。吉娜和索菲娅之间的敌对成了意大利媒体最有利用价值的新闻，新闻热炒了1954年的整个秋天，甚至要引爆《那不勒斯的黄金》里的性感炸弹。女狙击兵和比萨店老板娘公开地争斗，媒体非常满意地予以关注。这种敌对一直持续了好几年，有时她们之间会相互用言语攻击，有时是冷战。

索菲娅现在已经家喻户晓了，到处都邀请她。她的出现对任何一次会议都是一种荣幸：有人认为一位电影明星能代表一种爱国的情绪。有人说她拒绝结婚，她和托利亚尼的爱情悲剧使她再也看不起男人。人们很少提起，好像根本就不提她和庞蒂的关系。

《好可怜，这个骗子》中三个人同时出现的镜头。德·西卡和马塞罗·马斯托依安尼在染成金黄头发的索菲娅·罗兰身边。

  1954年12月，女伯爵玛丽莎·帕兹邀请她出席在卡普里岛举办的国际单身人士大会，这个大会上聚集了意大利所有上流社会的名媛绅士。

  1955年1月16日，意大利电视台播放了一个节目，名字叫《索菲娅的故事》，由曼弗勒多·马特欧里和埃米莉奥·罗讷洛执导。女演员的所有作品都被媒体翻了出来：她的照片越来越多地出现在各种杂志上。她的喜怒哀乐，摆出一个僵硬的姿势。她大大的微笑露出两排洁白的牙齿，她在上世纪50年代中期为可登可登牙膏做的广告，这种牙膏在当时的意大利最受欢迎。

  比萨店老板娘的那种机灵古怪又一次在布拉瑟蒂执导的《好可怜，这个骗子》中得以展现。片名中所说的骗子就是指的索菲娅饰演的角色，一个漂亮的小偷去欺骗一位贫穷而热心的的士司机。的士司机正是马塞罗·马斯托依安尼扮演的，他在当时还是个新人，但他的才华已经受到充分肯定，他不仅人长得帅而且和善敦厚。索菲娅在这部电影中还和德·西卡再次合作，但是这次他也是演员，他饰演的是白头发的罗平——漂亮的小偷的父亲。他们这三个演员的组合取得了巨大的成功，后来又合作过几部电影，演了一些很卖座的喜剧片。"德·西卡、马赛罗和我，"索菲娅说，"我们很快就组成了一个三人组。我们三个人的老家都在那不勒斯省，我们就是靠这条秘密连接着所有那不勒斯人的纽带紧密联系在一起的。我们有共同的幽默感、节奏感和生活的哲学。"

在米兰为《好可怜，这个骗子》举行了一次盛大的首映典礼。索菲娅还去了圣维托尔监狱给犯人送上了礼物。报纸对这次慈善之举进行了大肆的宣传，这并不是被所有人都认同的。比如，这样的行为就很令费利波·萨奇厌烦，他是意大利电影评论界的一个重要人物，他在《时代》杂志上充分表达了他对这件事的鄙夷："我们从来没有见过如此猛烈、如此反常的电影宣传活动，这次为了推出索菲娅·罗兰拍摄的新片。那么这个闪闪发光的小姐到底是谁呢，为什么米兰的报纸要提前两三天就报告她要到来的消息，用最大的标题，两个版面，报道她将于哪一天哪个时间坐哪趟火车到达火车站。第二天，还是用大标题，就怕大家不放心：小姐已经抵达，小姐旅途很顺利，但她刚到这里就感觉到自己负有神圣的使命要去给圣维托尔监狱里的犯人送去礼物。这位小姐有一颗天使的心！但是，我们知道她的行为只是一次广告，女演员送给监狱的礼物是由电影公司购买的，而电影公司之所以会购买这些礼物是因为它已经提前计算好了这部电影能帮它把这些钱收回来……"（1955年2月13日）除了这个插曲，这部电影受到大家的一致好评。非常挑剔的《新电影》杂志上刊登了一篇影评人基多·阿里斯塔尔科的文章，他一向都不喜欢喜剧，这次也重新调整了对索菲娅的评价："唯一让我们印象深刻的是，这部电影的活力，索菲娅·罗兰的表演。她已经是一个演员了，不再只是一个漂亮的女孩。"（1955年2月25日）大家几乎异口同声地对索菲娅大加赞赏。隆迪喜欢精彩的喜剧，在《时间》上的专栏里写到："索菲娅不只是表演出了她那个角色的美丽，而且还给这个人物增添了一点热情、敏感和性格特点。"（1955年2月20日）莱奥·佩斯特利在《新闻报》上这样定义她："轻松活泼，带点俏皮，电影里德·西卡的表演特别娴熟，他很有趣，语调上和角色的

《好可怜，这个骗子》中马塞罗·马斯托依安尼和索菲娅·罗兰。

细节上都带着十足的幽默感；索菲娅·罗兰生动地展示了她的善良品质。而且，我们注意到她说台词的腔调越来越好了……"（1955年2月11日）从大西洋的另一边同样也传来了赞扬的话语。在《纽约时代》的专栏里，鲍斯雷·克洛瑟表达了对索菲娅的表演的吹捧："她的身材非常漂亮匀称，让人觉得被她偷也是一种快乐！别以为她不知道这一点。对她来说，出门去散步也是一种艺术，身体的左右摇摆也能带来美感。年轻的女演员得到了最美的赞誉！"（1955年12月26日）凭借在《好可怜，这个骗子》中的精彩演出，索菲娅·罗兰夺得了1956年布宜诺斯艾利斯电影节的最佳女演员奖。

1955年，一本潮流杂志《社会新闻》用索菲娅·罗兰的照片作为封面，在这张照片上，索菲娅穿着很薄的衣服。杂志的主编加尔杰罗·雅科佩蒂，是一位电影评论界的优秀记者，却为此被人控告有伤风化罪。不管怎么样，《社会新闻》的销量猛增：索菲娅想摆脱丑闻，但她的名字却充斥在报纸的各个版面上。有很多她的支持者去法院旁听对这个官司的审判，但是，女演员没有去。"索菲娅的美貌，"马里奥·巴德拉在《节日》杂志上说，"不应该成为一种犯罪，但是法庭却宣判她有罪。"雅科佩蒂于是被判处罚款八万里拉。

只要一有合适的剧本和能让她发挥的角色，索菲娅就能展现出她是一个高水平的演员。在《维纳斯的暗示》（1955年）中，她的表演控制得很好，但她的角色是为了陪衬这部电影的主角弗兰卡·瓦莱里。这部电影的导演是迪诺·利斯，意大利喜剧电影界的领袖。对索菲娅来说，她的角色只能发挥她很少的一点才能，对她的受欢迎程度没有任何帮助。弗兰卡·瓦莱里和她的对比也是记者采写影评时的灵感来源，比如一位不知名的《节日》杂志的记者写到："这部电影的主要目的是对性的召唤，将弗兰卡·瓦莱里干瘦的身材和索菲娅·罗兰丰满的身材作对比：这样做只会让前者感到羞愧……除此之外，就没别的了。结果是弗兰卡·瓦莱里成功地显得更加活泼和热情，更不要说她的表演非常生动。如果从戏剧表演艺术上来说，索菲娅只在爱好者的阶段……"（1955年4月2日）当然，《维纳斯的暗示》是一部专门为弗兰卡·瓦莱里量身打造的电影：编剧路易吉·科门奇尼在创作塞茜拉这个角色的时候，心里就是想的弗兰卡·瓦莱里，按照她的体形特征，一个并不漂亮的女孩独特的热情。索菲娅的出现只不过为了衬托出可怜的塞茜拉的困境，显示出塞茜拉在感情上的宏大目标和不敢恭维的自身条件之间的巨大差距。虽然如此，但莱奥·佩斯特利在《新闻晚报》上的专栏里认为索菲娅·罗兰的演技在"进步"。（1955年3月19日）《团结报》也不吝对《维纳斯的暗示》这类喜剧进行评论，赞扬了这部电影，并说它是"轻松幽默的，甚至是它里面的错误都是很善意的。"（1955年3月18日）这篇文章的作者是基勒出版社的齐诺·阿尔祖洛。

阿图罗·拉诺奇塔在《晚邮报》的专栏上对弗兰卡·瓦莱里饰演的角色进行了高度评价："电影里所有其他的演员都没有什么新鲜的；这些演员在别的电影里也是演类似的角色，也是具有这样的才能：德·西卡饰演一位一文不名的哲学家；索迪饰演一个爱捣乱而且自吹自擂的人；德·菲利波演一个胆小鬼；索菲娅·罗兰演一个女孩希望别人爱她是爱她的灵魂而不是身体……"（1955年3月7日）

索菲娅还需要一部电影来提升自己的能力，证明她的才华。卡洛·庞蒂于是有责任要为她找这么一个机会。为拍摄《河娘泪》，他不惜血本地大量投入，在筹拍、拍摄尤其在后期上映的人物宣传上下足了工夫。《河娘泪》片名上的河娘指的当然就是索菲娅。同时，这也是一场"恋爱"，迪诺·德·劳伦蒂这次就没有与庞蒂合伙投资，而庞蒂承担了全部风险，他把所有财产都押上去了，一点都没剩，把宝押在这位年轻的女演员身上：《河娘泪》的成功完全就依赖于索菲

在电影《维纳斯的暗示》中，索菲娅·罗兰左右逢源。

娅的表演了。从庞蒂这一边来说，这样做是一种信任的表示、爱的行为，向一颗正在崛起的影坛新星的才华致敬。在筹备剧本的时候，庞蒂邀请了意大利最好的编剧：乔治·巴萨尼、马里奥·苏狄特、阿贝托·马拉维亚、恩尼奥·弗拉亚诺和未来的导演皮耶·保罗·帕索里尼。他们的工作就是描绘出一个人物，让索菲娅以最好的姿态出现。这段共同工作写出了一个长篇——甚至太长了——有悲剧和激情：一本厚厚的剧本。在有很多优秀的作家合在一起工作的时候，这样的事情经常会发生，出现的结果并不等于这些人的才华的累加。

索菲娅在戏里的造型和西尔瓦娜·曼嘉诺在《苦涩的米》中的造型很相似，《苦涩的米》1949年上映时获得了轰动，推出了这位新的性感象征，西尔瓦娜·曼嘉诺最终还成了迪诺·德·劳伦蒂的妻子。在《和埃及艳后的两夜》中一个人分饰两角之后，庞蒂和迪诺·德·劳伦蒂继续拥戴各自的"缪斯"相互竞争。庞蒂决定给索菲娅使用那位那不勒斯的合作者为西尔瓦娜·曼嘉诺在电影里使用过的一切：水稻田、美国式的舞会和热裤（当时很流行的一种短裤，让女性看起来更性感）。

庞蒂逐渐地在准备和协调《河娘泪》的拍摄，这时索菲娅生病了：她的慢性支气管炎还没有完全好，她是在拍摄《那不勒斯的黄金》的时候在消防队员制造的假的大雨里走来走去的时候病倒的。好像这还不够，她又由慢性支气管炎引起了哮喘，她拍摄外景的平原的闷热和潮湿的气候使她的哮喘加剧。女演员没有哪一天能好好睡上一觉。她肩上担负的责任让她夜不能寐。"卡洛，"女演员回忆道，"好几天晚上都在我的床边陪着我，当我咳得气都喘不上来的时候。我们已经很亲近了，我和卡洛既像父亲和女儿，又像丈夫和妻子，制片人和女演员、朋友。"电影的执行制片和剧本的作者之一巴西里奥·弗朗齐纳同样也在最困难的时候陪在她的身边，从那以后，他成了索菲娅最忠实的朋友之一。

在拍摄的最后一天，索菲娅的哮喘也令人欣喜地消失了，这就证实了医生的诊断，一开始，医生就说她的哮喘病是由于强烈的担忧引起的。为了庆祝拍摄结束，卡洛送给索菲娅一个珠宝盒。"盒子里有一枚镶了一颗小小的钻石的戒指，"女演员回忆道，"我们从来没有真正确认我们的关系是什么时候开始的。但是这一次，我们再一次没有说一句话地进行了沟通。我很感动，高兴得哭了。他是第一个真正走进我生活中的男人，从这一刻起，我决定要把我的一切都交给他。他仍然和他的妻子、孩子们在一起生活，但是，现在我的感情是如此的强烈。我不能再抑制自己的情感去遵守像波佐利这样的小城市里的道德准则，或者是其他别的地方的道德规范。我需要爱情。"

《河娘泪》得到了一致好评，不管是女主角的表演还是导演的执导都大受赞扬。有些影评人对剧本的原创性有怀疑，但没有人会忘记肯定索菲娅的表演才能。在所有对《河娘泪》推崇备至的人中，基诺·维桑蒂尼在《意大利日报》上写评论文章说："索菲娅·罗兰的表演不能再真实、再准确了。这部电影充分展现了这位女演员的表演天才，是在其他电影中不曾看到的。她准确地把握了台

词，特别是那些大胆的讽刺，表现出一种惊人的活力。"（1955年10月2日）电影在世界范围内放映，得到其他国家的赞誉，特别是美国，在美国索菲娅和安娜·麦兰妮，还有吉娜·罗洛布里吉达相提并论。《哥伦比亚图片》推出索菲娅的照片，并配上文字"火辣辣的索菲娅"（是一种文字游戏，暗示索菲娅的性感），同时也指她在《那不勒斯的黄金》中做的比萨。

因为拍摄了《河娘泪》，年轻女演员的生活发生了很多改变。这部电影和《那不勒斯的黄金》使她成为了真正的电影明星。索菲娅终于登上了她向往已久的意大利电影城的最顶端。

但是一位名人不可能一直住在母亲家。于是，索菲娅决定买一套公寓自己居住：一栋有四个房间的小房子，有一个漂亮的露台，在罗马的巴尔扎尼街。然后，她换掉了她原来的汽车买了一辆新的奔驰300SL，大红色，造型像鱼雷。她还不满足于自己取得的成绩。她开始学习英语（卡洛有意要训练她，给她家里放了很多美国和英国的古典名著），她没有对外声张，加紧了请罗马最好的英语老师来给她授课，甚至德·西卡也公开宣布索菲娅有很高的天资，不要被任何学校的教育所束缚了。

同时，索菲娅也在接连不断地拍电影。在拍摄电影《风车上》时，她又遇到了马塞罗·马斯托依安尼和德·西卡。索菲娅此时已经成了明星，她在电影里的角色也是比较重要的一位，但这次还是没有为她量身定做的《河娘泪》的戏份儿重。而且，这部戏交给一位退伍军人卡梅利尼指导，他看起来不太能胜任这个工作。就是这个卡梅利尼曾经把这个故事拍成电影，成功捧红了德·菲利波兄弟和当时演漂亮磨坊女的莱达·格洛丽亚。不过那是在二十年前，法西斯统治时期。如今，卡梅利尼已经是意大利电影城过去的一个荣耀，他的才情已经枯竭。索菲娅饰演一位漂亮的磨坊女，但是毫无特点。"这部电影里所有的演员都很聒噪，"一位记者在《晚邮报》上评论道，"人数非常多，但没有特点：不管是女主角索菲娅·罗兰还是配角伊翁娜·桑松都是大美人，再加上德·西卡的表演，在这部戏里他有点黯然无光，因为他还不习惯表演这种粗野的喜剧。"（1955年11月12日）维托里奥·里希蒂在那不勒斯的日报《晨报》上的影评专栏里写文章，总是吝惜对索菲娅的表演进行评价，同时也这样评价其他演员："这部由卡梅利尼执导的电影基调是朝气蓬勃的，得益于德·西卡的表演，有激情而又不失风度，因此我们就希望看到一个比索菲娅·罗兰饰演的更加洒脱大方、更加生动活泼的磨坊女，她当然很漂亮，但也就只是如此而已……"（1955年10月28日）鲍斯雷·克洛瑟用一种嘲弄的语调在《纽约时代》上对这部电影进行了评论："罗兰小姐是女性中的楷模，就算是看她一眼都会觉得荣幸备至。"

德·西卡已经注定要成为索菲娅·罗兰的搭档。同样的事情发生在拍摄《面包、爱情和其他……》（1955年），在这部电影里，德·西卡换下了西班牙政府官员的灰色服装，穿上了一位退休元帅的服装。这部电影还是一个系列的第三部，这个系列的第一部就是《面包、爱情和幻想》，其中由吉娜·罗洛布里吉达扮演的女狙击兵让她大放异彩。索菲娅现在被人认为处于吉娜·罗洛布里吉达的对立面：这是公然侵占领土的行为，一次真正的宣战！"我们之间没有任何对立，"吉娜·罗洛布里吉达用一种尖刻的语气说，"在当时，我已经是一位电影明星，而索菲娅不过才是一个新人。意大利记者当然不是很有想象力。一个人的成功，在他们看来，就是以另一个人的失败为前提的……"

在《面包、爱情和其他……》中索菲娅跳着曼博舞，这种舞是西尔瓦娜·曼

嘉诺的标志性舞蹈。这一次，她在演员名单上又把自己名字里的"Ph"换成了"f"，就像在《那不勒斯的黄金》里那样。而且，这部电影就是在那不勒斯海湾边的苏朗特拍摄的。在这部戏里，索菲娅不仅和德·西卡重逢，还遇到了图片小说《可爱的闯入者》中饰演年轻帅气的医生的演员安东尼奥·奇法列罗。他饰演城市里的一位准尉。导演迪诺·利斯接替了路易吉科门奇尼让索菲娅参与这已经获得了很大成功的电影系列的拍摄。这部电影大受欢迎，得到一致好评：电影公司得到十亿元的收入，但这个数字还是赶不上《面包、爱情和幻想》创造的收入，也赶不上《面包、爱情和嫉妒》。评论界对这部电影也是不冷不热："这部电影，" 拉诺奇塔在《晚邮报》上说，"充满讽刺的活力，德·西卡用嘲弄的方式来表演他的角色，特别夸张，索菲娅演出了人物的急躁性格，不只在身体语言上，还加上了自己的小智慧。至于那不勒斯的女演员，我们不能用吉娜和索菲娅相比：我们对这样的对比是无法给出答案的……"（1955年12月24日）维托里奥·里希蒂也拒绝回答这么微妙的问题："没有办法比较一个女狙击手和一个女渔民，"他在那不勒斯的日报《晨报》上的影评专栏里写到，"这两个人物有太多的不同：一个美丽大方，另一个活力四射，散发着女性的热情，有着那不勒斯女人的典型性格：在她的血液里燃烧着维纳斯的火焰，准备好了对抗哪怕一丁点的不尊重。这是一个有点泼辣的角色，索菲娅演出了这种傲慢，而且她也对她自己的表演很满意，因为这样脾气的一个角色肯定会受到大众的喜欢。"（1955年12月23日）《面包、爱情和其他……》特别受到美国评论界的欢迎。《每日镜报》的记者瑞格·威特利一语中的："索菲娅令人惊艳，当她处在一群渔民中的时候！爱情的场景多么有力量啊！"

《游击女郎》（1955年）同样也是一部电影的续集，它的上一部电影是《好可怜，这个骗子》，由同一个导演执导、同样的编剧、同一拨演员，除了一个人——不能忽略的——德·西卡，查尔斯·波尔替代了他。布拉瑟蒂对于拍摄这种类型的喜剧已经很有经验了，他总是很和蔼地执导。但是在这么多次执导之后，他的这部电影比《好可怜，这个骗子》缺乏新鲜感和表演的魅力。"语调、节拍、节奏，"吉安·路易吉·隆迪在罗马的日报《时间》上的专栏里写道，"都是法国式的轻喜剧，总像是一幅'速写'。在影片中喜剧角色显得很黯淡，人物之间的对白有点夸张、下流。里面的那些玩笑都没有跳出布拉瑟蒂的作品的圈子。观众们现在无疑会很满意，因为他们又能找到一个好机会和一个借口看到索菲娅出演主角：尤其是看到，这一次索菲娅的身材比以前都要丰满！"（1956年2月4日）但《新新闻》的影评记者莱奥·佩斯特利并不这样认为："不幸的是，我们只能重复以前我们说过的有关索菲娅·罗兰的话：她很美，但是她只不过是诱人……"（1956年2月4日）

意大利国内的报刊对这部电影的评价褒贬不一。不管他们怎么说，索菲娅的人气在几个月里却一直直线上升。如今，美国市场已经朝所有她主演的影片敞开大门，这就造就了她的演艺事业开始在国外的发展。1955年12月，她受邀参加官方访问代表团去丹麦、瑞典和挪威参加意大利电影日的活动。就像那次英国之行，这次索菲娅也有机会见到了很多上流社会的人物、国王和王后。但是这一次官方代表团的出行，又引起了一些论战，指责她的一些表现不妥当。一到奥斯陆，索菲娅·罗兰就在滑雪俱乐部专门为她组织的一个欢迎会上说她实在太累了。"我那天晚上见证了所有的小插曲，"阿图罗·拉诺奇塔说，"因为我那天就在奥斯陆……从斯德哥尔摩到奥斯陆，索菲娅没完没了地参加各种欢迎会、记者招待会和跳舞晚会。到了午夜，她吃完晚饭，跳完最后一支舞曲之后，

电影《面包、爱情和其他……》中索菲娅·罗兰是一个美丽的渔民，吸引了所有男人的目光。

才能精疲力尽地去睡觉。她不知道滑雪俱乐部在安裴佐的科蒂纳举办的这个晚会，是在冬奥会开幕的前一天，以天价卖出门票，就是承诺索菲娅·罗兰会出席……"索菲娅为了和他们重新搞好关系，又一次在冬奥会的时候去看望了挪威的滑雪运动员。然而，持续了很长时间，媒体都在对她进行批评，包括意大利的媒体。在《新电影》上，安娜·加罗法洛强烈地抨击索菲娅："有美貌，没有智慧和教养，不知天高地厚，她差点失去了她所拥有的，她只要说她累了，想睡觉了，就把一个国家的一千四百名热情欢迎她的公民全都晾在一边。"（1956年1月10日）索菲娅被指责没有礼貌，她的负面新闻充斥了所有的报纸杂志，不管这些报纸是什么性质的。人们对她进行咒骂而不是赞美。各种报纸都在重复着那些媒体想要传播出去的她的负面报道。所有的意大利人都知道她对时尚的理解，最

索菲娅·罗兰和马塞罗·马斯托依安尼在电影《游击女郎》中。

电影《游击女郎》的另一幅剧照。

喜欢的美国男影星是谁。相反，他们中的大多数人都不知道她是一个勤奋学习的人，她一直不间断地向伟大的万达·卡波达格里奥学习戏剧表演的课程。她的真正面目并没有什么好看的，总有一丝神秘围绕在她身边。她的神秘已经超出了意大利国界，这都是她的经纪人马里奥·纳塔尔做的，他受卡洛·庞蒂的指示，要帮助索菲娅提高她的受欢迎程度。正是这个马里奥挑起了索菲娅和吉娜之间的矛盾，这种对立对两位女星都有好处，尤其对索菲娅有利，使她成为仅次于吉娜的女明星。意大利民众喜欢看两个人的争斗。巴特利和科比之间的对立让意大利的自行车运动风靡一时。受到好莱坞的造星运动的启发，为了推出意大利电影城的明星，就制造了罗兰和罗洛布里吉达的敌对。索菲娅的名气已经流传到了国外，在埃及，一个毒品贩子在他生产的大麻的小包装袋上就印上了索菲娅·罗兰的名字。出名是一件好事，但也要留心！

Les années Paramount

在帕拉蒙公司的岁月

里卡多·希科勒内不服从于婚姻。他抛弃了内拉·里沃尔塔，他们曾经在神坛前举行过婚礼。在他们分手后，内拉·里沃尔塔开始把一腔怒火全都发泄到罗米尔达和她的两个女儿身上。她时常给她们打电话，在电话里辱骂她们：无论如何，她坚持认为当时只有十七岁的玛丽娅，不配叫希科勒内。然后，她发现报纸上经常报道索菲娅的消息，这个不幸的女人就写了很多恶毒的信投给《国家晚报》、《欧洲》、《第七日》。罗米尔达·维拉尼再也不能忍受了，她把内拉·里沃尔塔告到了法院。

电影杂志《节日》选择性地刊登了内拉·里沃尔塔·希科勒内的信："我的丈夫是在罗米尔达·维拉尼的坚持下才认索菲娅为他的亲生女儿的，并让她姓希科勒内。……1949年，罗米尔达·维拉尼又跑来要我的丈夫承认1938年出生的玛丽娅是他的亲生女儿，我的丈夫回答罗米尔达·维拉尼的代理律师说，他坚决拒绝承认玛丽娅的地位，因为她是在我丈夫和她母亲一直没见面的那几年中出生的。当看到索菲娅在电影界取得了很大成就之后，我的丈夫改变了态度。他开始变得古怪，暴躁易怒，还会动手打人。他不停地和我吵架。为了激怒我，他还在墙上挂了索菲娅的照片。"（1955年6月4日）

事情变得非常复杂。1955年夏天，米兰地方法院第一次开庭审理此案，此时马里奥·纳塔尔正在积极准备《河娘泪》的上映，这部电影的海报就是一张索菲娅的照片。人们当时还在为《那不勒斯的黄金》取得的成功而津津乐道。希科勒内的前妻里沃尔塔夫人提前通知大家说索菲娅会在法庭上作证：那些专栏作家正手握着笔严阵以待，作壁上观等待这出好戏。但是，索菲娅的作证很有分寸，而且内容详实。最后宣判索菲娅的妹妹享有同等的姓希科勒内的权利：内拉·里沃尔塔再也不能骚扰罗米尔达·维拉尼和她的女儿玛丽娅。

在米兰法院的走廊上，索菲娅和玛丽娅在她们母亲的臂弯里痛哭。这时，罗米尔达还不知道她女儿和卡洛·庞蒂的关系，她非常高兴她女儿又回到自己身边。她曾经和索菲娅一起忍受被驱逐和饥饿。在通向电影界的奥林匹亚山的前几场战斗中，她和索菲娅并肩作战。现在，她的大女儿，她最爱的女儿，要离开她，继续攀登电影界的高峰，身旁陪着一个已婚男人，他是两个孩子的父亲：
"我爱上他了！"索菲娅反驳她，向她解释，总的说来就是这样，不是别的！

官司打完一个月之后，索菲娅微笑的脸就出现在《生活》杂志的封面上。这是她第一次为美国杂志拍摄封面照，表明美国市场已经在友好地向她招手，还有卡洛·庞蒂所作的努力让他的心上人的职业生涯扩展到大西洋的彼岸。《河娘泪》并不是索菲娅第一部在美国上映的影片，美国观众已经开始喜欢上她了。索菲娅正在准备进行一次事业上的飞跃。在《游击女郎》上映时，卡洛·庞蒂为她在美国策划了一次轰动的首映式。他给索菲娅找了一个苏格兰的家教萨拉·斯潘，她被请来教索菲娅英语，每天清早教索菲娅读艾略特的诗，然后再去拍戏现场拍一些由马斯托依安尼导演的小成本喜剧。1955年8月，就在这同一个月，另一本重要的美国杂志《新闻周刊》出版了一份四页纸的特刊，名字叫《意大利的索菲娅·罗兰，一颗新星》。记者暗示说将要组建一个电影公司，名叫国王兄弟电影公司，将要制作一部电影，由索菲娅担纲主演：电影的名字叫《一个美国的狂欢节》。但是庞蒂想要拍一部更重要的电影。他有很多想法：他在好莱坞到处散布消息，想要寻找更好的机会。有人建议他把索菲娅推荐给斯坦利·克雷默，

电影《气壮山河》的剧照，
本来女主角是艾娃·加德纳，
但后来变成了索菲娅·罗兰。

担任他正在筹备的电影《气壮山河》（1956年）的女主角。盛传这个角色是由女演员艾娃·加德纳出演。在意大利，正好有很多影评都把索菲娅比做小艾娃·加德纳……于是，卡洛准备小心翼翼地提出他的建议，克雷默正想要找一位欧洲的女演员增加他的电影的艺术气氛，抢在了他前面。"让我非常吃惊的是，"庞蒂说，"是克雷默自己对我说要用索菲娅：二十万美元，一口价。这是我一生中作过的最容易的决定了。"阿兰·莱维在他为索菲娅·罗兰写的传记里讲到庞蒂从口袋里掏出了一张二十万美元的支票，让索菲娅成为了这个电影的主角。

但是，为什么斯坦利·克雷默会选择索菲娅？艾娃·加德纳真的比索菲娅更能取悦美国观众，就如所说的那样没有档期。据说马龙·白兰度在第一次演了两位男主角之中的一位（另一位最后由斯纳特拉扮演）之后，就很想和索菲娅·罗兰一起拍戏。还有人说是因为斯坦利·克雷默在看过了《河娘泪》之后，完全被这位意大利女喜剧演员的表演征服了。有传言说，当庞蒂告诉索菲娅她将和弗兰克·斯纳特拉还有卡里·格兰特一起拍戏时，她高兴得几乎晕倒。相反，卡里·格兰特知道自己要和一个叫索菲娅·罗兰的意大利女演员一起拍戏时，并不高兴——从来就没有听说过这个女孩！实际上，《生活》杂志的封面展现的完全是反面。但是好莱坞的神话，就像所有童话故事一样，产生于一些不好的预兆，卡里·格兰特的厌恶不会立刻消失。

为了庆祝《气壮山河》的开机，斯坦利·克雷默在他的住处举办了一个晚会。这次聚会的目标之一就是用一种最放松的方式让索菲娅·罗兰和不断抱怨的卡里·格兰特见见面。"我那天晚上特别紧

电影《爱琴海夺宝记》的剧照。好朋友们为了一尊珍贵的雕像聚集在了一起。

张，"索菲娅回忆说，"我试穿了至少几十条裙子。我知道大家要讲英语，虽然有萨拉·斯潘的努力，但我还是不能流利地讲英语。"在这样的场合，如果派一个翻译陪在她身边就是一个严重的战略性错误：就是要让所有人都看到，特别是那些好莱坞的上流社会的喜欢传播闲言碎语的人认识到，比如卢埃拉·帕尔松，索菲娅能熟练掌握这门语言，而且能在有卡里·格兰特这样的超级影星的电影里担当主角。

这种好莱坞式的庆祝会和索菲娅所熟悉的意大利电影界的开机庆祝会完全不同。索菲娅被介绍给了很多记者、作家和一些政要。所有人都说着标准的、流畅的英语。她只能听懂他们话里的一小部分。当她不知道该说什么的时候，她就露出一个灿烂的微笑。

斯坦利·克雷默亲自将索菲娅介绍给卡里·格兰特。"你好吗，罗洛·罗兰小姐？"卡里·格兰特笑着向她问好，他总是搞不清楚这些意大利人的姓名。索菲娅有点尴尬，她也没有生气。为了报复他，她叫他"科利·格隆特"。在他们你一言，我一语的交流中，坚冰被打破……甚至消融了。

电影《爱琴海夺宝记》的又一幅剧照，这次索菲娅·罗兰和克利夫顿·韦伯在一起。

　　《气壮山河》的拍摄预计要用六个月。有一部分是在西班牙拍摄的。索菲娅和卡里非常高兴地变成了很熟悉的好朋友。"我们每天晚上都见面，我们在一些浪漫的小饭馆里吃饭，这些饭馆都坐落在小山坡上，里面有茨冈人的吉他演奏；我们喝很好的西班牙红酒，我们聊很多事情，发现大家很有共同语言。我明白了我们正在互相爱慕。但是，我，我仍然爱着卡洛……"虽然卡里·格兰特已经五十多岁了，但他还是一个充满魅力的人。而且，他准备为了索菲娅放弃一切，他还明确提出想和她结婚（卡里·格兰特已经结过三次婚，罗兰小姐差点就成为第四任格兰特夫人……）。如果索菲娅决定抛弃她的米兰律师，那么他们就可能会结婚。但是，她没有这么做。当时的很多期刊上还说在拍摄《气壮山河》的时候有另一段恋情，就是索菲娅和克雷默的电影中的另一位男演员弗兰克·斯纳特拉之间的感情。所有的这些绯闻的产生和电影里的情节非常相似！

　　在《气壮山河》中索菲娅和卡里·格兰特饰演的两个人物也是非常相爱。索菲娅饰演的是斯纳特拉的妻子，最终却爱上了格兰特。电影并没有在计划的时间内拍

电影《宝城艳姬》的剧照

完，它最后是在好莱坞完成了，当时另一部影片《爱琴海夺宝记》(1956年)拍摄完成了。为了拍摄这第二部美国影片，索菲娅去了希腊，因为要在那里拍外景戏。在那几年里，美国的大电影公司不得不把他们大部分的电影制作经费投到欧洲，他们很高兴在欧洲国家进行拍摄，至少意大利、西班牙和希腊的人工费很便宜。可怜的卡里·格兰特也要回到加利福尼亚去拍摄一部新片，他很遗憾地和这个他喜欢的意大利女演员告别。

拍摄《爱琴海夺宝记》时，索菲娅已经二十三岁，她这次遇到了另一位好莱坞的巨星：艾伦·拉德，他在电影《迷失山谷中的男人》里饰演一位孤独地在山谷里出没的骑兵，是上世纪50年代的美国西部片之一。然而，在遇到卡里·格兰特之后，索菲娅·罗兰就不会再在他们面前紧张了。而且，艾伦·拉德还比她矮几厘米。于是，为了拍摄一场在海边散步的戏，剧务人员不得不在海边搭建一条木头做的走道，为了抬高这位孤胆骑兵的身高，不至于让他在对他的意大利搭档说话的时候抬起头来。

在拍摄《爱琴海夺宝记》的时候，索菲娅·罗兰受到罗马尼亚籍导演让·尼古拉斯哥很好的照顾，他在去好莱坞当导演之前，在巴黎当画家：在拍摄前、拍摄中和拍摄后，尼古拉斯哥为索菲娅画了很多肖像画。这些画几个月之后在罗马一个很有名的画廊里展出。这次画展吸引了很多记者和索菲娅的影迷。写出《那不勒斯的黄金》里的比萨店老板娘的豪放作家朱塞佩·马洛塔也出席了画展的开幕式，并在《欧洲》周刊上评价说，让·尼古拉斯哥的油画还算"过得去"。

让·尼古拉斯哥并没有把索菲娅的角色拍得特别好看，因为她饰演的并不是一个花瓶式的人物：她饰演一个希腊的女渔民，性格泼辣，名叫菲德拉（这个名字在希腊语中就有点像漫画的人名），她在爱琴海里打捞海绵，却无意中发现了一尊古代的纯金雕像。索菲娅化着夸张的浓妆，表演也带着一点野性，比起希腊的女渔民，更像埃塞俄比亚的阿依达。有几场戏是拍索菲娅的身体的，她穿着泳装，全身湿透，用一种太过直白的表现方式展示她姣好的身材。剧本好像就是故意要让大家去欣赏她那美丽绝伦的身体，就像《海底的非洲》中那样。但是在《爱琴海夺宝记》中，重点强调她的身体里有一种地中海式的魅力，一种强烈的美感，有点野性，特别是当她戴上潜水面罩时，在面罩里她脸上的线条被勾勒出来。

与平庸的喜剧演员艾伦·拉德相比，或者与有些夸张的克利夫顿·韦伯表演的人物相比，索菲娅在这部影片的自始至终都控制着画面。《爱琴海夺宝记》显然不是她的代表作。如果《人物》周刊把这部电影誉为一部"令人难忘的"电影，那都是因为有索菲娅·罗兰的出现。《时代杂志》上把她比喻为维纳斯，因此她的美已经不是那么地中海式的了……《每日快报》对这位魅力四射的那不勒斯美女大加赞赏，认为她的光芒将会盖过杰妮·曼斯菲尔德、玛丽莲·梦露和艾娃·加德纳。各大媒体也开始以同样的论调大肆宣传。

在意大利，尼古拉斯哥的这部电影的名字叫《骑在海豚背上的男孩》，并没有引起多大的轰动。因为这部电影就像是好莱坞式的风景片，里面有地中海最美丽的自然风光，看起来就像那些平庸的风景明信片。费利波·萨奇在电影杂志《时代》的影评里说这部电影"完全失败"。作家朱塞佩·马洛塔当时也在写影评，他批评索菲娅·罗兰太过于美国化："索菲娅·罗兰，"我们能在《欧洲》上读到他的这篇文章，"从来没有这么丑陋。她演一个希腊人，一个海里的潜水员。那些喜欢她的人必须要提醒她。德·西卡、亚历山大·布拉瑟蒂、马里

奥·苏狄特在好莱坞做了那么多噩梦！她在好莱坞会受到后悔的折磨！会受到思乡之情的折磨！"讨厌索菲娅·罗兰的维托里奥·里希蒂在他写影评专栏的《晨报》上将这种指责的语气加重了："我们不能把《游击女郎》上的索菲娅换成这部电影里的索菲娅，因为只有在布拉瑟蒂的电影里，她才成功找到了最真诚、最直白的表演方式。在尼古拉斯哥的电影里，她朝宽银幕电影迈进，这部影片更加突出的是她诱人的身材；如果真要我们来评价一下她在这里的表演方式、发怒和开心，那我们将会说她这次的表演还是初级水平，还很做作。然而，索菲娅是一个非常漂亮的年轻女演员，我们也就原谅了她这么没有分寸的表演，虽然这些都是一个好演员应该具有的素质……"（1957年4月21日）里希蒂表达了他对以索菲娅为代表的这种表演方式的厌恶，也许他还不喜欢这位女演员取得成功的途径：同样地，当他用一些褒义的字眼描述她时，也是为了对她进行迎头痛击前的一点辛辣的讽刺。而且，里希蒂是在那不勒斯最重要的报纸上发表这些评论的！就像一句谚语所说："本乡人中无先知。"但阿图罗·拉诺奇塔就是另外一种不同的态度了。他总是为索菲娅说好话，而索菲娅是那不勒斯人，他又在为一份传统的米兰报纸写评论，这在当时，米兰和那不勒斯有着严重的对立："虽然我们第一次在一部美国的电影里听出一种那不勒斯的口音，"他在《晚邮报》上说，"索菲娅·罗兰在某些镜头里，非常漂亮，美得惊人；地中海的精灵，她把年轻的希腊渔民演绎得出神入

化：她的本能和天赋让她充满活力。"（1957年4月21日）

　　《气壮山河》最终在好莱坞拍摄完成，在那里索菲娅又见到了卡里·格兰特，他仍然很执著、很认真地向她求婚。克雷默的这部电影在1957年夏天在美国上映，得到了媒体的一致好评。"整部电影充满了激情，"金普森·哈曼在《新闻晚报》上评论说，"它毫无疑义地是这么久以来最精彩的电影之一。"在意大利，克雷默的这部电影是在圣诞节上映的，片名和法国的一样，引起了观众的困惑，因为大家都以为索菲娅只是一个在那不勒斯的小街上做比萨饼的年轻女孩。索菲娅·罗兰已经成了那不勒斯幸福的象征，成了这座城市的神秘元素中的一个，其他的还有维苏威火山、比萨饼和曼陀林。"以前的比萨店老板娘，"达里

继母和儿子之间的爱情：索菲娅·罗兰和安东尼·佩肯斯在1958年的电影《榆树下的欲望》中。

奥·扎纳利在《剩下的卡尔利诺》的影评专栏上写道，"在这里变成了一个大胆泼辣的西班牙女人，当时的伊比利亚半岛还在拿破仑军队的控制下……克雷默感觉到的这个悲剧同时也在我们的女演员脸上表现出来了，通过她的表情，他想让她的脸看起来光彩照人。但是，虽然他作了很多努力，索菲娅·罗兰还是没有完全与她表演的人物的性格相融合。而且，再加上那些比她更会演戏的演员，比如格兰特和斯纳特拉，他们都没能拯救自己的角色。"（1957年12月21日）克雷默是一个很感性的导演，他的电影至少也是人制作，里面混杂了很多乱七八糟的东西。在日内瓦出版的日报《21世纪》上，卡洛·马塞尔·瑞特曼对这部电影进行了肯定，但还是有保留意见："迷人的索菲娅表演得还不错，甚至在她试着跳弗拉门科舞的时候。但是，她在演绎比萨店老板娘的时候更胜一筹。"（1957年12月21日）《气壮山河》里，索菲娅·罗兰在茨冈吉他的伴奏下跳起弗拉门科舞的场景让美国的所有影评人都为之疯狂。作家朱塞佩·马洛塔在意大利的《欧洲》周刊上表达了自己内心的喜悦："她跳舞时胸部在抖动，就像她的怀里揣了一台钻机，它们就要从她的身上抖落下来了（因为它们并不轻），但她把它们都控制住了，它们都还在原地。但是，请上帝原谅我们，我们感到被欺骗了！……

化妆和摄像师的技术把她变丑了，她的外形好像非洲的黑色人种。她的演技怎么样？上帝啊，索菲娅说她希望有一天能获得一尊奥斯卡小金人，看来她的愿望很有可能会实现！（美国难道是更有荣耀的地方？）她的样子看起来就像一只被我们遮住眼睛的羊羔，她哭起来就像醉汉手里的酒杯一样漫溢而出。"马洛塔用一种讽刺和调侃的口吻预言了奥斯卡金像奖。有点奇怪的是，他身为那不勒斯的作家，一直都把索菲娅的名字写成"Sofia"，而不是"Sophia"，就像女演员出现在《那不勒斯的黄金》的演员表上时一样。他的判断反映了大多数意大利评论员的意见：女演员已经迅速地适应了美国的表演模式。甚至是她一直以来的支持者之一的拉诺奇塔也觉得她的表演太夸张了："克雷默把她变成了一个漂亮的木偶。"（1957年12月20日）对于意大利的公众和媒体来说，索菲娅的美国式的打扮和表演形式就是一种背叛，背叛了引领年轻的女演员走向成功的她的祖国的美感、文化和感情。正因为这样，改变变得不能容忍。相反，美国观众对这位带着神秘色彩的闪闪发光的新星张开了欢迎的双臂，美国是个机会多多的地方。而且，不要忘了庞蒂和索菲娅·罗兰已经无法忍受意大利的氛围。米兰的律师实际上没有得到他的前妻离婚的许可，而参照意大利的法律，他犯有重婚罪，他还娶了一位墨西哥的女演员。他还被别人夸大地说他在虐待索菲娅，他们俩现在是意大利电影界最有影响的一对。然而，真的在加利福利亚的太阳下，索菲娅和卡洛住在贝莱尔的查理·维多的别墅里，就不会感觉到自己是公众追逐的目标，他们在一起就不会被意大利最保守的天主教徒谴责了。他们去美国，最开始是为了索菲娅的演艺事业更好的发展，现在变成了别的——逃离旧大陆的道德观念。美国社会传统的状况是：政治上反对共产主义，在私人生活上崇尚民主和自由。

索菲娅拍摄的第三部美国电影是《宝城艳姬》（1957年），它在利比亚的沙漠中拍摄的。索菲娅·罗兰又一次领衔主演，周旋在两个男人中间，一位是帅气的罗仙诺·布拉兹，另一位是好莱坞巨星、老牛仔约翰·韦恩。外景地是在利比亚和突尼斯交界的沙漠，那里的气温简直令人难以承受：白天气温很高，晚上气温又降到很低。周围也没有一家宾馆可以接待这支好莱坞的电影剧组。演员和剧

组人员就住在条件很艰苦的汽车旅馆里。房间里没有暖气。为了能入睡，索菲娅买了一个燃气炉，一天晚上差点酿成了悲剧："那个燃气炉，"女演员说，"把房间里的氧气都烧光了，我睡着了，吸进去很多一氧化碳。我就要一氧化碳中毒了。"为了预防小偷，她把门窗都关得严严的。正是一个噩梦惊醒了她：她梦到自己被勒住脖子，她拼命挣扎，从床上掉了下来。她醒了。但是，噩梦好像在真实的世界里继续上演：她既无法呼吸，又动不了。她感觉自己浑身没劲，她用尽全身力气，才爬到了门边。人们在走廊上发现她，趴在地上，呼吸困难。

　　这只是一个小插曲，这部格调火热的电影是由亨利·哈瑟微导演的。探险的故事、传奇的经历、对财富的狂热、美女的身材是这部电影的主要元素，有时他们之间的比例有点失调。索菲娅表演得与她的角色很贴切，在某些场景，她会让人联想到《阳光下的决斗》中的珍妮弗·琼斯。《宝城艳姬》是索菲娅初涉美国电影工业时拍摄的最好的影片。然而，美国的媒体对她的表演却少有赞许："这个内容简单的、烦人的故事根本不可能成功，如果不是杰克·卡迪夫担任摄影师的话，"这是《每月电影新闻》上的评论，"哈瑟微建造了一个出于他心底深处对暴力的热爱而形成的天堂，三位主演要是把这些荒诞的对话和故事情节再淡化一点可能会更让人喜爱。"在意大利，这部电影得到了比美国热烈得多的欢迎："亨利·哈瑟微，"拉诺奇塔在《晚邮报》上写道，"比克雷默更会指导索菲娅·罗兰，但是这一次还是一样，让她饰演一个一点也不浪漫的角色：她在戏里，看起来就像一个茨冈女人，身材绝美，又理想主义。沙漠和索菲娅·罗兰都被拍摄得很好，这就是我们仅仅可以说的。人物的心理分析和对话都是那么沉闷而苍白……"（1958年3月8日）然而，这部电影的编剧是本·郝奇，他经常获奖，是好莱坞最活跃的编剧之一。当然，郝奇肯定可以为索菲娅写出更好的剧本来，但他在当时已经成了一个老得没有爪子的狮子了，他把写得很好的剧本都卖给预算上百万美元的电影。对于都灵日报《新新闻》的评论员莱奥·佩斯特利来说，这部电影里的索菲娅太平常了："索菲娅·罗兰，身材瘦削，生动地去演绎一位她所熟悉的平民女子，暴躁泼辣。"（1958年3月8日）在《新电影》上的一位不知名的评论员的分析看起来好像更深入，但是作者也像其他同胞一样，对罗兰的角色美国化提出了异议："对于美国人来说，我们的女明星表演时的活力确实给他们带来一个很难解决的问题。他们不能或者害怕把这样的人物性格带到现实社会中去。于是，他们把她变丑了，现在把她的角色限定在一个平庸的茨冈女人，南方的女孩——使她的皮肤颜色有点深——用来混淆时空。"（1958年4月1日）随后的这些观点有待商榷，但是她从此踏入了好莱坞的电影产业。索菲娅只有两个选择：继续或放弃。而且，她的前面这几部美国电影使她的人气上升，正是因为这样，索菲娅和卡洛才得到了期望的结果。多亏了这些电影，制片人才让他的保护者得到了帕拉蒙公司的一份很好的合同：两百万美元拍摄五部电影。

　　当时，索菲娅已经开始尝到好莱坞生活给她带来的喜悦了。电影界的奥林匹亚山，就是这样的！晚宴、庆祝会、豪华别墅、贝弗利山的山坡上、马里布的海滩……当在罗马诺夫家举办的一个欢迎会上，索菲娅由"性感炸弹"杰妮·曼斯菲尔德接待，而且她还坐在索菲娅的身边。美国女星穿着一件诱人的低胸晚装。"偶然地碰了一下，"索菲娅说，"她的一边乳房就从低胸晚装里露了出来。立刻，照相机就围了过来。这就是好莱坞！"克利夫顿·韦伯同样也想为这

在电影《云雨夜未央》中索菲娅·罗兰穿着睡衣。

位那波利来的贵宾组织一次欢迎会。所有的明星都已经出席了：从丹妮·凯依到卡里·库珀，从吉恩·凯利到詹姆斯·斯图尔特，从弗雷德·阿斯泰尔到弗兰克·斯纳特拉，从克劳德特·科尔伯特到曼尔·奥勃朗。真是当时所有好莱坞电影明星的一次大聚会，都是电影界的巨星。

在美国拍完三部影片之后，多亏了她签订的新合同，索菲娅已经熟悉了好莱坞的摄影棚拍摄方法。她为帕拉蒙公司拍摄的第一部影片是《榆树下的欲望》（1957年），是一个风格很强的故事，是伊尔文·肖伯纳从尤金·奥尼尔的小说改编而来：索菲娅·罗兰终于有机会和一个伟大的剧作家联手了。

她又一次周旋在两个男人中间：年老的贝尔·艾维斯和年轻的安东尼·佩肯斯。她饰演安娜，一个年轻女孩，她为了金钱嫁给了一个七十岁的富裕农民，和农民的儿子有了恋爱的关系。和她一样，这个年轻人也在垂涎着父亲的财产，因为贪婪他们的关系陷入了深渊。伊尔文·肖伯纳的剧本让索菲娅的表演有了很大的张力。导演蒂贝特·曼经验丰富，成功地把故事把握住了，就像真的有这样一件事，这部电影一举成功。《纽约时代》杂志的评论员贝斯里·克劳特对索菲娅的表演赞许有加："他们给了索菲娅一个浓缩的形象，这个狡猾的妇女，感情强烈，在一个乡村家庭里掀起了波澜。索菲娅很适合在这样纷繁复杂的悲剧里演戏，她很有爆发力。当她想要吸引涉世未深的年轻人时，她说的话都很具有挑逗性。然后，她就疯狂地陷入了对他的爱情。"（1958年3月13日）

《榆树下的欲望》代表美国参加了1958年的戛纳电影节。这部电影在竞赛单元的第三天放映的，但索菲娅在电影公映前两小时离开了克鲁瓦塞特。评论界对这部电影的评价分歧严重。安德烈·巴赞在1958年5月15日的意大利的《新电影》杂志上发表了严肃的批评文章。他认为，这部阴暗的农村悲剧就是一部拍成电影的戏剧。他觉得这部电影要是没有商业王牌索菲娅·罗兰，肯定不能到法国来放映。在他看来，索菲娅的参演是这部电影能出现在戛纳的唯一因素。评论在结尾的时候设问是不是美国再没有比这更好的电影了。我们还能回忆起，在当时，安德烈·巴赞和他的在《电影手册》工作的年轻朋友们正在建立一个"作家策略"

的理论：他们已经想把传统的演员出身的电影明星用导演出身的电影明星替换下来。他认为索菲娅·罗兰是好莱坞造星运动产生的又一个明星，他很不喜欢她的表演。而且，巴赞是一个狂热的天主教徒，因此，他把索菲娅当做"公众的罪人"……那些知道她进军戛纳的意大利媒体有不同的意见：她就是一面张开的民族自豪感的旗帜，在迎风飘扬，索菲娅成了意大利性格和脾气的代表。"很可惜，"《信使报》驻戛纳的特派记者古格列莫·比拉夫写道，"索菲娅·罗兰在美国电影《榆树下的欲望》公映前离开了会场。她于是失去了得到一大群老朋友和新影迷的鼓掌和欢呼的机会，大家都很喜欢她，而且很高兴看到这一次她终于在电影里演绎了一个悲剧人物，让她有充分的发挥空间，最终证明自己是一个真正的优秀的演员……"（1958年5月5日）索菲娅·罗兰一直以来的支持者吉安·路易吉·隆迪表达的也是同样的意思："你将会看到，"这篇文章刊登在《时间》上，"索菲娅怎样把这样一个特别的女性角色演活了。她首先表现了她的坏的本能，她的贪婪，都是由于苦涩的童年，然后她很高兴地落入了一个老农民的圈套，他向她保证以后不愁吃不愁穿，接着她又和他那帅气的儿子有了强烈的来自肌肤之亲的爱情。但是，她同时又聪明地向我们揭示了她的内心，在有了这段炙热的爱情之后产生的痛苦，她觉得自己有罪，她不是一个好继母，她的幸福隐藏在这些感情里面。激动地、顺从地、温柔地、贪婪地、恬不知耻地，她想要用最艰苦的赎罪来结束这一切。索菲娅做到了，她在整个电影里表演的就是那个人物要做的事情，那么自信，让我们时常会联想起安娜·麦兰妮。"（1958年5月5日）这次把她和安娜·麦兰妮作对比并不出人意外。在戛纳的那几天，庞蒂第一次向新闻媒体宣布他想要把阿贝托·马拉维亚的《烽火母女泪》搬上银幕，并邀请安娜·麦兰妮出演母亲，由索菲娅饰演女儿。在当时，这只是一个设想。

当她回到好莱坞之后，卡里·格兰特又来到她的身边，和她一起拍摄她在帕拉蒙公司的第二部电影《船屋》。格兰特还是一如既往地给她送来漂亮的鲜花：他并没有改变对她的心意，每天都给她打电话。索菲娅在这么多关注面前也没有办法再无动于衷了，陷入了迟疑。就像她在很多影片中表演的一样，她又夹在了两个男人中间。

　　担心格兰特对"他"的索菲娅穷追不舍，卡洛·庞蒂也着急地开始用一个又一个办法去处理好他和妻子的关系。这位米兰的制片人和他的妻子朱丽娅娜·费阿斯特丽——一位元帅的女儿，还为他生了两个孩子——离婚了；但是教会法庭拒绝取消他们的婚姻，根据意大利的法律，庞蒂不能再一次结婚。庞蒂又请两位墨西哥律师帮忙，解决了离意大利国土很远的那次婚姻。根据墨西哥现行法律，庞蒂很容易地迅速离了婚：卡洛和索菲娅的婚礼在齐达·茹阿雷的帮助下于1957年9月17日举行。"这并不完全是我想象中的婚礼，"女演员说，"但是这个婚礼是合法的：我们是法定的夫妻关系，这是最重要的。"不久之后，索菲娅用一种奇特的方式解释她为什么喜欢庞蒂而不是好莱坞巨星格兰特："我想要一个不帅的丈夫。我是这样解释的：我是一个脾气很大的那不勒斯女人，如果我有一个很帅的丈夫，我就会经常吃醋，因为他难免会吸引别的女人的注意。"这场婚礼代表了所有那不勒斯女孩最有野心的梦想，索菲娅虽然已经在好莱坞待了很久，但没有忘记她的老家。她很幸福。在拍摄《船屋》时，卡里·格兰特为这对新人祝福，然后退回去做一个绅士。如今，他对索菲娅的爱情已经消失了，在这部由马尔维尔·沙维松执导的欢快的喜剧片中。在这部电影里，索菲娅的名字叫辛齐娅·扎卡迪。在意大利，这部电影的名字叫《扎卡迪的丈夫》！但是这不过就是一部电影。

　　与格兰特之间的默契在这部电影里起了重要作用，《船屋》取得了很好的成绩，美国和英国的媒体对此好评如潮。"索菲娅·罗兰充满活力，"约翰·凯尔在《每月电影新闻》上说，"她被舞蹈和歌声包围，这次她看起来好像很自在，比前几部在美国拍摄的电影都要好。"美国的商业演出圣经《综艺》也表达了肯定的观点："罗兰小姐，"罗纳尔德·郝罗维写道，"更善于饰演发怒的意大利女人，而不是感性的英国人。但是，在这部电影里，虽然她的外形比内在要好看很多，但是她把人物演得非常可信，有时候她更是及时地用她的方式表达了她对格兰特还有孩子的感情。"（1958年9月10日）从《船屋》的拍摄，索菲娅开始了漫长的和电影的缘分，当然不只是电影，还有孩子的世界。孩子在她的电

索菲娅·罗兰和安东尼·奎恩在电影《黑兰花》中。

影里占有重要地位，同样也在她自己的故事里。有了这种对孩子的爱，在大银幕上或者在电影以外的世界，索菲娅找到了一个和她的传统很接近的一个女性的角色，由于受到母亲的启发，这一个角色让她摆脱了性感象征的形象。多亏了这个角色，她再一次站在了炙热的火里，但是这也有点危险，特别是在司法上，卡洛·庞蒂还没有离婚。

索菲娅因为这样一个母亲的角色捧得奥斯卡奖并不令人意外。但是，《船屋》中需要的有着母爱的角色和《烽火母女泪》中的角色完全不一样。《纽约时代》的评论员鲍斯雷·克洛瑟完全不喜欢沙维松的喜剧，他像往常一样直截了当地说："一个没有孩子的母亲夸张的吵闹根本就不符合罗兰小姐的形象。"（1958年11月14日）意大利的报纸也和他的观点一样，只不过劳烦了一下抄写员，并没有对《船屋》进行什么评论。《人民》认为索菲娅"特别温柔，在美国导演的执导下"（1959年10月23日）；《剩下的卡尔利诺》认为她"比以前更漂亮更光彩照人"（1959年9月1日）；《晚邮报》这样评价她："她在表演错综复杂的喜剧角色中融入了高贵的气质，她的摄影师对她很了解。"在意大利电影评论界的众多有名人物中，只有马里奥·格洛莫写了仅有的一篇对《船屋》的影评："她赋予她的角色一种直率和勇敢的态度，"这篇文章刊登在《新闻报》上，"作为演员，她表现得很好，同样也很勇敢。在悲剧中她的性格潜力可能会发挥得更多。但是，什么都不能确定，最重要的是未来我们将会遇到什么！这个问题只有等她今后的电影来解答了。"（1959年9月13日）

　　卡洛和索菲娅的蜜月旅行计划作一次长途旅游，从加利福利亚的海滨一直到意大利，在《船屋》拍摄结束的时候。但是就在出发前的几天，他们很害怕，又取消了这次旅行：梵蒂冈的官方组织发表了一篇文章，很严厉地批评了他们在墨西哥举行的婚礼。"这篇文章，"索菲娅回忆说，"是由一位律师写的（梵蒂冈的教会法庭是专门负责解决解除婚姻这样的起诉的），没有写我的名字，只是说他们指的是一位年轻的漂亮的意大利女演员。"这篇文章说，没有通过教会的离婚，就像没有通过教会的结婚在上帝和教会那里是得不到承认的。这两个"公众的罪人"被要求要忏悔和领圣体。这涉及到要禁止他们在一起，并把他们开除教籍。卡洛和索菲娅并不是唯一的一对非法结婚后在墨西哥宽松的法律中找到安慰的。如果说天主教会那么明确地针对他们，显然是因为他们太有名了，这样开除他们的教籍会给大家一个实例。

　　几个月之内，卡洛·庞蒂和索菲娅的情况变得很糟。不久之后，所有意大利的天主教会都联合起来反对这对夫妇，他们的爱情是建立在重婚罪的基础上。有很多意大利公民（甚至有一群波佐利的女性）给索菲娅写措辞严厉的信。在意大利销量最大的潮流杂志《今日》的读者来信专栏里，还有人大胆地建议将这对夫妇用火烧死。米兰的一个家庭主妇，是虔诚的天主教徒，也是一个家庭里的母亲，她认为这样一来人们的婚姻观念都会受到颠覆的威胁，正式向法官起诉，控告这两位"公众的罪人"：如果教会不承认庞蒂在墨西哥已经离婚，那么他就有两个妻子。庞蒂和索菲娅真的触犯了法律：违反了意大利刑法的第556条，犯了重婚罪。对他的惩罚就是一至五年的监禁。五十年代末的意大利并不是伊朗，但正是凭借《黑兰花》，她夺得了威尼斯国际电影节的沃尔皮杯。

教会在社会上还是很有影响力，而且得到了政府左翼的支持。

索菲娅·罗兰和卡洛·庞蒂的案件在国际社会引起了强烈的回响。1965年，《生活》周刊由多拉·简·汗布林采访索菲娅的文章题目就是《意大利式重婚》，这个标题让人联想起杰尔密的代表作的美国版名字就叫《意大利式离婚》，两年前得到了奥斯卡金像奖和两项提名。总的来说，索菲娅的私人生活正好与当时美国人心目中的意大利人的形象相吻合：一个特别崇尚天主教的国家，有点虚伪，也有点过分虔诚，意大利的社会介于西班牙的宗教裁判所和奥地利的莱哈尔轻歌剧之间，这个国家爱情故事被编成悲喜剧，混杂着官僚和司法的计谋。

一些天主教组织在呼吁大家不要去看索菲娅·罗兰演的电影。尽管这样，索菲娅也没有看到她在观众心中的威望降低。而且，与帕拉蒙公司签订的合同保证了她还有很多工作可以做。甚至索菲娅自己也想推迟拍摄帕拉蒙公司投资的第三部电影，因为她想去拍一位英国制片人卡尔·弗曼的电影：《云雨夜未央》（1958年）。这是一个很重要的决定，女演员这次甚至都没有听她的导师和（几乎是）丈夫卡洛·庞蒂的话，他认为索菲娅不适合演那个角色。但是，不管付出多大代价，索菲娅·罗兰还是想要拍这部电影。

史黛拉是一个让人着迷的人物：一位性格泼辣的寡妇（这一次索菲娅还尝试着——私下里说——把自己的妆化得老了些），她担忧她的男人会在战争中死去。《云雨夜未央》的故事来源于一则新闻，这个故事发生在第二次世界大战的背景下，就像一个禁止旁听的审判，完全依赖于演员们的表演。她的搭档是威廉·侯顿和特沃·霍华德。当然，这不是一场好演的戏。就在电影要开拍的几个星期之前，导演卡罗尔·里德开始怀疑索菲娅是不是真的能胜任这么有难度的角色。而且，还有制片人弗曼也在劝她放弃这部戏。"他们俩在相互说服，"索菲娅说，"我对于那个角色来说太年轻了，而且我站在侯顿旁边好像不配，他对我来说太老了；他们需要一个更加成熟的女演员；他们告诉我说英格丽德·伯格曼说她有空可以加入到剧组里来。"但是，索菲娅一点也不泄气：她已经决定不要让一个背景人物从她手上溜走，这将使她的戏路更加多样化，证明她的才能。她现在处于一个要向大家和自己证明她的能力的时期，证明她取得成功的机会并不是来自她姣好的面容和上天赋予她的身材，不像在数不清的漫画上画的那样。她必须要证明她是一个真正的演员。

索菲娅在所有的试镜阶段都没有用摄像机，因为她觉得那样会让她的表演失去自发性。这是她的方法，卡罗尔·里德尊重她。他同样给了她很大的发挥空间，让她自己去塑造她所饰演的人物。

结果证明了索菲娅·罗兰的正确：《云雨夜未央》中的索菲娅与以往电影里的大不相同。她是全新的，更加真实，更加现代，更加让人感动。她成功地运用了她天生的戏剧感觉，来源于她的地中海文化背景，她把这些融入到了一个在别处发生的悲剧的主角的性格里。这不是一件容易做的工作。这部电影受到了很多肯定。费利克斯·贝克在《新闻晚报》的专栏里，认为这部电影是"这个国家出产的最好的电影之一"。但是，最好的赞美还是给索菲娅的。里昂纳多·莫斯里在《每日快报》上评论说："导演得到了索菲娅·罗兰，她的演技精湛而感人。她从来没有像在这部电影里那么美：这并不是一个不好的结果，如果我们看到她在戏里通常都是穿着睡衣。如果让一个不是很有才能的女演员来演，那么这部电影将和别的电影一样：一个多愁善感的女人的画像。罗兰小姐给了她塑造的人物更加广阔的空间，把她置于摄影机之上。多亏了她的表演，《云雨夜未央》才成为一部奇特的、阴暗的和无法抗拒的电影。"

但《云雨夜未央》是一部有着太多英国元素的电影，无法在意大利电影界激起同样热烈的反响。"虽然有才华横溢的特沃·霍华德和索菲娅，"莫朗多·莫朗蒂尼在《银幕》上写道，"这个故事是东拼西凑而成的。这部电影一文不值……"（1958年11月）阿图罗·拉诺奇塔同样也表达了自己对剧本质量的疑虑，但是，他发现索菲娅·罗兰比以往看起来更加成熟："电影属于一流之作，"这篇文章刊登在《晚邮报》上，"不是因为故事情节多么好，而是因为描写人物的内心冲突的地方：海上的那些段落非常出彩。但是，爱情的场景，比如荒诞的承诺，都拍得不是很好；这几场戏立不起来，然后坍塌了，消失了。索菲

电影《那种女人》剧照。从波佐利到曼哈顿。

娅·罗兰和特沃·霍华德是这部电影里最好的两位演员。在赞扬我们的女演员的时候，不要忘记她在几个月前，也是和一些有才能的导演合作，她的表演就比较平庸：这次她的表演很有深度，带着忧伤，而且表达的强度也很惊人……"（1958年10月5日）《云雨夜未央》专门为英国的王室成员举行公映，同时也举办了由这部戏的所有演员参加的晚会。晚会的负责人还为索菲娅解释了在英国女王面前应该注意什么行为。索菲娅把每个细节都牢记在心，但她却忽略了一件事，她当时戴在头上的一个饰品，看起来就像一个小王冠。当晚会的组织者在为王室成员放映电影前的几分钟发现了她头上的小王冠，他们把那个小皇冠从她头发上扯了下来：在女王面前，肯定禁止别人再戴王冠，这是皇家的特权。王室的内侍并没有说明原因，因为他们以为这是顺理成章的事。但是，并不是想做什么就能做到：索菲娅头上的小王冠又再一次出现，而且，有些记者已经拍下了这个"皇家的"饰品。第二天，在英国的报纸上出现了一些充满英国式幽默的标题：《英国现在有两个女王：伊丽莎白女王和索菲娅女王》。意大利和英国的外交关系当时还相互不肯妥协。这一次另一个王室家庭，比利时的王室，同样也对卡罗尔·里德的电影进行了公映，并把这个电影的放映作为布鲁塞尔文化节的开幕式。博杜安国王很喜欢索菲娅的表演。但是，她最热情的崇拜者还是日本人，因为日本人把1958年年度的最佳女演员奖颁发给了她。

当索菲娅·罗兰在欧洲拍摄《云雨夜未央》时，有些报纸上报道了将要拍摄一部马赛罗·马斯托依安尼（意大利演员，在布拉瑟蒂的电影中索菲娅的搭档，已经对戏剧表演经验丰富）的戏剧的消息，准备让她出任女主角：一个变得顺从的泼妇，导演是吕西诺·维斯孔蒂。如果索菲娅能战胜戏里的挑战，她将会是一个令人惊讶的变顺从的泼妇。但是，不管怎么样，她也不能回到意大利，因为那里大部分的政策，都是天主教的，仍然对她很不利。而且，女演员应该要兼顾到她与帕拉蒙公司签订的合约。于是，她又回到好莱坞，在那里等着她的是另一部电影《黑兰花》（1958年）。继《云雨夜未央》之后，索菲娅又一次扮演一个寡妇：这对于像她这样的年轻女孩来说很奇怪。索菲娅·罗兰在某种程度上很排斥拍摄夫妻的戏，想借此让公众淡忘她的那段墨西哥的婚姻，这段婚姻给她和卡洛都带来了很多麻烦：在《黑兰花》中，她饰演一个意大利裔美国人罗莎·比昂科，一个小强盗的妻子，后来成了寡妇，她一想到是自己把丈夫推向犯罪道路的，就会心里很不安。罗莎·比昂科想要和另一个意大利裔美国人继续她的生活：在这个角色里，索菲娅又遇到了安东尼·奎恩，她以前在意大利拍摄《征服者》的时候曾经合作过。但是，这一次索菲娅和安东尼·奎恩的组合没有取得成功。在美国，不管是媒体还是公众都对她不是很赞赏。

然而，《黑兰花》受邀参加了威尼斯国际电影节，国际评委团把沃尔皮杯授予了索菲娅，这是对她的高度肯定，评委团的这一举动是对她的鼓励，战胜了当时意大利电影圈里影响力很大的天主教压力集团。

她的这次意大利之行也面临很多担忧：她差一点就被投进监狱了。电影节的组织者给她提供了安全的环境，但当她从威尼斯下火车的时候，心里还是忐忑不安。她以为会遇到几个意大利宪兵。然而，正相反，是一群摄影记者和崇拜者在站台上迎接她。《信使报》的影评版的特派到威尼斯的记者写道："索菲娅·罗兰的突然来到，在最后一分钟之前都还不能确定，激起了公众的热情，他们都聚集在大街的两边，用掌声和欢呼声庆祝漂亮的一直面带笑容的女演员的到来。同样的情形，同样的热情，同样的真诚的欢迎也出现在晚上，当她到达利多，出席她最新影片的首映式。"（1958年9月4日）索菲娅已经有四年没有回意大利了。公众对她表现出来的热忱证明了，虽然她被口诛笔伐，虽然她的外表已经美国化了，但她的观众们并没有忘记她。甚至意大利媒体都站在她的身边支持她：她在《黑兰花》里饰演的角色引起了大家的兴趣。"除了影片的商业价值，"隆迪在《时间》的影评专栏里写道，"索菲娅·罗兰对她饰演的女主角倾注了全部激情：这与《榆树下的欲望》里的角色有很大的不同，在那部影片里索菲娅的曼妙身材被放在了展示的第一位，而这一次她的发式和化妆都是与她扮演的寡妇的气质相吻合的，并且打破了她的优美的身材条件；但是凸显了她作为演员的才华和丰富的感觉。她同样也给她饰演的罗莎加入了许多微妙的细节……所有的荣誉，

在电影《豪侠艳姬》中，索菲娅·罗兰饰演一个美国西部的女孩。

所有的庆祝会，今天晚上都献给了索菲娅：人群为她鼓掌欢呼，还有一向沉稳的就像带着面具的扑克牌选手的评委也为她喝彩。"（1958年9月4日）最佳女演员奖颁发给了索菲娅·罗兰。副国务秘书埃吉多·阿里奥斯托亲自给她颁奖，现场还有很多意大利和其他欧洲电影界的重要人物。"索菲娅的行动，一个流亡的美女，注定要结束了。"（1958年9月4日）一方面，意大利最保守的天主教会排斥索菲娅，公开指责她是"公众的罪人"；另一方面，意大利的国家电影机构（甚至是最高等级的机

构）没有忘记她是一个正在征服世界的影星，而且她在美国的商业演出中占有重要地位。

为了参加威尼斯电影节，她差点就错过了《那种女人》（1959年）的拍摄，这是她在帕拉蒙公司的第四部电影，导演是西尼·吕麦。她急匆匆地离开利多去继续扮演凯侬，一个年轻的女孩周旋于一个有钱但不爱她和一个没有钱但爱她的人之间。

电影在纽约拍摄，在那里索菲娅有机会见到了美国社会的上层人物，他们都不是好莱坞这个圈子里的。为了要成功，就要付出汗水和血的代价！这就是为什么索菲娅一直在努力让自己变得高贵：她知道光凭美貌是不能打赢这场战争的。她的演技越来越好，她说的英语也越来越清晰。在她拍摄的所有美国电影中，她只有在《那种女人》里才真正让人听不出来她的外国口音：在演了那些意大利裔美国人、热情的西班牙人和希腊人之后，这一次索菲娅饰演的人物是一个纯粹的美国人。索菲娅天生就有一种能力，当搁架上有一块面包，她都不会放弃努力……相反她会挽起袖子。就像所有受过穷的人一样，她知道在机会来了的时候发挥她的最大能量。

在著名的电影杂志《电影与拍摄》中，评论员罗本·比恩在《那种女人》中写道，索菲娅的表演是来美国拍戏后最好的一次。这部电影并没有给导演和男主角带来荣誉。应该确切地说是索菲娅成了这部电影的主角，她的表演得到了意大利影评界的一致好评。

"电影很精彩，"古格列莫·比拉夫在《信使报》的评论专栏上写道，"有时很令人信服。为什么？取得的成功与其说归功于导演西尼·吕麦，不如说是因为主要演员索菲娅·罗兰：她的身材更加迷人，表情也更加细腻，而且，她的激情一点也没减少。"（1960年3月2日）大部分批评电影的人都没有批评索菲娅。托马索·奇阿雷特当时担任《国家》报的评论员，也是他们中的一个："一个老掉牙的故事，但有了导演的娴熟执导和演员们的精彩演绎，这部电影会聚了不少优秀演员，包括配角的演员。在所有值得称赞的演员里，我们一致

认为索菲娅·罗兰是当之无愧的一位魅力女星。"（1960年3月2日）

与这片齐声叫好格格不入的是塞尔焦·弗洛萨里，他用以下的这种隐喻来给读者传达他的观点："意大利的勤地葡萄酒和奶酪都用来出口，这些都成了我们这片土地的救星，但出口的这些葡萄酒和奶酪都不是质量最好的，"他的这篇文章刊登在佛罗伦萨的日报《国家报》上，"因此，那些代表意大利出口到国外的东西并不能代表意大利的文化，或者代表性不够。索菲娅·罗兰在好莱坞的电影里代表着意大利女人：她一直努力地在工作，但是收效甚微。"（1960年2月23日）

即使有人对她极端厌恶，但索菲娅的表演越来越深入人心。因为在《黑兰花》里的出色表演在威尼斯获奖之后，她同时还得到了法国当年最受欢迎演员的维克多奖。还是这部电影，让她获得了意大利电影节评委会颁发的意大利电影金像奖（相当于意大利的法国恺撒奖）的最佳女演员奖。

制片人瓦尔特·万热正在筹拍《埃及艳后》，想让她穿上古埃及神秘的女王服装。索菲娅曾经饰演过一个喜剧版的埃及艳后，那是和阿贝托·索迪一起拍摄《和埃及艳后的两夜》。但是这部万热的大制作，在意大利的台伯河边拍摄，又是另一回事：他的想法没有成功，这个历史人物角色最后给了伊丽莎白·泰勒。索菲娅也有自己的事业，她在乔治·库克的精心照料下，将要拍摄帕拉蒙公司的第五部电影《豪侠艳姬》（1959年）。

库克因为对执导好莱坞的大牌女星很有心得，被别人称为"女性的导演"。但是，索菲娅并不按照他的方法来，她害怕会有损她的名誉。"他要我模仿他说话的语调、他的动作、他脸上的表情，"女演员说，"甚至连他的眼神。在拍摄的时候，真的就是一个无穷无尽的地狱，因为我感觉到这不是我自己的表演方式。我不得不改变我的表演套路。"《豪侠艳姬》里的金黄色头发的索菲娅再一次和《黑兰花》里的搭档安东尼·奎恩一起出演。这一次，这对组合没有取得很大成功，这部电影也没有得到多少热情。英国和美国的媒体都认为这部电影纯粹是个小成本电影。在意大利这部电影也是同样的命运。达里奥·扎纳利在波伦亚的日报《剩下的卡尔利诺》评论版上也对索菲娅的表演提出质疑："罗兰饰演的角色比她原

索菲娅·罗兰正在仔细聆听导演乔治·库克的建议，乔治·库克是好莱坞最有名的"女性的导演"。

来演的欢快、热情泼辣的女孩更加可信，在这部美国西部的喜剧片中。她自如地在调皮的欢快时刻和突然滑到感人的场景中之间自由切换……"（1961年10月23日）

　　但是这是一个特例。大部分的意大利媒体的评论都没有那么严厉，缓和得多。阿贝托·贝尔托里尼在威尼斯的日报《新闻简报》的影评专栏里认为《豪侠艳姬》是一部"非常娇艳的西部片，颜色很鲜艳，在这部电影里索菲娅·罗兰开始变成哗众取宠的小演员"。许多报纸都把评论这部库克的小成本电影的工作让给不知名的助理编辑来写。相反，在《晨报》上，维托里奥·里希蒂亲自表达了他的观点。在好几年都批评索菲娅·罗兰之后，这位记者好像开始转变了观念。在他的文章中，他谈到了"索菲娅的才能，她能将各种很奇怪的角色都演绎得很生动和奇妙，一个充满活力和幽默感的索菲娅·罗兰穿着颜色华丽的衣服，黄蜂一样的瘦腰和高挑的身材，戴着大大的帽子，缀满了蕾丝花边和羽毛……"（1961年9月14日）

　　拍摄完《豪侠艳姬》之后，索菲娅和帕拉蒙公司的合约已经履行完毕。这是一次珍贵的机会给她带来了名和利。她的外貌已经做了很深层次的改变，很接近好莱坞的明星了。美国电影工业的强大的发行渠道使她的知名度越来越高，能够让全世界各个地方的人都认识她。索菲娅再也不是意大利人或者那不勒斯人了：如今她已经成为没有国籍的明星，世界公民，在演绎每个角色时都能融入那个人物。这是一个有特权的圈子，但并不能免除危机，总有后来的演员想要取而代之；没有任何明星能逃脱这样的命运。

梦想终于实现

Oscar pour une maman

奥斯卡给了一位母亲

在 履行完和帕拉蒙公司的合同后，索菲娅继续参与国际化的大制作电影。即使电影《碧港艳遇》（1959年）聚集了所有的意大利演员，但不管从哪个方面看来这部电影仍然是美国片，导演是马尔维尔·沙维松，制片人是杰克·罗斯，这两个人也是拍《船屋》时的搭档。和索菲娅演对手戏的是好莱坞的一位老影星克拉克·盖博，现在已经到了他电影生涯的晚年：这部电影在他的最后一部电影《不合时宜的人》之前。在拍摄《碧港艳遇》时，索菲娅又遇到了德·西卡，他饰演一个重要角色。德·西卡并没有见证索菲娅·罗兰在美国的经历，但他为她筹划了一些完全不同的东西。此时的索菲娅应该对导演和制片人为她量身定做的角色满意了。索菲娅年轻的时候太穷了，没有去过卡普里岛，现在去了她有太多想做的事情了。就是《碧港艳遇》这部影片让她有机会真正认识了这个小岛，这个岛在当时被认为是旅游必到的胜地。但是，据说，这部电影并没有出现在电影年鉴上。根据《纽约时代》的评论员鲍斯雷·克洛瑟的说法，唯一让大家去电影院看这部电影的理由就是想要看看索菲娅·罗兰那美好的身材。

意大利媒体不缺少对电影中的人物和情节的发展进行分析的报道。《晚报》的评论员莫朗多·莫朗蒂尼表达了他的严肃观点，特别在这部电影的描述里，好像意大利人整天除了跳舞、唱歌和"黎明时和某人一起"睡觉之外就不干别的事。但是，为什么要指责这部好莱坞的以陈词滥调拍摄的电影呢？没有那么多好

在电影《碧港艳遇》中，索菲娅·罗兰和克拉克·盖博。

抱怨的：索菲娅绕着地中海转了一圈，最终还回到了那不勒斯。在希腊拍摄了《爱琴海夺宝记》、在利比亚拍摄了《宝城艳姬》之后，她现在又重新回到了那不勒斯湾，就像一张活的明信片，被从好莱坞寄到了地中海的各个角落。只是这样一部影片并不讨意大利评论界的欢心。在意大利南部的日报《南方报》上，皮耶罗·维基迪诺认为《碧港艳遇》不过就是一部小小的旅游情感片。

　　盖博的去世给这部颜色鲜艳的喜剧片笼罩上了悲伤的气氛，这部影片本来是要给人带来欢乐的。索菲娅在戏中的表演——欢快、唱歌、跳舞，整个银幕都充满了她的女性的活力——是一曲对生命的赞歌。有的人感觉好像又看到了当年《那不勒斯的黄金》里的那个索菲娅。"索菲娅又找回了她的口音，那种比萨店老板娘的泼辣和热情。"基诺·维桑蒂尼在《意大利日报》上评论说。实际上，她这次回来是以一个美国明星的身份。现在，索菲娅住在瑞士，在湖边的一个小别墅里，身处阿尔卑斯山的美景中。她同样也在巴黎有一所公寓，在离香榭丽舍

《宫廷丑闻》的剧照

大街不远的地方。在意大利对她和她丈夫的起诉一直在继续，大家都知道意大利的司法程序非常缓慢。"卡洛是我的丈夫，"女演员一直这样回答反对者，"就算那些阴谋家要把我告到法官那里去。我不在乎在墨西哥举行的婚姻是否有效。我自认我是个有夫之妇。"

　　索菲娅走出了很重要的一步：她从意大利式的喜剧走到了情节复杂的喜剧。她想要展示给大家看她能演特别细腻的角色，不管是穿着宫廷里的裙子还是当时的衣服，就如同导演迈克尔·柯蒂兹请她拍摄的古装戏《宫廷丑闻》（1959年）里一样。这个故事发生在十九世纪初的维也纳皇宫里，索菲娅·罗兰打扮成一位公主。她是一位独特的公主，性格古怪，但仍然很可信。和她共同出演的同样也是好莱坞的大明星：莫里斯·切瓦涅。他当时已经到了退休的年龄，但还经常出

《宫廷丑闻》的剧照

演一些轻喜剧。在美国制片人的策划下，尤其在庞蒂的殷勤帮助下，这部基于年轻女演员和好莱坞昔日明星的电影主要还是为了显示年轻的女演员的才华。而且和资深电影演员对戏，也让索菲娅·罗兰有了一个特别的学习机会，在拍摄了几部影片之后，她的演艺生涯里又增加了很多新的表演经验。

　　《宫廷丑闻》的内景都是在罗马拍摄的，在蒂塔努斯-阿皮亚摄影棚：这部电影让女演员又回到了意大利的首都，已经有很长一段时间她没有回来了。在1959年的7月22日这一天，她重新踏上了罗马的土地。一群摄影记者在她的公寓门外等着她。他们其中有一位才华横溢的摄影师吉奥瓦巴蒂斯塔·波勒托，后来上演了惊险的一幕，差点让这部电影蒙上了阴影：在索菲娅到达的第二天，她就开始拍摄电影，在玩弄一把左轮手枪时，枪突然走火，从旁边的这个倒霉的摄影

《百万富婆》的剧照

记者的胸部斜射过去。据说,当时两个人都被吓得晕了过去。这起不小心造成的事故,所幸没有引起严重的后果,并在某种程度上也预示着《宫廷丑闻》的风格。

在意大利,这部电影先于《碧港艳遇》放映。意大利电影评论界非常喜欢这部电影,尤其因为柯蒂兹是一位特别杰出的导演,并写了很多让人难忘的代表作。在佛罗伦萨的日报《国家报》的影评专栏里,塞尔焦·弗洛萨里觉得索菲娅最终离开了民俗的圈子,这将会拓展这位"比萨店老板娘"的戏路,因为她不可能一直吃老本:总的来说,她已经上升到了某个新阶段。《西西里日报》的记者也同意这个观点,而且他很高兴看到这位意大利女演员已经摆脱掉了她的乡村气息:"她学习了很多,甚至令人惊讶地学会了好莱坞的气质。她现在变得有女人味了……"（1960年3月18日）相反，有些人却从她身上又看到了一位"比萨店老板娘"转化成一个贵族的痕迹：比如，莱奥·佩斯特利在都灵出版的日报《新闻报》上评论这部电影时称，他发现华美的宫廷女裙并不适合她，《宫廷丑闻》中的公主，并不是一个好角色，它束缚了索菲娅·罗兰的真性情。她——在他看来——并不是饰演这种有贵族血统的角色的最佳人选。

对索菲娅的评论褒贬不一，各种观点都有，这在美国的商业片中也是屡见不鲜的。正在这个时候，英国导演安东尼·阿斯奎特想要她和彼特·塞勒斯领衔主演一部完全英国化制作的电影《百万富婆》（1960年），这部电影的剧本是从乔治·萧伯纳的一部戏剧改编而来。

《百万富婆》的剧照

这部喜剧电影的主题是金钱。索菲娅在里面饰演埃彼法尼娅，这个年轻女孩从她父亲那里继承了一句忠告，不要嫁给一个不能在三个月内把一百五十英镑翻一百倍的男人。而埃彼法尼娅爱上了一个男人，他从他母亲那里得到告诫，不要娶一个不能靠三十五先令生活三个月的女人。这部喜剧的故事真是吸引人！

当索菲娅拍摄《百万富婆》时，她也受到了命运的捉弄。有几个小偷光顾了她在罗马的家，偷走了价值三百万里拉的珠宝，损失无法估量！"珠宝对于索菲娅·罗兰，"阿图罗·拉诺奇塔在为她写的传记里写道，"就如同奖章对于一个元帅。我们不仅替她惋惜丢失了那么多好东西，同样也同情她，在她的眼里这些珠宝代表了一种观念。珠宝是一种象征。它们证明了她走过的这段路，她从最黑暗的悲惨境地一直走到了富裕的生活。"但是，这场被盗风波也让她在人们的心里得到了更多的同情。她接到了很多崇拜者寄来的热情洋溢的信，还有一些小礼物。甚至有位女士给她寄来一枚戒指和一个纯金的十字架，并附有来信："您现在正在难过，希望我寄上的小礼物能帮助您战胜伤心，给您带来好运。"

《百万富婆》是一部典型的英国式的幽默喜剧，不是英美国家的人不太看得懂。《纽约先驱论坛报》对这部电影大加赞扬："萧伯纳的故事作为原型，彼特·塞勒斯很吸引人，还有索菲娅·罗兰一会儿穿衣，一会儿又脱衣，《百万富婆》成了当季最可笑也最精彩的喜剧之一。电影场景就像是给眼睛的一次盛宴，像一杯美味可口的鸡尾酒，将性感和幽默融合在了一起。索菲娅·罗兰从来没有那么丰满过。"在意大利的电影院，对这部电影大家褒贬不一："如果说这部电影不是一部闹剧，那它至少是一部滑稽的模仿戏，"莫朗蒂尼在《晚报》上声称，"安东尼·阿斯奎特对他的工作并不怎么称职，他把这样一个模仿戏拍得很滑稽。重点放在巴罗克的装饰上，放在皮埃尔·巴尔曼设计的华丽服装（索菲娅在戏里换了二十多套不同的服装）上，放在表演的风格上……索菲娅·罗兰是这部电影唯一存在的真正理由，用尽全力想要摆脱她饰演的这个角色：她很有魅力，像角色要求得那么活跃；但是她有时候又爱故做媚态，这个时候她的演技就非常细腻了。"（1961年3月9日）其他的意大利报纸也讽刺了一下索菲娅换那么多套衣服，好像在做流行时装展示的模特，好像让服装师和造型师做那么多件衣服是必须要受到批评的！当时意大利媒体，尤其是那些有挑衅倾向的媒体，对于演出和商业片非常蔑视：豪华的场景，动用大量的资金拍摄有时都会被看做是一种罪过，他们认为只有艰苦的条件下诞生的艺术才是值得称道的。卡洛·庞蒂不能同意这样的观点，因为这会损害他保护的人的职业生涯。

阿贝托·马拉维亚不止一次地为电影写剧本。庞蒂注意到了他，从1958年起，他计划将这位作家的一部小说拍成电影，电影的名字叫《烽火母女泪》。这个故事讲述的是意大利被解放的时期，当时还在第三帝国纳粹的统治下：一位母亲带着她的女儿离开罗马，躲避节节败退的纳粹的铁蹄；但是在罗马的乡下，这对可怜的母女被所谓的解放者即一群北非士兵抓住并强暴了。

卡洛·庞蒂想让帕拉蒙公司来制作这部电影，并让乔治·库克担任导演，而这位导演心中已经对戏中的主要人物进行了角色分配：安娜·麦兰妮饰演母亲，索菲娅饰演女儿。著名的纳那勒尔拉公司也宣布对拍摄计划很感兴趣，但它有保留意见：它不希望索菲娅·罗兰饰演女儿的角色。可能是觉得像索菲娅这样的女孩演一个女儿太老了一点。它希望能找一个更加稚嫩、更加孩子气的演员来演这个角色：于是选择了安娜·玛丽娅·皮耶朗热丽，她在最近几年突然声名鹊起，甚至是在美国。但是庞蒂仍然继续支持他亲爱的索菲娅出演这部电影，直到后来安娜·麦兰妮宣布退出剧组。"没有她，"庞蒂说，"库克就对这部电影不感兴趣了。于是，我从帕拉蒙公司的手里买来了这部电影的制作权，我请德·西卡代替库克来担当导演，让扎瓦蒂尼来写剧本。"德·西卡再一次去敲安娜·麦兰妮

在漫长的通向奥斯卡的道路上，索菲娅·罗兰终于凭借《烽火母女泪》中的优异表演到达了终点。

的大门，但是他和库克同样都没有成功。"听着，德·西卡，"麦兰妮用一种冷冰冰的语调说，"既然你那么支持索菲娅，为什么不让她出演母亲的角色呢？"这位热情的意大利女星在不知不觉间为德·西卡指点了一条出路。但有可能她也就此与另一座奥斯卡奖杯擦肩而过了……

小说中，《烽火母女泪》的母亲应该是一位五十多岁的妇女，而她的女儿应该是二十岁左右。就像我们常见到的从文学作品向影视剧本改编时发生的一样，这次改编剧本为索菲娅量身定做了一个更加年轻的母亲的角色，三十岁出头，她的女儿只有十三岁。索菲娅此时的真实年龄是二十六岁。但是她身上有人物的特征：只要再想一下战争带给她的永远无法磨灭的痛苦回忆，轰炸迫使村民们逃到附近的铁路隧道里去躲避；当所有可以吃的都吃光了，她的母亲罗米尔达想尽各种办法去找能让她的两个女儿活下来的食物。

在拍摄著名的被几个摩洛哥士兵强暴的场景时，索菲娅回想起了几年前发

德·西卡导演的《烽火母女泪》中的著名场景

生的一幕，让她很害怕的一幕："拍摄这场戏的前一天晚上，"苏菲娅回忆说，"让我想起了可怕的一幕，就是当时有摩洛哥士兵驻扎在我们波佐利老家的房子的一楼。我又感到和当时那些让我难受的夜晚一样的害怕，当他们喝醉了酒回来，用力敲我们的房门。"

在德·西卡的执导下，索菲娅又找回了在《那不勒斯的黄金》中的那种活力和泼辣。而且，很多意大利的影评都很遗憾这对金牌搭档怎么这次没有再联袂出演：他们中的很多人都相信德·西卡和索菲娅·罗兰能一起拍出精彩的电影来。"在拍摄《烽火母女泪》的过程中，"导演讲述道，"她早上五点就起床了，因为要坐很长一段路的汽车才能到达我们拍摄外景的地方。七点，她就已经到了那里，准备开始工作。她快速恢复的能力，不知疲倦，使她成为世界上最勤奋工作的女演员。她的胃口很好，特别是早上七点的时候。她害怕会长胖，但她的胃却强迫她吃下好几块有甜椒的面包蛋挞、火腿和奶酪！"即使她的早餐吃了那么多，但是索菲娅在《烽火母女泪》中感觉明显消瘦了。她饰演的赛茜娜是一个瘦削的美人，神经紧张，和当地的风景完全融合，也和这部电影的悲剧色彩相贴近。

《烽火母女泪》在1960年12月登上意大利的大银幕，正是圣诞节的档期，但这不是一部适合岁末过节的时候观看的影片。意大利的影评界都赞赏这部由小说改编的电影具有的朴实无华的风格。德·西卡和扎瓦蒂尼联手打造了这部电影，他们都是意大利的新现实主义的代表，他们将自己的才华都奉献给了一个女孩，她本来是意大利人民的女儿，现在却到好莱坞去发展了。"《烽火母女泪》，"日报《团结报》的评论员雨果·卡斯拉热写到，"是索菲娅最好的一部电影。确切地说，在《烽火母女泪》中，罗兰的表演给这幕悲剧增加了许多内涵，有血有肉，就像马拉维亚笔下的这个正面人物：索菲娅展现出了另外一种美，她发挥了所有的演技，人物的直率性格，她像一头母狼一样保护自己的幼儿，尤其表现出了一个被战争变得成熟并被摧毁了的农村妇女的彻底的绝望和麻木。"（1960年12月24日）在《团结报》的文章里，"正面人物"这个表达法让人联想起前苏联的审美观。实际上，不管是左派还是右派对德·西卡的这部电影都很欢迎。让各种政治立场的人对它的观点都趋于一致。"在我看来，这部电影是当年最好的一部，"维托里奥·里希蒂在那不勒斯的《晨报》上的评论文章中写道，"这部电影的故事是直线发展的，朴实无华，简单明了。它标志了索菲娅·罗兰取得的第一次无可争辩的成功，她又回到了原来的样子——更加泼辣、很有活力、能熟练控制各种情绪的表达，真诚和热情待人让她成了一位伟大的演员。"（1961年1月1日）罗马出版的日报《时间》的影评人吉安·路易吉·隆迪虽然不是太喜欢这种现实主义的悲剧拍成的电影，但他也对索菲娅的演技大加赞赏，"既很灵活，又出自本能，用她自己特有的方式塑造了一个经历坎坷的人物角色，表现了她的性格里最鲜活的特征，用粗鲁而直率的语调，注重人物的细节刻画。"（1960年12月24日）

这一次索菲娅·罗兰获得了各方面的一致好评，她的才华把从小以来对人

电影《万世英雄》剧照

民的热爱和在加利福利亚的太阳下辛苦工作融合在了一起。《烽火母女泪》中的塞茜拉突然让好莱坞的支持者和有反美情绪的人联合了起来。电影评论员达里奥·扎纳利在波伦亚出版的日报《剩下的卡尔利诺》上说，她证明了她值得信任并有能力征服观众，即使是在电影里最紧张的场面，而且，他还认为她已经跻身于伟大的演员之列，是一位经验丰富的演员。她以前饰演的海滩边的美丽女孩已经完全被人淡忘，好像她从来就没有饰演过。塞茜拉的痛苦和泪水洗清了年轻的索菲娅所有的罪。

观众们挤满了电影院。《烽火母女泪》的票房成绩很快冲破了十亿里拉大关，这在当时是个天文数字。在美国也是如此，电影受到普遍的欢迎，使索菲娅的知名度大幅上升。英美国家的媒体都认为这是她的一次胜利："这是一颗炸弹！这是对索菲娅最好的写照"：这是《每日镜报》上占了整版的大标题，专门为了这部由德·西卡导演的电影。在《星期日快报》上，托马斯·威斯曼写到："有人说安娜·麦兰妮的演技那么完美以至于我们都忘记了她不是一个特别漂亮的女人。我想要给索菲娅一个更高的赞扬：我想说她的演技那么完美以至于我们都忘记了她是一个特别漂亮的女人。"朱塞佩·德·桑迪斯的理论更是奇妙：他认为，实际上美丽是女人的障碍，因为她们离不开它。

很多人都把索菲娅的激情和安娜·麦兰妮的相比较，因为她在饰演塞茜拉时给这个人物倾注了强烈的情感和充沛的活力。这个人物让这位罗马来的女演员显得魅力四射。

1961年5月，《烽火母女泪》参加了戛纳电影节，评委们给了这位意大利女影星最佳女演员的头衔。在庆祝获奖的晚会上，索菲娅结识了苏联的文化部长卡特琳娜·福斯特娃，这位文化部长对她的表演十分欣赏，建议她到苏联去拍摄一部电影。她想邀请她去饰演安娜·卡列尼娜，是索菲娅非常喜欢的一个角色。

在戛纳获奖只是她凭借《烽火母女泪》中的精彩演出得到的一长串奖项的第一个，后面的奖项一个比一个重要。但是最重要的无疑要算奥斯卡金像奖了。她被提名是在大家预料之中的。通常情况下，在戛纳电影节获得最佳女演员奖就有资格被提名奥斯卡奖。另一方面，在那几年中，意大利电影成了潮流的先锋，不只是在欧洲范围，也波及到了美国。

索菲娅继续留在罗马，但是她在做着奥斯卡的梦，焦急地等待着一个随时都会打来的电话：她知道自己是获奖的热门人选之一。和以往一样，这一次有五位被提名的女演员，除了索菲娅，还有奥黛丽·赫本、派珀·劳里、杰拉丁·佩姬和纳塔丽·伍德。

据说是卡里·格兰特亲自给她宣布了这个好消息，他打了一个越洋电话，在罗马时间早上的六点三十九分，索菲娅接到了这个电话。"我连忙跑到卡洛·庞

电影《万世英雄》剧照

蒂的住所去，"马特奥·斯皮诺拉在他的回忆录里写道，"我发现他家的门大打开着，就像在意大利南部一户人家里如果有喜事都会做的那样。房子里有一群疯狂欢庆的人，挤满了摄影师、记者和不认识的人；到处都是祝贺电报和花束，包括伊丽莎白·泰勒寄来的铃兰花，她现在正在罗马拍摄《埃及艳后》。她送的这束花让索菲娅很感动。"和恩尼科·鲁切利尼一起，斯皮诺拉担任了索菲娅的新闻发言人。是卡洛·庞蒂雇用的这两个人，因为在拍摄了《烽火母女泪》之后，他想为索菲娅·罗兰打造全新的形象。

关于庞蒂和索菲娅犯重婚罪和通奸的诉讼已经进行了好几年。辩方律师几乎都要取消这一段在墨西哥登记的婚姻，这是米兰的制片人犯的最严重的错误。但是，美丽的索菲娅仍然被那些虔诚的天主教徒当做靶子，污蔑她的形象，宣称要把她革出教门。鲁切利尼和斯皮诺拉的任务就是随着他们的攻击，重新树立起她的形象。"重要的目的，"斯皮诺拉解释，"就是要将索菲娅和意大利母亲的形象联系起来，要把侮辱人的'家庭破坏者'的称号从公众的思想里抹去。"就在拍摄《烽火母女泪》的时候，鲁切利尼和斯皮诺拉就在朝这个方向努力："一切都开始于发布一些拍摄电影时拍摄的照片，在那些照片里，只要拍戏一有间隙，她就会去拜访当地的小孩，或者将一个新出生的婴儿抱在怀里。有一天，她在拍摄电影的时候晕倒了，我们让记者相信这可能是由于她怀孕了。"她的形象是身材姣好的女孩，现在需要再树立另外一个：一个被母爱的奇迹感动的女人。鲁切利尼巧妙地建议女演员："索菲娅，不要浪费任何一个抚摸孩子的机会，把他们抱在怀里，和他们玩耍，对他们微笑。"女演员欣然接受了他的建议。而且，索菲娅是意大利南方的女人，她对孩子有一种真挚的热爱。于是，就有人传说索菲娅是个想当母亲的女人。"我们听到这个传言已经有八年了，"斯皮诺拉继续说，"直到索菲娅能够解决真正阻止她成为母亲的问题。"

电影《万世英雄》剧照

173

Une femme qui 一个金不换的女人
vaut son pesant d'or

《烽火母女泪》标志着索菲娅·罗兰的走红。在成功摘得奥斯卡桂冠之后，她回到了好莱坞，把自己的手印和脚印印在了中国剧院门口的水泥人行道上。这项荣誉代表着永远被人铭记，只有国际大影星才能享此殊荣。

好莱坞新生代制片人萨姆艾尔·伯朗斯顿想邀她和查尔顿·赫斯登搭档一起出演一部超大型的制作《万世英雄》（1961年）。在拍摄《王中王》失败之后，这位美国制片人再一次想要挑战难度很高的大场面电影，而且把这次新的尝试交给了导演安东尼·曼。这部电影非常有代表性：有大量的人员参演，一千三百名士兵参与拍摄，用高级胶片来拍摄，辛勤的工作历时好几个月，成千上万的群众演员参与，浪费了很多外景地拍摄的素材。罗兰饰演齐门娜，是一个热情而坚强的女性，在结婚后立刻躲进了修道院中，抛弃了她的丈夫勒·熙德，因为她的丈夫在决斗时把她的父亲杀死了。她饰演的人物在电影的第二部分就消失了。

索菲娅·罗兰打着石膏回到了西班牙，因为她去接一个倒霉的电话时摔断了一根锁骨：当她正跑过去想要接电话时，她从自己在马德里租的房间的楼梯上滚了下来。

《万世英雄》得到了美国天主教道德协会的强烈推荐，该协会成立的目的是为了保持社会的优良道德品质。这个协会不仅向美国家庭推荐这部电影，也向全世界推荐。但是，在得到这个协会推荐之前，这部由安东尼·曼执导的电影并没有得到好评，特别是在左派电影评论员的眼中，他们公然对这个协会很蔑视。"没有比这个推荐更让人可疑的了，"雨果·卡斯拉热在意大利共产党的机关报《团结报》的影评专栏里声称"美国天主教道德协会近几年来总是妨碍所有美国好电影的放映，而且令人吃惊地固执……"（1962年1月9日）共产党的评论员一点也不喜欢《万世英雄》。他对索菲娅的表演这样评价："叫她不要动，给她一种风格，她就不知所措了！"当然，齐门娜这个人物和索菲娅的性格确实没有什么共同点。持不同政见的周刊《今日》上刊登了安吉洛·索米写的文章，他的观点和他的共产党同行一样："应该说索菲娅·罗兰只用了一半的力气：她很冷淡，有点神情恍惚；在看到她完美的身材时，好像都看不到她的神采了。"（1962年1月18日）与之相反，许多记者都对电影呈现出来的恢弘场面所倾倒，也原谅了她的这种冷淡，在大场面的电影里这样的事情经常出现。

曼是一位伟大的西部片导演，在这部电影里，他使尽浑身解数来展现最完美的动作场面。他的电影即使不是大场面电影中最好的，也是质量上乘的。然而，他受到《纽约时代》杂志的评论员鲍斯雷·克洛瑟的严厉批评，而《观察家》杂志的品纳洛泊·琪里亚特对这部电影非常欣赏，认为它是"好莱坞绝无仅有的最纯粹的和最好的"电影之一。这部片子甚至可以和吕西诺·维斯孔蒂的《感觉》相媲美。

索菲娅在《万世英雄》中并没有什么特别的表现。但是，为了评价她的演技，有的记者不惜使用那些夸张的字眼："一流的"、"美妙绝伦"、"完美无瑕"。安东尼·曼是这样回忆索菲娅的："索菲娅身上让我最吃惊的，就是她随着拍摄的每一部影片自身的演技也在不断成长。她就在短短几年时间里学会了很多演员一辈子都无法领悟的东西。"

实际上，她在拍摄《圣吉里夫人》时，并不觉得驾轻就熟，她在戏里饰演一位闹革命的洗衣女工，她后来成了公爵夫人，但爱开玩笑的性格一直没变。这个平民女性角色很像是《那不勒斯的黄金》里比萨店老板娘的一个远房表姐。这一次又是国际化的合作拍摄，这部电影由法国天才导演克里斯蒂安-雅克执导，他是精通各种艺术门类的全才。这个故事的原型来自维托利·桑多的精彩小说，后来也被人改编成了戏剧剧本。

这个角色很适合索菲娅的个性，和她非常贴近。《圣吉里夫人》受到了公众的热烈欢迎。与之相反的是，评论界对这部电影的反应比较冷淡。在对这部电影的评论中，大多持反对意见，有一些很尖锐的批评，例如瓦伦蒂诺·德·卡洛在《晚报》上写的文章："索菲娅·罗兰白费了很多力气，双手叉腰，胸脯几乎都露出来了，想要给这个故事增加一些刺激；只有那些伟大的演员才能控制这种粗线条的场景。"（1961年12月26日）

大部分的英美国家的报纸都对索菲娅的表演予以肯定。商业片的"圣经"《综艺》杂志谈到了"罗兰小姐的个人魅力"。在《电影与拍摄》杂志上，影评人伊安·约翰逊甚至这样说："这是一部索菲娅的电影，从开始到结束，从头到尾都是。"

因此，现在索菲娅不再需要那种造星的影片了（就是迅速把演员变成电影明星的电影），一个比较明显的例子就是她拍摄的《河娘泪》。她不再需要什么电影来维持她电影明星的形象。如今，这颗明星已经在靠自己的力量闪光了。甚至可以说索菲娅靠她一个人的表演就能拯救那些内容贫乏的电影。

索菲娅·罗兰再次在导演德·西卡的执导下（这一次他身后仍然是有扎瓦蒂尼的支持），拍摄一部四个短片组成的电影《三艳嬉春》之《彩票》。佐艾是一个年轻的街头艺术家，来到一个乡下举办的热闹的游艺会上，这个角色非常适合索菲娅。和圣吉里夫人一样，佐艾也是《那不勒斯的黄金》里那个比萨店老板娘的直系亲属：这个漂亮女孩为了几个小钱什么都愿意做，她把自己作为彩票的最高奖赏，让村民们为了得到她而疯狂。佐艾在射箭的游戏展位上施展她的诱人魅力，完全就像齐亚拉所做的那样。齐亚拉是索菲娅·拉扎罗在第一部图片小说

在电影《圣吉里夫人》中，索菲娅·罗兰饰演的洗衣女工去参加宫廷舞会。

《我不能爱你》中饰演的人物。但是，在她的第一次饰演的角色和现在的这个角色之间，有着很明显的不同：这一次，是索菲娅真正的讽刺代表作，充满了女性的智慧。距离《我不能爱你》已经十年了，如今那不勒斯的丑小鸭已经长成了好莱坞的最高贵的天鹅。她特别漂亮，常常接受记者的访问，收入丰厚，无可挑剔的敬业精神，她每天早上都要赶到劳斯莱斯去参加拍摄。在轰动世界的玛丽莲·梦露去世之后，索菲娅就成了仅有的少数几个全球知名的具有代表性的女影星之一了。罗马格纳的花卉种植园是《彩票》的外景拍摄点，他用她的名字给一种新的玫瑰花品种命名，这种新品种是经过复杂的杂交培育出来的。

除了德·西卡的短片之外，《三艳嬉春》还包括另外三部短片，它们的导演分别是莫尼切利、维斯孔蒂、费里尼，他们都是当时意大利电影界最伟大的导演。为了介绍这部电影，意大利电影评论界也积极地写文章推荐。阿贝托·马拉维亚就已经在《快讯》周刊上为这部电影写评论：他发现这部电影里的《彩票》这个短片是第一部使用意大利方言来表演的电影。他对索菲娅·罗兰的表演很

前一页和本页的图都是电影《三艳嬉春》之《彩票》的剧照。

满意："她又给我们展示了一个美丽而泼辣的女性形象。她的表演比其他的短片都出彩，是这部电影存在的理由。"（1962年3月11日）除了马拉维亚，《烽火母女泪》的创作者朱塞佩·马罗塔，也是意大利电影界的另一支金羽毛笔，比萨店老板娘的"父亲"，同样也对这部戏做出了评价：在那些严肃的人和爱开玩笑的人中间，这位那不勒斯的作家谴责德·西卡和扎瓦蒂尼又一次把索菲娅·罗兰在《那不勒斯的黄金》中的那种状态找了回来，甚至还抱怨这部电影的大部分剧情是抄袭他的作品。"该死的！"这篇文章刊登在

《欧洲》上，"几年前，我就知道这部电影需要一个漂亮的女演员来演。我们甚至已经拍摄成功了《那不勒斯的黄金》，而《三艳嬉春》里的一部短片在我的《赢钱的号码》书里能找到原型。这个故事太像《彩票》的故事了：我们准备好了剧本，但这部电影没有拍摄。"他评价索菲娅的形象是这些写的："在这部电影里，她的价值无可估量，不管从身材还是神采上……"

意大利电影评论员皮耶特罗·比昂齐化名为"玻璃的心"，觉得这部《三艳嬉春》非常有趣，但他在评论的时候语气有点困惑："有一点细腻，"他在米兰的《日报》影评专栏里写道，"并不会妨碍这部电影。但是，薄伽丘和拉伯雷坦诚的大笑是一个秘密，在文艺复兴结束之后就找不到答案了。很难找回这种心灵的状态，而不至于跌落到世俗里去。"（1962年2月24日）在最尖锐的批评里，我们发现了莫朗多·莫朗蒂尼，他在《今晚》里表达了他最严厉的观点：

又一幅电影《三艳嬉春》之《彩票》的剧照。

"虚伪的和骗人的因循守旧，这个结论让这部电影看起来不是很讨人喜欢，它离世俗的距离越来越近：扎瓦蒂尼的幽默只在很个别的段落看得出来，表演风格非常机械，就像自以为是的新闻节目。"（1962年2月24日）莫朗蒂尼保全了索菲娅的面子。观众们看这部电影的时候特别开心。就是因为有索菲娅的表演，电影院才人满为患。卡洛·庞蒂连忙筹备拍摄《三艳嬉春》的续集，由三部短片组成，每部短片都有索菲娅，意大利语的短片导演是德·西卡，法语的短片是由雅克·达蒂执导，英语短片由伟大导演查理·卓别林执导。《三艳嬉春》续集并没有成功拍摄，但是那里面的某些计划同样被实施了：三部都由索菲娅主演的电影短片组成了《昨天，今天和明天》（1963年），想要和查理·卓别林合作的想法最终促成了电影《香港女伯爵》（1966年），在这部电影里索菲娅又一次延续了和好莱坞老一辈影星搭戏的传统。

在1962年10月，导演阿纳托尔·理维克重新改组了《榆树下的欲望》的剧组，筹备法国和意大利的合拍片《黑夜五哩行》。和索菲娅一起领衔主演的是安东尼·佩肯斯，她饰演一个悲剧色彩很浓的人物，这个角色根本就不适合她。这部电影一败涂地。女演员并没有受到影响：因为电影里有她，这部电影发行到了全世界，但观众们和评论界都不喜欢这部电影。

都灵《新闻报》的周刊评论员莱奥·佩斯特利这样评论这部电影的："这是一部晦暗的电影，反响也很冷淡，不是因为它讲述的故事（没有人相信这个故事），而是因为没有灵魂的导演，还有一些免费的口号让这部电影变得冷冰冰的。至于索菲娅，可以说她已经尽自己的全力表现得最好，但是她戴着那样一顶帽子，像个梨子的帽子，使她看起来很滑稽，也可能是因为她一脸的愁容不讨人喜欢？"（1963年1月25日）

继《榆树下的欲望》之后，索菲娅·罗兰在《黑夜五哩行》中再一次跟安东尼·佩肯斯合作。

在《商报》的影评专栏里，克罗迪奥·G.法瓦认为导演理维克是"一个忠实的努力工作的人，但他不能生动地讲述一个悲剧，索菲娅·罗兰的出演也没能给这部电影带来惊喜，她在这个角色里无法满足这样一种她不熟悉的悲剧氛围"。（1963年1月27日）唯一一个想为索菲娅辩护的人是弗兰科·M.普朗佐，他的文章刊登在《隆巴尔多》上："索菲娅·罗兰是唯一一位为这部电影做了点什么的人……只有她想要试着尽一切力量演好角色。"（1963年3月27日）

德·西卡也想执导索菲娅演一部悲剧电影。就像他曾经在《那不勒斯的黄金》和《烽火母女泪》中所做的那样，这一次他是从一位当代伟大的作家那里吸取了灵感。这就是让-保罗·萨特的一部戏剧，名字叫《万劫余生情海恨》。

为了这部电影，卡洛·庞蒂聚集了五位曾获得奥斯卡奖的电影人：除了

《万劫余生情海恨》剧照

德·西卡和罗兰，还邀请了演员弗雷德里奇·马齐和麦斯米伦·雪儿，还有编剧艾比·曼恩（他是不可或缺的扎瓦蒂尼的副手）。"《万劫余生情海恨》(1962年)，"多米尼科·坎巴纳在《大众报》周报上写到，"就像是开了一个电影界的高端会议，让观看这部电影的观众很失望。制片人，尤其是意大利的制片人总是尊崇一个奇怪的理论：他们认为五个聪明人'相加'就会等于一个天才。"（1962年11月12日）

索菲娅将头发颜色染成浅色，刻意学习了身体动作，辛苦地想要让自己看起来像一个真正的德国人。她饰演的角色是一位女演员，是一个纳粹军官的嫂子。这个纳粹军官在希特勒被打败之后，有十九年都把自己关在屋子里。"我很幸运能演这个角色，"索菲娅在电影拍摄结束时说，"因为这个角色很复杂，演起来

在德·西卡导演的《万劫余生情海恨》中。

也很困难，而且和我从前演的那些角色完全不同。"当然，这一点毋庸置疑，这个角色和她以往饰演的角色差别太大。也许是这个角色太不同了，以至于她觉得这个角色非常陌生。然而，在演绎了比萨店老板娘和《烽火母女泪》中的母亲之后，索菲娅·罗兰对德·西卡的执导满怀信心，她相信在他的指导下，她能够把任何角色都演活，包括一位在汉堡的剧院演戏的女演员的角色。她自然犯了个错误：《万劫余生情海恨》比《黑夜五哩行》失败得更惨。

意大利和国外的媒体都一致批评这部电影以及索菲娅的表演。"这部电影简直是不可救药的一团糟，"托马·米奈在《每月电影新闻》上写文章说，"拍得太差了，以至于我们都不知道从何处开始评论……"

德·西卡的这部电影有萨特的符号，因此有点自命不凡，这就更加激起了观众们的反感。"至于索菲娅，"古格列莫·比拉夫在罗马出版的日报《信使报》上断言，"她的表演是这部电影最大的败笔之一。她在讲台词的时候总也忘不了她的那不勒斯口音。她随便摆几个电影明星的姿势，完全不像这部电影中的人物。"（1962年11月10日）《人民报》的评论员吉安·玛丽亚·居烈米诺认为索菲娅"非常无力，犹豫不决和陌生"。（1962年11月1日）

欧诺拉托·欧斯尼在《晚报》上的影评专栏里发表的文章，并没有把这部电影的失败归结于索菲娅·罗兰，而是把责任归于那个不经意之间作出选择要索菲娅来饰演这个角色的人："她很难适应饰演这样一个她完全不熟悉的角色。这已经超出了她的能力范围，尤其是这样一个我们能给她的最难演的、她也最不适合的角色，在我们看来，这是由她的性格和气质决定的。"（1962年11月2日）

为这部电影辩护的人没有几个。米兰出版的日报《晚邮报》上新出来的影评人吉欧瓦尼·格拉兹尼写了一篇热情洋溢的文章："德·西卡有着强烈的想要创新的愿望，在萨特的戏剧中注入了一点人文的热情。但是，这个故事是为一出戏剧而写的，不适合拍成电影。"（1962年11月1日）

在这时，反对索菲娅和卡洛·庞蒂的无休无止的诉讼终于有了一审判决。这个判决认定墨西哥的那场婚礼无效。在这位制片商看来，他白去给墨西哥的法庭交涉让他们宣布他与朱丽娅娜·费阿斯特丽解除婚姻关系。好像再没有别的办法了。"我真的很幸运，"索菲娅向她的传记作者阿图罗·拉诺奇塔承认，"我并没有完整的生活，我没有大家都能拥有的那种幸福，也就是能组建一个家庭的权利，有一个丈夫和几个孩子。我有时候很害怕，因为我觉得我可能要为我不知道什么时候犯下的错误，或者是我想不起来的错误受到惩罚。"而她的妹妹玛丽娅却找到了幸福，和本尼托的儿子、一位爵士乐手罗马诺·墨索里尼结了婚。

《万劫余生情海恨》和《黑夜五哩行》这两部电影的失败，并没有减弱索菲娅的影响力，她的人气在拍摄了短片电影《昨天，今天和明天》之后突然有了一次大的飞跃。而且，我们还不能把这前两部电影看做是真正失败的电影：即使它们没有激起观众的热情，它们也照样在全世界范围内公映，在放映灯的照耀下打出了索菲娅·罗兰的名字。与其说它们是失败的，不如说这是一次短暂的休息，一位电影明星才能有的奢侈的休息：不管怎么样，她的印迹已经深深地印在了好莱坞的中国剧院门口的水泥地上。

《昨天，今天和明天》是准备作为《三艳嬉春》的续集来拍摄的：这部电影由三部短片组成，每部短片的主演都是索菲娅，她重新又饰演她熟悉的那些角色，又是德·西卡执导的大制作影片。不仅如此，和她演对手戏的演员是马塞罗·马斯托依安尼，是她最理想的搭档：他们曾经在电影《游击女郎》里有过默契的合作。

《昨天，今天和明天》把索菲娅带到了意大利喜剧电影界的最高境界，这部电影具有在那几年里代表意大利电影城的最佳电影制作的那种放荡不羁的风格。她回来拍摄这部像哈哈镜一样的电影，反映出了经济大膨胀时代的意大利。罗兰和马塞罗·马斯托依安尼搭档共同演绎了三段不同的爱情故事，这两位伟大的演员的表演都十分细腻。忠实的扎瓦蒂尼也在剧组：三部短片中的一部就是由这位天才的编剧亲自操刀的，他那种轻松的幻想无可替代，影响了整部电影的气氛。三部短片分别叫做阿德莱娜、安娜和玛拉。三幅漂亮女人的剪影，它们分别在三个城市：那不勒斯、米兰和罗马。阿德莱娜是一个卖走私香

在电影《昨天，今天和明天》中，男主角企图诱惑阿德莱娜（索菲娅·罗兰饰），另外两部短片分别叫《安娜》和《玛拉》。

烟的小贩，为了不被抓进监狱坐牢，她总是保持着怀有身孕；安娜是一个时髦的米兰女郎，开着她的高级轿车飞奔，玛拉是一个应召女郎。这三个城市再次组建起了索菲娅生活中的困惑：她童年时代的那不勒斯、电影之城罗马和卡洛的城市米兰。

在那不勒斯拍摄的那部短片，在某种程度上看，就像是一个预言：在拍摄过程中，索菲娅发现自己真的怀孕了。在开始的不舒服之后，她的私人医生建议她要多卧床休息，绝对不能乘汽车旅行，因为旅途的颠簸对她腹中的胎儿很危险。于是，为了从那不勒斯赶到米兰去拍第二部叫《欲海慈航》的短片，索菲娅坐了火车。不幸的是，《昨天，今天和明天》中的米兰的那部短片的大部分情节都是要在汽车上拍摄的，而且是在一个摄影棚里拍摄，拍摄用的汽车被一个液压手臂吊着，制造汽车行驶时的抖动：这比一辆真的汽车抖得还厉害！女演员在怀孕四个月之后流产了。

全世界有几百万人都为《昨天，今天和明天》这部电影热烈鼓掌。据说当时的票房达到了近八百万美元。外国媒体对这部电影大唱赞歌，因为它汇聚了索菲娅·罗兰、马塞罗·马斯托伊安尼、德·西卡和扎瓦蒂尼，呈现给观众像一杯鸡尾酒一样的典型的意大利故事。这部电影获得了1964年奥斯卡最佳外语片奖。相反，意大利的媒体却不同意他们的观点。电影评论员阿贝托·佩斯在《贝尔加莫日报》上写文章说："德·西卡好像一直在沉睡：伟大的一家之主在走向衰败，但他却不知道。"（1963年12月23日）吉安·巴蒂斯塔·卡瓦勒罗在《意大利未来报》上补充道："我们悲伤地看着德·西卡的衰落，扎瓦蒂尼在加速这种衰落，他好像很难找到新路子了。"（1963年12月24日）

对德·西卡执导的《昨天，今天和明天》的指责已经上升到了一个阶段，成了对意大利喜剧和轻喜剧的一种蔑视。然而，在这一片批评声中还是有个别的评论员发出了自己不同的声音："德·西卡，"弗兰科·M.普朗佐在《隆巴尔多》杂志上写到，"在影片基调和导演方面做得非常出色，索菲娅·罗兰的演技也是一流。"（1963年12月24日）

《今日》周刊的影评人安吉洛·索米想要公开地为索菲娅高唱颂歌，并同时列举了许多伟大影星的名字："索菲娅在《烽火母女泪》中获得具有代表性的证明后，连最苛刻的影评人也不会再拒绝承认在这位女演员身上表现出来的优秀品质，她就像嘉宝、贝蒂·戴维斯或者卡特琳娜·赫本：当然索菲娅属于她们这样的漂亮女星，在艺术表演的道路上会让人有点失望！但是不管怎么说，她在《昨天，今天和明天》中再一次证明了自己的才能，甚至是她最固执的反对者最后也在事实面前屈服了。"维托里奥·里希蒂被认为是当时最严厉的评论员，实际上，他也承认："索菲娅的表演，"他的文章刊登在那不勒斯出版的《晨报》上，"特别高贵。现在应该承认她很适合这样的角色，她充沛的活力得到了自由的释放。"（1963年12月22日）但是，里希蒂并不属于那些无条件追随索菲娅·罗兰的人，在索菲娅的崇拜者中有安东奈罗·特隆巴多利，他是个反常规的共产党人："在玛拉这样一个很难演的角色里，"他的文章刊登在《新大道》上，"她让人回忆起她表演过的最显示身材的那个角色：那个由布拉瑟蒂创作的年轻的罗马女贼，几年前在电影《好可怜，这个骗子》里。但是，在某些时候，她还带给

观众更多的东西。这让我们想起了《天堂的孩子》里那位帅气的先生和阿勒蒂的精湛演技。"把她和伟大的法国女影星相比较并不会令人吃惊。索菲娅在法国很受欢迎。她在法国那么受欢迎以致她想要给她的法国影迷送上一份惊人的大礼，为埃迪·巴格雷在巴黎录制一张唱片。在当时，演员们很少有机会一展歌喉。索菲娅的嗓音非常动听。在她的电影里，她常常需要自己演唱，她总是唱得很好：比如在《碧港艳遇》中，她就在克拉克·盖博的深情注视下演唱了一首好听的英文歌。相反，这一次，她唱的是法语歌曲："给我一个机会"、"有一天"、"为什么离开？"、"我不再爱你"。

在有了拍摄超级大制作《万世英雄》的经验之后，独立制片人萨姆艾尔·伯朗斯顿和美国西部片导演安东尼·曼准备再拍一部史诗大片《罗马帝国的覆灭》（1964年）。索菲娅被邀请饰演卢西娜，马克·奥利雷国王的女儿，她将要嫁给罗马最强劲的敌人亚美尼亚国王。在电影《征服者》里，她曾饰演了欧诺利娅，瓦伦迪尼安皇帝的妹妹，嫁给了匈奴国王。在弗兰西斯的电影里，野蛮的丈夫是安东尼·奎恩。在这部新片中，她的丈夫由奥玛·沙里夫扮演，在当时，他代表着男性美。

一百万美元！这是索菲娅在1964年拍摄《罗马帝国的覆灭》时的片酬。这在当时是一个纪录，只有伊丽莎白·泰勒在远离好莱坞摄影棚的地方拍摄另一部历史大片《埃及艳后》时，曾经拿到这么多。索菲娅将这笔钱中的大部分投资到了一个餐馆，这个餐馆在一个豪华

电影《罗马帝国的覆灭》的近镜头剧照

的别墅里，在罗马往南二十多公里的喀斯特里罗马里省的马力诺市。

《罗马帝国的覆灭》从整体上来说与其是一部好电影，不如说是一笔好买卖。在电影里，我们能看到很美的风景，这是导演安东尼·曼惯用的手法："甚至是这么宏大的一个事件也有别的拍摄处理方法，"纳塔尔·马里约·卢卡洛在他为《意大利》写的文章里写到，"不得不承认这部电影具有所有历史大片应该具有的一切元素。"

吉安·路易吉·隆迪觉得自己并未被这部电影的悲剧色彩所感动，但他很欣赏安东尼·曼的拍摄风格："他拍摄的人群的场面，他的惊天动地的战争场景，他的覆盖着积雪的全景图，甚至还有个别小人物之间的正面交锋，"他的文章在罗马出版的日报《时间》上刊出，"都具有很高的质量，比《埃及艳后》里那些用混凝纸制作的场景好得多：所有的一切场景都能让观众再去原地凭吊，还会给观众留有探究的兴趣，并且时不时地会激起大家的某些感情。女主角是索菲娅·罗兰。当然是非常漂亮。但她以前饰演比萨店的女老板或者《烽火母女泪》中的母亲的时候更显得真实，因为华丽的服饰和假发阻挡了她的泼辣和热情。"（1964年11月20日）

《纽约时代》的影评人鲍斯雷·克洛瑟认为这个索菲娅·罗兰"衣着华丽，缺少智慧，也魅力大减"。（1964年3月27日）在对《罗马帝国的覆灭》中索菲娅的演技的评论中，我们可以看到以下的评论，它并不是没有依据的："罗兰，"欧诺拉托·欧斯尼在意大利的《晚报》上写到，"饰演了一个与她曾表演的那些通俗喜剧的人物的性格相差甚远的、很难把握的角色，在某些时候表演得不是很好，总的来说有些僵硬。"（1964年11月22日）在经过了大力推荐之后，《罗马帝国的覆灭》被选为第29届戛纳电影节的开幕影片，得到了恰如其分的评价，这是一部超级大片：形式华丽，内容贫乏……

索菲娅重新在一部电影版的喜剧《意大利式婚礼》中找到了跟她的文化背景很靠近的人物。这部电影原来是爱德华多·德·菲利波创作的。在1951年的新现实主义浪潮中，爱德华多·德·菲利波的喜剧在意大利可以算是家喻户晓，他曾

电影《意大利式婚礼》中索菲娅·罗兰再次和马塞罗·马斯托依安尼搭档主演。

经把这个喜剧作了一次拍电影的尝试，他自编、自导、自演，女主角由他的妹妹蒂蒂娜·德·菲利波担任。

新的电影版本出现在意大利喜剧电影在大银幕上最受推崇的时代。这部电影还有当时时代的印记——它的名字是从当时红极一时的一部由杰尔密执导的电影《意大利式离婚》而来，于是这部新的电影就叫《意大利式婚礼》（1964年）。当然，费卢门娜的扮演者就是索菲娅·罗兰。而唐·多米尼科这个角色，再也找不到比马塞罗·马斯托依安尼更合适的人选了。导演的重任又交给了德·西卡。"德·西卡、索菲娅·罗兰和马塞罗·马斯托依安尼，组成了意大利电影界的黄金三角，将会取得意大利戏剧界的一大成功。"这就是几乎二十年后安东尼奥·费奥勒写的文章，这篇文章刊登在《晨报》（1981年3月10

日）上，对《意大利式婚礼》作了一个精彩的点评。然而，在电影刚上映时，有一篇措辞严厉的评论文章同样也刊登在了那不勒斯发行量最大的日报《晨报》上："我感觉《意大利式婚礼》在重新搬上银幕之后，会失掉大部分它原有的感情和人文的因素。这可能是不可避免的。《意大利式婚礼》的衰弱完全是由索菲娅·罗兰的演技的衰败引起的。"（1964年12月20日）那不勒斯的维托里奥·里希蒂是对女演员进行严厉批评的一个。他的评论在众多意大利媒体和外国媒体对德·西卡的这部电影的赞美声中显得格格不入。也许在那不勒斯人看来，这样一个他们的同乡爱德华多·德·菲利波创作的典型的那不勒斯人的角色让一位罗马的男演员马塞罗·马斯托依安尼"篡夺"了，是一种对神灵的亵渎。同样，他们不能忍受那个为蒂蒂娜·德·菲利波量身定做的女主角的角色被索菲娅·罗兰抢去。

对于大部分影评人来说，年老的德·西卡在这部电影里又找回了他的灵感："《意大利式婚礼》取得了几乎是全面的成功。"我们在吉欧瓦尼·格拉兹尼为《晚邮报》所写的文章中读到，"突然一下子提升了德·西卡的尊贵地位，甚至是在那些要求苛刻的人眼中……（这里并没有提到《昨天，今天和明天》取得的巨大成功），这部电影人物丰满，场景多变，《意大利式婚礼》也有一些缺憾……作为一种补偿，在人物塑造上有很多好点子！……在拍摄上也有很多创造！……重点强调了一种真挚的很深的情感，这通常最能打动人心，这部电影里有一位索菲娅·罗兰这么坦率潇洒的女演员，她在里面的表演有时会让人联想到她饰演的《烽火母女泪》中的母亲一角。她总是充满活力、表情丰富、巧妙

地把握住了角色，让人想起了热情的蒂蒂娜·德·菲利波。"（1964年12月20日）这部电影是对回忆蒂蒂娜的献礼，这位伟大的意大利演员，她把自己的形象和《意大利式婚礼》中的人物形象永远地结合起来。"我们现在远远达不到这个优秀的、唯一的演员的标准，"《人民报》的影评人吉安·玛丽亚·居烈米诺评论道，"但我们不能否认，索菲娅的才华给我们演绎了一个特别有活力和泼辣的女性形象，表现出了普通老百姓的那种放肆无礼，将人物的感情符号都暴露无遗。"（1964年12月22日）把索菲娅和伟大的戏剧女演员相比，让索菲娅激动不已。

甚至是最苛刻的费利波·萨奇也对索菲娅的表演赞赏有加："她很了不起，"他的文章刊登在《时代》周报上，"她的表演突然打破包裹她的那层硬壳，与此同时，她爆发出了毋庸置疑的活力和热情，她塑造了一个崭新的、真实的人物，她的表演没有任何瑕疵。……索菲娅·罗兰第一次在她饰演的人物里展示了自己的真实的内心，一种深邃的、魅力十足的内心，这是在《烽火母女泪》中看不到的。"（1964年12月31日）

《意大利式婚礼》得到了奥斯卡最佳外语片奖的提名（如今，德·西卡已经习惯了）。索菲娅得到了回报。她获得意大利电影节金像奖、金球奖、莫斯科电影节最佳女演员奖、德国最受欢迎女演员奖（这个奖她在1960年、1962年、1963年、1964年都得过，此后她还每年都获得这个奖直到1968年）。她获得了很多别的奖项，还有第二次被奥斯卡奖提名，但是这一年，奥斯卡最佳女演员奖颁给的是朱丽·安德努斯，她在电影《欢乐满人间》里的表演征服了评委，但这一次索菲娅被提名意义重大，这再一次证明了她凭借《烽火母女泪》获奖不是奥斯卡评委们的一时兴起。

《意大利式婚礼》的成功让索菲娅又接到了三部小成本制作的电影：《爆破死亡谷》（1965年）、《兰黛夫人》（1965年）和《血肉长城》（1965年）。这三部电影里最不重要的肯定是《爆破死亡谷》。这部电影由迈克尔·安德森导演，庞蒂担任制片人，为英国的美高梅电影公司出品，这部电影讲述了一个第二

《意大利式婚礼》中的剧照。索菲娅·罗兰凭借这部电影提名了奥斯卡奖，但最终没能获奖。

次世界大战期间发生的间谍的故事。索菲娅饰演的是一个生活在社会边缘的人，她并不是很适合扮演这样的角色。完全脱离了她的那种活力四射的表演风格，外形虽然被精心包装，但显得很繁复，《意大利式婚礼》的女主角的演技好像突然倒退了很多。

《爆破死亡谷》是一部平淡无奇的电影，没有任何悬念，就像导演一样默默无闻，而导演却对这部电影的主题有着雄心。正是这样的电影让特吕弗认为英国的电影是世界上最差的电影。尽管如此，还是有很多人觉得这部电影很好。

电影《意大利式婚礼》剧照·索菲娅·罗兰和马塞罗·马斯托依安尼。

"除去一些火车站电影的陈词滥调，这部电影里有温柔的爱情和某些对话，"皮耶罗·维基迪诺在他为《南方报》上写的文章中说，"这部电影的拍摄是很用心的。"（1965年11月24日）实际上，甚至是对这部电影最有利的评价也没能超过这样一种笼统的赞扬，对这种纯粹的英国式的导演艺术的赞扬。

索菲娅·罗兰的表演与电影很和谐。吉安·路易吉·隆迪觉得她的表演"清晰而且准确"（1965年10月24日）。但是这一次只有那些女演员的崇拜者才能对她大加赞赏。一位《隆巴尔多》的记者说"索菲娅·罗兰演得很差"（1965年10月21日），还有《信息报》的记者认为"每个女性角色都很模糊"，还困惑地自问："索菲娅·罗兰在这部电影里到底怎么了？"（1965年10月21日）

对这个问题，他的一位同行纳塔尔·马里约·卢卡洛用一个残酷的答案进行了回答："因为这部电影是由卡洛·庞蒂制作的，"他的文章刊登在《意大利》上，"很容易在这部电影里给索菲娅·罗兰找一个演寡妇的小角色。"（1965年10月21日）因此《爆破死亡谷》对伟大的女演员来说是一个惨败，她当时还克服了很多困难学说德语的一些台词，这些台词在转成意大利语版时都找人重新配了音。当然皮特·尤斯蒂诺夫执导的电影《兰黛夫人》中的兰黛夫人这个角色又一次给了她机会。她实际上是和保罗·纽曼这样一个有魅力的男演员演对手戏，她又一次作了巨大的改变：在电影的某些镜头里，索菲娅变得很老，看起来就像干电影《兰黛夫人》剧照，这部由皮特·尤斯蒂诺夫执导的影片讲述了一个单纯的洗衣妇最后嫁给了一个有钱的公爵。

瘪的九十多岁的老妪，然后又重新时空倒转，回到她年轻时的美貌。

尤斯蒂诺夫是英国最聪明的喜剧大师之一。1965年这一年，他正好获得了第二次奥斯卡奖，凭借他在《通天大盗》里饰演的阿纳托利一角。在电影《兰黛夫人》中，他又再次回到了导演的岗位（他以前做过导演，但没有取得什么理想的成绩）。皮特·尤斯蒂诺夫的导演并不缺少一些天才的灵感，但是并没有给这部电影带来任何起色，正如米兰的《日报》影评人皮耶特罗·比昂齐强调的那样："《兰黛夫人》是一个意义不大的让人开心的小故事。甚至都没有从中得到什么道德方面的启示：它就像春天里下的小雨滴在树叶上那么轻。"（1965年12月24日）雨果·卡斯拉热也同意这样的观点："这是一部小歌剧，由一些古代的人物主演的小戏剧。其中有很多无政府主义者做着劫富济贫的事情，准备进行谋杀，但什么都没有实现……"日报《团结报》的评论员对女演员的表演提出了严厉的批评："在国际性的这种大放异彩的角色里，索菲娅·罗兰总是像木偶一样僵硬拘谨。"（1966年1月6日）然而，这些国际性的角色对她来说必不可少，这样才能维持她的高人气和国际知名度。好在索菲娅饰演的兰黛夫人还是有许多其他人喜欢，其中有吉奥瓦尼·格拉兹诺和特别喜欢索菲娅的吉安·路易吉·隆迪，《纽约时代》杂志的评论员鲍斯雷·克洛瑟并不喜欢索菲娅的老年扮相。

在此期间，索菲娅有可能去演大卫·里恩导演的大制作电影《日瓦戈医生》中的女主角。这部电影改编自鲍里斯·帕斯捷尔纳克的小说，卡洛·庞蒂取得了改编权。意大利女演员本来可以演拉拉的角色，但后来这个角色给了朱丽·克里斯蒂。这本来是索菲娅和奥玛尔·沙里夫演对手戏的一个好机会。但是，她没有成功参演（就算这部电影也是庞蒂担任制片人），于是，索菲娅全身心地投入到电影《血肉长城》的拍摄中，这部电影比较严肃，注定不会取得很大的成功。在这部电影里，索菲娅冒着失去上世纪50年代以来阿拉伯人对她的热爱的风险。她饰演的是主角，一位在达豪集中营中存活下来的犹太女人：这个女人在大马士革率领了一个以色列的突击队，为了镇压她前夫的活动，她的前夫是纳粹战犯，曾密谋要推翻以色列。

导演达尼埃尔·曼已经让安娜·麦兰妮凭借他执导的《玫瑰刺青》拿到了一个奥斯卡最佳女演员奖，在执导这部《血肉长城》时，他非常严格，这部影片处于动作片、探险片和教育片之间。在电影公映时，各方媒体对此褒贬不一。"《血肉长城》的故事和那些朋友们都像是教育者，"维托里奥·里希蒂在《晨报》上的影评专栏里写到，"好像离电视连续剧不远了。这个女人的悲剧，已婚，但不幸的母亲，并没有使我们感动——总的来说，这部电影里没有一个真正能让人绝望的人类的痛苦。索菲娅·罗兰在这部电影里的表演没能去掉矫揉造作的痕迹：她偶尔会出现一些表演精彩的瞬间，但从整体上来说，她还是被很多条条框框所禁锢了。"（1966年3月30日）但是，在波伦亚出版的日报《剩下的卡尔利诺》上，达里奥·扎纳利坚决地反击他："索菲娅·罗兰想要给我们塑造一个细腻的人物，让人联想到她在《烽火母女泪》中的母亲的形象……她的某些姿势、她的某些表情（比如她以怜悯的目光看着玩耍的孩子时）都带给观众很真实的感觉。"（1966年2月17日）她的另一位支持者是蒂诺·拉尼耶利，他在《人民报》的影评版上写到："索菲娅·罗兰饰演的这个角色产生了强烈的反响，有很多拥护者，取得了很好的结果。"（1966年3月26日）在《大众报》周刊开设电影介绍专栏的多米尼科·坎巴纳，同样也说她取得了好成绩："索菲娅的演技越来越纯熟和直达人物内心，她把这么困难的一个角色演活了，这是一个被丈夫残害的女人，然后沦为敌人的玩物，心中充满了仇恨，但是，在她的心里还是有一块地方充满了细腻的情感……索菲娅是整部电影里表演内涵最丰富的演员。"（1966年3月24日）

　　索菲娅·罗兰对记者们对她的评论都看得非常仔细。在一位崇拜她的记者恩尼科·鲁切利尼为她写的传记里，我们能看到这样的记载，多亏了有这个中间人的记录："每天早上，索菲娅一起床就立刻去看那些有关她的新闻的剪报。如果剪报里说了她的好话，她会把这份简报好好保存起来，相反，她把那些否定她的剪报寄给庞蒂，庞蒂又把那些剪报寄给我。于是，我就要和那些'凶恶的'记者联系，友好地建议他们再看一遍电影。总之，我每次这样做都不会因为给他们钱而得罪他们，还能和他们进行商量，几乎每次都很奏效。"鲁切利尼到底有没有编故事呢？这倒是很有可能。但是，他们的真实性从理论上来说并不会被怀疑。然而，如果真的情况就像他所说的那样，那么对索菲娅不利的评论在不到一年的时间里就应该绝迹了！

1967年拍摄的《意大利的方式》剧照

À la cour de 在卓别林陛下的皇宫里
sa Majesté Chaplin

庞蒂要与前妻离婚，而以悲剧结束这段婚姻的妻子朱丽娅娜·费阿斯特丽也想要得到自由。费阿斯特丽女士也是一名出色的律师，她知道有一个办法可以解决这样一桩复杂的婚姻的问题：也就是她加入另一个国家的国籍，在那个国家离婚比上世纪60年代保守的意大利容易得多。比如，在法国，离婚是被允许的。

这个计划非常简单，而且很可行。1965年，在法国政府的允许下，庞蒂·卡洛和索菲娅·罗兰都得到了法国的国籍，以鼓励他们为法国的电影艺术发展作出贡献。同时，作为卡洛·庞蒂妻子的朱丽娅娜·费阿斯特丽也自动得到了法国国籍。好戏开始上演：1965年12月，法国人卡洛·庞蒂和朱丽娅娜·费阿斯特丽得到了协议离婚的判决。

离婚程序进行的时候，索菲娅正在演出电影《谍海密码战》，这是一出新的间谍戏，这一次电影的基调没有以前的那些间谍电影那么严肃。这部电影是由加登·考特的一部小说《密码》改编而来的，天才的导演斯坦利·多南曾经给他的一部小说的结尾增加了一个理想的结局，拍成了轻喜剧《谜中谜》，由奥黛丽·赫本和卡里·格兰特主演。在《谍海密码战》中，索菲娅·罗兰代替了奥黛丽·赫本，格里高利·派克代替了卡里·格兰特。

在电影《谍海密码战》中，有很多梦幻组合，比如，由朱丽安·米歇尔、斯坦利·普利斯和皮埃尔·马尔丹一起写的剧本，摄像师是查利斯，电影配乐是亨

索菲娅·罗兰的私人生活照，卡洛·庞蒂和索菲娅·罗兰的婚礼正在塞夫勒市政厅举行。

利·曼齐尼，尤其是克里斯蒂安·迪翁为索菲娅设计的美妙绝伦的衣服和鞋子。正是这一点让女演员受到指责说她很注重穿戴而忽视了人物的塑造。这些克里斯蒂安·迪翁品牌的豪华"服饰"，从头到脚打扮了索菲娅，造价有五万美元，在当时是一笔天价。"因为有所有这些豪华的饰物，"日报《人民》的评论员保罗·瓦尔马拉纳抱怨说，"这部电影失去了真实性，同时也不清晰，变得很不平衡，有时在某些免费的华美的章节拖泥带水。"（1966年10月1日）但是，并不是所有他的同行都同意他的说法。例如，朱利奥·卡迪威利在《自由》的影评专栏上承认这部电影"确实有点浮浅，但不能把它贬得太低"。（1966年10月29日）至少，斯坦利·多南是好莱坞上世纪50年代的一位大师，他在美国喜剧电影史上以风格细腻著称。

人们难免会将《谍海密码战》中的索菲娅·罗兰与《谜中谜》中的奥黛丽·赫本进行比较。有些人喜欢赫本。有些人喜欢罗兰。在奥黛丽·赫本的支持者中，有一位叫莱奥·佩斯特利。"索菲娅·罗兰，"我们在都灵的日报《新

电影《香港女伯爵》剧照。

电影《香港女伯爵》剧照。

闻报》上读到他的文章，"也同样很高贵，但没有赫本的那种略微的俏皮。而且，这部电影在一个不熟练的导演面前险些失控。"（1966年10月30日）《布雷西亚日报》的评论员阿贝托·佩斯是属于"罗兰派"的："索菲娅·罗兰有一种高贵的美，用她的美丽和智慧获得了又一次辉煌的成功。"（1966年10月5日）《谍海密码战》里的罗兰就代表了上世纪60年代的罗兰，正在成为美女的典范，一个现代女性的象征，是少数几个真正能到达第七种艺术的奥林匹亚山顶的女演员之一，爱德加·莫林认为她具有敏锐的洞察力，在所有影星里面。就像那些世界知名的电影明星一样，索菲娅·罗兰也饰演一些她不太适合的角色。甚至她的诽谤者们——总有那么些人会这样做——他们的评论总是说她不能饰演那些超越她自身的性格的人物：当她演得不像这类角色，不是因为索菲娅·罗兰演得不好，或者不是不能演，而是因为她留给人的印象中的固有的形象已经在这个角色里占了上风，同样的事情也发生在嘉宝、玛琳·黛德丽、玛丽莲·梦露和碧姬·巴铎身上。其他人就是女演员，或多或少有点天赋。但是这些女人都是巨星，她们的伟大不是用她们的天赋来衡量的。在上世纪60年代，索菲娅就已经代表了这些电影界仅有的巨星中的一颗，她有她自己的形象，根本不用一部电影或一个角色来为她定位。索菲娅就像那些举世闻名的电影明星一样时常出现在大银幕上，人们

213

都认为那是"奇迹",在她们经过的地方都散发着神秘的橘子花的香味。巨星什么都不用做,她们就存在:在杂志的封面上,在时尚发布会上,在访谈节目里,在特别的招待会上,在各种开幕式上。索菲娅的生活也是这样,她那曲折的国际婚姻引人瞩目,她想要当一个母亲的心愿也是众人皆知,这个愿望后来甚至成了索菲娅生活中的一个传奇。

卡洛一旦在法国离了婚,他就迎来了这次运作的果实:1966年4月,卡洛·庞蒂和索菲娅·罗兰的婚礼在巴黎附近的塞夫勒市政厅举行,只有很亲近的人知道。罗米尔达·希科勒内甚至都没有参加(据说她是因为害怕坐飞机);索菲娅的妹妹还有少数几个密友,包括巴西里奥·弗朗齐纳参加了婚礼。索菲娅披上了只有在电影里披过几次的雪白的婚纱,但她并不开心。现如今,她终于成了庞蒂夫人!

为了能参加在塞夫勒举行的婚礼,索菲娅·罗兰不得不中止了她在伦敦的电影拍摄:《香港女伯爵》(1966年),由她的皇帝查理·卓别林执导。能和卓别林合作是一个演员的运气。"《香港女伯爵》的拍摄计划书,"索菲娅在她的回忆录中回想起来,"在一个抽屉里躺了二十年。我听说卓别林最初是为宝莲·高黛写的。然后,他把剧本改得更好,在看到我演的《昨天,今天和明天》之后又开始准备拍摄了。"索菲娅完全没有想到自己能有机会和他一起工作。当她还是小孩子的时候,在波佐利的街区小影院那晦暗的放映厅里,她为卓别林鼓了几十次掌。如今,卓别林已经成了一位头发花白的老者,就像一个流亡的君主。她去沃维看他,第一次读了剧本,年老的国王坐在钢琴旁边,唱了一首他为这部电影写的歌曲。他已经有十年没有拍电影了。他已经对电影不是那么熟悉了。

《香港女伯爵》没有得到评论界的好评。1967年1月5日,这部电影第一次在伦敦公映后,被认为是电影历史上最大的一次失败。在英国杂志《电影》上,著名的评论员阿克瑟尔·马德森认为卓别林的最后一部电影是"一百零七分钟老年人的幼稚行为"。然而,对于索菲娅,《香港女伯爵》"是一部充满魅力的影片。里面有卓别林所有能拍到的最美的东西。这真的不是他的代表作。但是,这部电影很好看,不管我们怎么看它所反映的主题"。

索菲娅·罗兰光着脚拍摄《灰姑娘的故事》（1967）。

　　在意大利，电影大师卓别林的这部收官之作，并没有受到媒体太苛刻的评价，但是大家对这部电影也不太肯定。"《香港女伯爵》缺乏幻想和情感。观众看得很开心，"吉欧瓦尼·格拉兹尼在《晚邮报》上写道，"但却不感动。观众们大笑，因为有些桥段确实很有趣。但是他们并不觉得这些天才的灵感对他们的内心有什么触动，这种将悲剧植根于喜剧中的表达方式是卓别林的伟大之处，与他拍摄的《杀人狂时代》和《照明灯》异曲同工。"（1967年2月4日）当然，这部电影不能和他过去的代表作相比。《时代》杂志的影评版主编费利波·萨奇为这位年老的大师辩护："可怜的卓别林，他听到别人说些什么！……《香港女伯爵》是一部商业片，一部乏味的影片，卓别林在拍摄的过程中，在不知不觉的情况下，不得已选择了好莱坞的矫揉造作，这样的故事他从前是很厌恶的，一辈子电影《灰姑娘的故事》剧照，剧中索菲娅·罗兰饰演一个聪明的农家女，她最后嫁给了西班牙王子。

都与之相斗争的。因此，这是一部商业片。非常典型的商业片！但是为什么一位导演就没有权力拍摄一部商业片呢？为什么就不能拍一部没有什么雄心的电影，也没有什么特别的桥段，只不过是为了让观众笑？"（1967年2月26日）然而，这不过是个好意的辩解，建立在一些单薄而繁复的论据上。

　　而那些严厉批评的观点则更加深入，站得住脚。最明显的一个例子就是古格列莫·比拉夫的观点。"对话非常平淡，"他的这篇文章刊登在《信使报》上，"节奏很缓慢，有喜剧效果的场景比较少。"（1967年2月14日）。只有索菲娅逃过了一劫。当然，还有埃尔曼诺·科姆佐对她的表演有保留意见："表演，"这篇文章刊登在《贝尔加莫日报》日报的影评专栏里，"很到位，但是，索菲娅·罗兰并没有在片中找到自己的位置……"（1967年2月4日）。然而，大部分的影评人都认为她的表演非常精彩。为了表达对她的欣赏，吉奥凡·巴蒂斯塔·卡瓦拉罗表达了他不够严密的观点："一部电影的主演不一定是这部电影的代表，"他在《意大利未来报》上写道，"这部电影并没有完全发挥出索菲娅·罗兰的潜力，她的似水柔情。她的戏路非常宽，能把一个滑稽的喜剧角色瞬间变得热情而严谨，温柔甜美，充满母爱。"（1967年1月31日）。索菲娅和卓别林合作感觉如鱼得水。在某些方面，他让她联想起德·西卡对她的像父亲般的关爱。在吉安·玛丽亚·居烈米诺《人民报》写的一篇文章里，他重点强调了这种完美的合作："我们的索菲娅显然虚心接受了导演给她的所有严肃而重要的建议，她的表演达到了一个真正的层次，一种卓别林式的表演。"（1967年1月31日）。另一些人觉得卓别林对表演的执导很快。索菲娅·罗兰只能去"依样画葫芦"，于是她总是很紧张，想逃避，在导演大师的指点下，她要用她的整个身体来演绎她的角色（卓别林的老理论）。这些话是毛里齐奥·庞茨在1967年春的时候发表在《影视》杂志上的。老卓别林对索菲娅还是比较欣赏，他曾经说过，从她身上能看到爱莲诺拉·杜丝的影子。

　　在与卓别林合作之后，索菲娅的演艺生涯又与另一位意大利六十年代最杰出的导演之一弗朗西斯科·罗西相交了。《灰姑娘的故事》（1967年）标志着罗西的一个新开始：完美的开始。这位那不勒斯的导演已经执导了一系列的影片，对现实世界进行辛辣的讽刺，而且这些电影的主题都是热闹的现实社会的问题。而相反的是，在《灰姑娘的故事》中他要表现的人物变成了王子、公主、女巫和神通广大的修士。

索菲娅饰演的是一个农妇，她与王子发生了一段美妙的爱情。这个故事的背景是波旁王朝统治下的那不勒斯的乡村。至于王子的角色，罗西想让马塞罗·马斯托依安尼担任，但最终他不得不接受了由奥玛尔·沙里夫出演，因为卡洛·庞蒂认为由奥玛尔·沙里夫扮演王子，这部电影将会有更加广阔的市场，也因为索菲娅一直都耿耿于怀没有与奥玛尔·沙里夫一起搭档拍摄大制作影片《日瓦戈医生》。

索菲娅演起这个泼辣的农妇时感觉得心应手。弗朗西斯科·罗西非常愉快地回忆起了他们的合作："索菲娅饰演的这个角色，"导演说道，"非常有趣，很有平民的活力，同时又很复杂，很难演绎——一位农妇却有着平民的智慧和女人的小心计。

《意大利的方式》的剧照。

219

索菲娅的表演非常出彩。她很勤奋努力，专心致志，严肃认真，聪明伶俐。她很有性格，但也很守规矩。为了艺术她可以作出任何牺牲。我记得我总是叫她在表演时不穿鞋。你知道的，她要光脚走的那片原野很多石头，凹凸不平。索菲娅的脚很好看。但她表现出了非常耐心：她沉着冷静地向前走，好像她以前一直都是光着脚走路的。有时候，她的脚被刺破流血了，她也从不抱怨。与很多其他的那不勒斯人相比，索菲娅从来不抱怨什么。她只考虑她要达到的目标。"

许多意大利媒体都认为导演罗西在拍摄《灰姑娘的故事》这部电影时，就像在休假，他已经执导了那么多影片。吉欧瓦尼·格拉兹尼在《晚邮报》的影评专栏里写到："弗朗西斯科·罗西走了一条意大利式的童话故事的道路。他急匆匆地从这条路上走过，既没有跟跄，也没有摔倒，观众们都很高兴地跟在他的身后。"（1967年10月29日）

安吉洛·索米担心已经很少的电影工作者会再减少："首先，"他在《今日》周刊上写到，"我们希望罗西能回到拍摄现实社会的主题上来，可能不会很有看头，但代表性会比这样一部古装的童话故事要强得多：《灰姑娘的故事》当然不应是一部遭否定或被遗忘的电影，但是反映现实生活的神圣道路能激起另外一种感动。"（1967年11月23日）

保罗·瓦尔马拉纳是日报《人民》的影评专栏的评论员，是少数几个不流于表现形式的评论者，他看到了这部电影暗含的拍摄目的："拍摄一部与传统电影风格不同的电影，这也是意大利电影的现状，《灰姑娘的故事》就是这样一个例子，既新颖别致又积极探索。很奇怪的是，所有那些想在我们国家拯救欧洲电影的人，对导演很肯定，却不知道从这部电影里分辨出罗西的观点。他使用了一个很好的角度，这就是一位导演应该具有的本领，在这部影片里充满了创新，生机勃勃，时尚但不媚俗，反映意大利南部但没有方言，彩色但不是漫画。"（1967年10月30日）索菲娅在这部影片中昂首挺胸，魅力四射。"索菲娅·罗兰重新回到了她出生的那片土地，在身穿破旧衣衫的灰姑娘角色里大放异彩，"欧诺拉托·欧斯尼在《晚报》的影评版上写到，"电影《灰姑娘的故事》中的索菲娅非

索菲娅·罗兰参加一部后来没有拍摄的电影的试镜。

常漂亮，这是她的一次伟大的胜利。"（1967年10月20日）

在《灰姑娘的故事》拍摄结束的前几天，索菲娅发现自己又怀孕了。她没有再犯原来的错误：她停止了一切活动，然后躺在床上静养。但她这么小心翼翼还是没有躲过厄运，在她怀孕三到四个月的时候她又流产了。这件事让她很受打击。因为她患有习惯性流产，庞蒂建议她领养一个孩子。但是，索菲娅想要有一个自己亲生的孩子。

为了遗忘这件事带来的巨大的伤痛，她又一次投入到了工作里。她参加了电影《意大利的方式》（1967年）的拍摄。这部电影是从爱德华多·德·菲利波的同名喜剧改编而来。导演是雷纳托·卡斯特拉尼。和索菲娅演对手戏的是维托里奥·加斯曼，她自从拍摄了《欲海慈航》之后就再也没有和他合作过，当年她还是个不知名的演员，想要取得成功。《意大利的方式》拍摄了两次，意大利语的版本和英语的版本都有各自的拍摄计划：这是一种重复的工作，因为当时刚出现有声电影，要为电影拍摄不同的语言版本。索菲娅没有任何问题，因为她的英语早已很好。而且，片中的角色玛丽娅与她的感觉很相近，她给这个人物赋予了丰富的内涵。

爱德华多·德·菲利波的喜剧曾经在1954年拍摄成电影，这位作家也自编自导电影，但这一次的结果令人失望。卡斯特拉尼没有将这个喜剧改编成一个让人满意的电影剧本。由阿德里亚诺·巴拉克、本维努蒂、德·贝尔纳蒂和卡斯特拉尼共同改编的剧本非常灵活。可以说是灵活过头了。

在马里奥·阿罗西奥看来，卡斯特拉尼真的犯了一个大错。"第一个这个糟糕剧本的受害者，"他的文章发表在《罗马观察家报》的影评专栏里，"就是导演卡斯特拉尼。他在以往的导演工作中总是尽心尽责，这次的错误不单是一个拍摄程序上的事故，如果说全是他的责任对他有点不公平。"（1968年1月8日）

在罗马出版的日报《时间》上，吉安·路易吉·隆迪强调了这部电影有过多的细节，这丰富了爱德华多·德·菲利波的喜剧的内容，也使电影更具观赏性：
"在原来的喜剧故事中是安静的地方，他改为要说话，原来是说话的地方，他改为叫喊，为了渲染气氛，他让这部戏浓墨重彩，把悲剧和大笑杂糅在一起，把大段的内心独白和木偶戏交织在一起。"但是《时间》上的评论拯救了索菲娅，认为她的表演有很多可圈可点之处："她饰演的是一位有夫之妇，她应该有一位百依百顺的丈夫，她将自己的悲剧用充满热情的真实的愤怒和激情淋漓尽致地表达了出来。"（1967年12月27日）古格列莫·比拉夫也在罗马出版的日报《信使报》上指责卡斯特拉尼的电影没有忠实于爱德华多·德·菲利波的原著。他为索菲娅辩解："相反，索菲娅逃脱了所有的陷阱，在那些做作的场景里，她用自己真实的情感找到了人物应有的性格。"（1967年12月24日）

在美国，这部电影公映时取名《意大利的方式》，想让人联想到曾经取得很大成功的《意大利式婚礼》。在法国公映时也是如此，它的片名让人回忆起德·西卡的《意大利式婚礼》。

这段时期对索菲娅来说也很特别：她可能会拍摄德斯陀利的《蒙扎的修女》电影版，这个小说已经被吕西诺·维斯孔蒂搬上了舞台。索菲娅一直梦想着能和这位大导演合作，但是没能实现，这部电影的拍摄计划在开拍前不久突然停止了。

Mater Dolorosa

母亲的痛苦

在意大利南部妇女的观念中，对家庭和母亲的重视占有重要位置。索菲娅自己也承认她也有同样的观念。这位那不勒斯的年轻女人很执著，她有能力征服好莱坞乃至整个世界，但是为了实现自己最普通的一个梦想——自己的婚姻——付出了很大的代价。在经过了艰苦的斗争和尽了自己的最大努力之后，她终于可以实现另一个女人共同的愿望——生一个孩子。

她想要一个自己的骨肉，她为此不惜一切。现在她就只有一个信念：她咨询了欧洲以及美国最有名的医生，她做了一千零一次检查。她想要知道她第二次流产的原因，想要知道她到底怎么了。她当时也休息了。难道她身体有什么病吗？她对此的怀疑越来越重，最后竟转化成了一种真正的担忧。

是于贝尔·德·瓦特维尔教授最终发现了她的忧虑的根源。"我不能怀孕直到足月生产，"索菲娅解释说，"就只有一个很清楚的原因：我不能分泌足够多的雌激素。于贝尔·德·瓦特维尔的治疗就是针对这个的：他根据我的需要量控制摄入的激素量，逐渐地达到妇科的常量。"在1968年春天，索菲娅平静地开始了她的第三次妊娠。她刚怀孕的几个月都是在日内瓦湖边的一个小旅馆度过的，离瓦特维尔教授的诊所不远。她怀孕的九个月都必须要在床上躺着。这个时候，欧洲发生了"红五月运动"，社会因为学生运动而动荡不安。索菲娅九个月都独自待在瑞士这个装饰得像天堂的地方。

所有女人的愿望:索菲娅·罗兰在当了母亲之后上了一本杂志的封面。

　　好在安定让她熟睡，减少了她对这种无休止的日子的担忧。在怀孕三个月末的时候，卡洛·庞蒂把她转到了日内瓦国际饭店八楼上一个更大的房间。在旅馆的登记台，索菲娅使用的是假名。这套客房有空调，她可以在适合的温度下生活：房间里还有一个小厨房，还有一张床是给伊内斯准备的，她是索菲娅的秘书，索菲娅很依赖她，她也总是陪伴着索菲娅。

　　她怀孕期剩下的日子都在这里度过的。1968年12月29日孩子出生了，比预产期提前了三周：不得不进行了剖腹产手术。

　　索菲娅成了母亲。立刻在原来供医学院的学生听课的阶梯教室里召开了新闻发布会。庞蒂夫妇给世界各地的媒体展示了他们的爱情结晶：小卡洛。就在几个月前，世界各地的报刊杂志都以大标题报道索菲娅·罗兰怀孕的消息。新一代人想在转瞬之间就改变世界，整个世界都被大学生们占领了，街道上充斥着游行示威反对一切的学生们，年轻人非常信奉毛泽东和菲德尔·卡斯特罗的思想，因为他们预见到了在富裕的西方社会不太可能出现的革命，而索菲娅，她最终实现了做母亲的梦想，代表着一个跟学生们无关的世界，用古老的答案来回答古老的问题。在1968年热烈的氛围里，索菲娅成了一个拒绝任何社会变革的典型。她完美地饰演了这样一个有着神秘魅力的虚伪的女资产阶级，学生们正是认为地球上的罪恶都归于这样的人。她是一个与动荡不安的社会格格不入的巨星，一个情感世界属于典型的上世纪50年代人的电影明星，一个女神，她从她的奥林匹斯山上用一种悠闲的眼光看着这个世界。

现如今，做了母亲之后的索菲娅——这位出生于意大利半岛的昔日的好莱坞维纳斯——身上散发出了母性的魅力。这种魅力让她更接近于老一辈的人，让她开始想念自己的家乡，这个她在童年时期就离开的地方，这也使她和新一代的年轻人之间有了差距，他们认为她已经老了，他们需要重新树立别的电影明星——一个更加不平凡的人，与这个动荡的年代相适应的人。

刚生完孩子，做了年轻母亲的索菲娅收到了堆得像山一样高的来信：世界各地发来的贺卡和电报，其中还有意大利政府社会部部长纳尼和曼齐尼的；其中最多的信还是匿名的崇拜者献上的诚挚问候，他们不想借此扬名。意大利的母亲们都很高兴地见到了这位性感宝贝的新形象，她又重新回到了意大利典型的母亲形象。甚至那些道德至上的人，他们对她的诱人的美貌不屑一顾，还痛骂她是"拆散人家家庭的人"，现在也接受了做母亲的索菲娅·罗兰。还有一些不能生小孩的妇女也向索菲娅求助，至少看到索菲娅的经历她们有了信心：她们想知道这个奇迹是怎么创造出来的？这位女演员现在已经成了西方资产阶级的偶像，她不再只是代表电影和女性美了。虽然她有一段时间没有拍戏，但索菲娅·罗兰这个名字一直频繁地出现在人们的口中。小卡洛是她最得意的"代表作"之一。在1969年1月由英国的《标准晚报》发起的读者问卷调查显示，索菲娅·罗兰和朱丽·安德努斯还有伊丽莎白·泰勒一起成为英国最受欢迎的女演员。她同样在德国也得到了电影"班比奖"中的"年度最受欢迎女演员奖"。德国电视台还为此拍摄了一个特别专题节目，描述了索菲娅的人生三重角色：电影明星、妻子、母亲。

在2月初，在小卡洛出生后两周，她收到了一封来自好莱坞的电报，通知她得到了金球奖的"世界最受欢迎女演员奖"，这个奖项是对全世界三十八个国家的观众进行问卷调查而评出的。

索菲娅·罗兰在做母亲之后的第一次复出是在3月中旬的蒙特卡洛的盛大舞会上。她的行程安排得很满，她在摩纳哥机场下的飞机。那天晚上，她以让全世界惊艳的造型亮相：发型奇异，身着一袭迪翁设计的晚礼服裙。记者们强调她与格雷斯公主的会面，两位都是电影明星，两个女人的脸上都闪耀着母性的光辉。

这两张都是电影《向日葵》的剧照。索菲娅·罗兰又一次和她的老朋友马塞罗·马斯托依安尼搭戏。

1969年的上半年索菲娅都是和她的儿子一起度过的，她的儿子也是世界上知名度最高的小孩，大家都叫他辛比。

索菲娅很在意她的女性形象和母亲形象。在一次接受《萨格勒布日报》记者的采访时，她说她希望能重返影坛，想要饰演母亲的角色："我的梦想就是有一天能演绎布莱希特的《勇敢的母亲》中的母亲一角。当然，我知道要演好一个母亲并不容易，但是，因为我已经是母亲了，所以我能把这个母亲的形象演得更加深入人心。"共产主义的剧作家布莱希特写出了1968年那些年轻人心中很崇拜的一个人物形象。学生运动最终触动了电影明星的奥林匹斯山：像大理石一样的索菲娅最后也感觉到了，如同鲍勃·迪伦唱的那首有名的歌曲，"时代变了……"

上世纪60年代末，妇女解放运动开始蓬勃发展，得到越来越多的支持。索菲娅也加入了这场妇女解放运动并摇旗呐喊。她对此的宣言是1969年7月在罗马的一个新闻发布会上发表的，在意大利媒体上产生了很大的影响。"很多女性，"这位女演员解释，"错误地认为妇女解放是损害男性的利益取得的。正相反，实际情况是，男女平等，男女互补，每一方都知道他们各自的界限在哪里。"这些论断是经过她冷静的分析和对现实的考量后得出的，与当时那些大声叫嚷着要向男性挑战的女性主义者的宣言要温和得多。在当时，人们普遍谈论的是自由、公民权、和平与战争："战争与和平的问题，"索菲娅在同样的场合还说，"将会非常不同，当女性和男性都具有同样平等的地位时。母亲和妻子都会作出同样的回答：和平。"

巨人演唱组唱着"把花朵放到大炮里"，这是当时最和平的歌声，也是在意大利的自动点唱机里听得最多的歌曲。越南战争变成了地狱，"垮掉的一代"在放映战争支持者约翰·韦恩拍摄的电影《绿色贝蕾帽》的电影院门前集会示威。当时，最伟大的口号就是："奉献爱心，不要战争。"只有一个最关键的词："和平"。举行游行的年轻人都是直率的热心人，他们在自己的T恤上写着"和平"一词——当然是用英语——因为新一代的电影明星都是从美国产生的，搭乘着好莱坞的快车，出现在导演丹尼斯·霍珀、斯科西斯、博格达诺维奇和奥尔特曼执导的电影里。

于是，索菲娅也站到了左派。《向日葵》（1970年）将是她第一次到苏联拍摄的电影，这并不是讲自由之地（应该是古巴），这个国家曾派出坦克镇压"布拉格之春"。《向日葵》讲述了一个被战争摧毁的爱情故事，在苏联的土地上聚集了马斯托依安尼、德·西卡、扎瓦蒂尼和索菲娅，他们都是卡洛·庞蒂手中的王牌，他以前已经出过几次了。就像俗语说的：战胜的队伍不能换！

在《向日葵》中，小卡洛第一次登上了大银幕。这次亮相对索菲娅来说意义非凡。"自从她做了母亲，"德·西卡解释，"她就完全改变了。我很快就理解了她，当我看到她在拍摄现场的时候：这对我来说同样也是个惊喜，一个天大的惊喜。"在苏联拍摄影片的外景部分时，一队美国的电视工作者专门为索菲娅做了一次特别节目。这已经是美国电视台第四次为她制作纪录专题片：第一次是在她凭借《烽火母女泪》获得奥斯卡最佳女演员的时候；第二次是对她的演艺生涯的一次总的概述；第三次是反映女演员在她位于马里诺的别墅里的生活，那里离在电影《向日葵》的拍摄过程中，索菲娅·罗兰和导演德·西卡在一起。

罗马很近。

　　《向日葵》是一部鸿篇巨制，不缺少观众和美国评论界的青睐。"罗兰小姐找到了一种新的悲剧的表现方法，这更加显现出她的成熟。"汉克·韦巴在1970年3月出版的著名的《综艺》周刊上写到，他是这个周刊派驻意大利的特约记者。只有纽约的影评人对这部电影表达了严肃的批评，认为这部电影没有任何创新。扎瓦蒂尼是一个从"意大利电影城"走出来的"剧作家"，而德·西卡的画面已经有点陈旧了。《向日葵》是一位迟暮之年的导演的作品，在经过这么多年之后，他已经老了：这是一部很传统的影片，对街上正在发生的变化充耳不闻，不管是在罗马还是柏林，不管是在巴黎还是伦敦。因此，从这种意义上来说，这部电影并不受到意大利影评记者的欢迎，他们在追逐新潮流中产生的明星。在支持德·西卡的老派爱情故事的人中，有莱奥·佩斯特利，他很偏好传统的文学作品。"《向日葵》，"他的这篇文章刊登在都灵出版的日报《新闻报》上，"是一部过去的美好时光的电影，轻松、热情而真诚。导演德·西卡不像一般的知识分子，他让自己的思想自由驰骋，找到了他原来的美好经验，他那辛辣的讽刺和对明暗对比的把握。"（1970年3月14日）费利波·萨奇在《时代》杂志的影评专栏里表示他并没有被索菲娅和马斯托依安尼夫妇的爱情所打动："很可惜索菲娅·罗兰并没有在和马斯托依安尼的对手戏里投入太多的感情。而后者有时候看起来有点表演错位，很被动。在这一点上，索菲娅应该发挥她擅长表演小丑的天赋，以及泼辣的性格来更好地把控这部电影。"（1970年3月29日）但是索菲娅也得到了很多赞赏。维托里奥·里希蒂本来是一位最不喜欢女演员的评论家，也对她的表演表达了欣赏之情："我们能很长时间地谈论索菲娅·罗兰，"他在为那不勒斯出版的日报《晨报》写的评论文章中写到，"但是不管我们说什么，我们都不得不承认，她在大银幕上代表了一种生机和热情，这一点最能抓住观众，而且让观众们感受到强烈的人文主义的激情。在德·西卡导演的《向日葵》里，索菲娅·罗兰向人们证明了她最主要的优点就是能自由释放这种热情。"（1970年3月16日）

　　1970年总是让索菲娅想起一件痛苦的事情：她从来不会忘记10月11日晚上发生的事情。卡洛·庞蒂要暂时离开她去米兰。索菲娅独自一人带着小辛比和忠实的伊内斯住在纽约的公寓里，那天晚上，突然闯入了三名全副武装的戴面具的抢匪。这些强盗抢走了价值几百万美元的珠宝首饰。但是最糟糕的是，索菲娅还面临了一个很危险的境地：强盗想要拿走一个很昂贵的女演员在上电视的时候戴在头上的王冠式的发饰。他们不相信索菲娅的解释：这个首饰是她临时租用的，并不属于她所有。强盗们没有耐心地一把抢过去……

　　《向日葵》在观众中引起很大轰动。庞蒂立刻想要让观众的这种激情持续下去，他重新在电影《教士之妻》里再次聚集了罗兰和马斯托依安尼。他们俩成了最著名的银幕夫妻之一，这对夫妇可以饰演任何戏剧场景中的戏。这一次他们要演绎的是一个典型的意大利喜剧，编剧是鲁热罗·马卡利和贝尔纳迪诺·扎博尼，导演是有着娴熟的导演技巧的迪诺·利斯。

　　据说，最开始是想让莫尼卡·维蒂来饰演戏中的瓦勒里亚·比利这个角色，影片的主人公是一个年轻女人，却和一个四十多岁的教士有了一段荒诞的爱情故事。在天主教占统治地位的意大利，学生们的抗议运动只不过是蜻蜓点水，没有掀起什么波澜。而这部电影涉及教士的单身问题，引起了社会的强烈反响，意外地得到了评论界的关注。意大利电影城里最警觉的几个人总是想为讽刺道德风俗的喜剧寻找道路，立刻抓住了这个很吸引人的题材：《教士之妻》创下了超过二十亿里拉的票房成绩。十年前，是根本不敢想象能拍摄这种题材的电影的。现

索菲娅·罗兰和马塞罗·马斯托依安尼在电影《教士之妻》中。

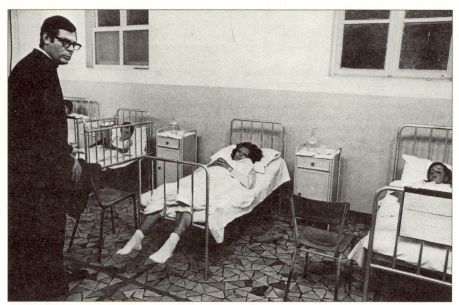

《教士之妻》使意大利影评界分成了两派：一派是天主教知识分子，强烈地反对利斯的这部电影，拼命诋毁；另一派是无神论者，倾向于接受这部电影，把它当做一部精彩的"意大利式"的喜剧。

在意大利同样也放宽了尺度；就在这部电影上映的同时，菲达电影制作公司还在意大利公映了《教士的情人》。

为了达到更加尖锐的讽刺效果，《教士之妻》在威尼斯拍摄，这座城市坐落在意大利最虔诚地信仰天主教的地区，尤其是很多主教都是出生于这里，最近的一位就是让二十二世。意大利媒体很开心地讲述着，当利斯拍摄外景戏地方路过的行人看到英俊的马塞罗·马斯托依安尼（被认为是大众情人）穿着教士的服装，身边还站着穿着惹眼的超短裙的索菲娅·罗兰时，行人都非常惊讶。甚至是那些反教权主义者也提出了反对意见。"在《教士的情人》之后，又出来《教士之妻》，"吉欧瓦尼·格拉兹尼在米兰出版的日报《晚邮报》上讽刺地评论，"我们在不久之后还可能会看到《修女之夫》、《神甫之女》、《修女的婚礼》、《主教的私生子》，最后还有《教皇离婚》。就算我们的电影工作者的想象力无穷无尽，但也应该少在当代社会开这种粗俗的玩笑，难道他们不是想编造一个最陈旧的讽刺反教权主义的故事？"总的说来，格拉兹尼对这部电影还是有点好感的："毫不客气地描绘了各种人物的性格特点，主旨在讽刺虚伪的教士……这部电影的情节非常连贯，补偿了剧本中存在的稍微的不平衡，迪诺·利斯在喜剧和悲剧情节中摇摆不定，既狡猾又辛辣地在威尼斯的天主教界留下了痕迹。"（1970年12月19日）

《教士之妻》使意大利影评界分成了两派：一派是天主教知识分子，强烈地反对利斯的这部电影，在媒体上对电影进行狂轰滥炸，拼命诋毁；另一派是无神论者，倾向于接受这部电影，把它当做一部精彩的喜剧，从中寻找跟他们立场最相近的道德观点。在那几年的意大利喜剧，不仅能引起知识分子中间的一场争论，这体现在日常报纸的影评专栏上的论战（一方是天主教报纸，另一方是左派的报纸），而且还在公共场所里的普通老百姓中引发争论。这种能制造奇迹的能力，现在只有足球可以办到，因为这是唯一能激起意大利人的热情的运动，但在当时，却是电影可以办到的。

在那些所谓的"攻击者"中，我们发现了影评人天主教徒保罗·瓦尔马拉纳，他也是威尼斯人。"我个人的观点，以及很客观的看法，"他的这篇文章刊登在《人民》上，"就是《教士之妻》是一部一无是处的电影。无论从它的表演技巧和表达技法上来说，还从它想表现的主题上来看。这部电影首先要批判的就是它居然厚颜无耻地选择在圣诞节期间公映，而又不是讲教廷，不是讲天主教精神，而是讲很低级的趣味。有人说，这部电影是一本反教权主义的宣传册。我们终于看到了真相！这部电影只不过是对天主教的一次毫无新意的侮辱，一个俗气的玩笑。"（1970年12月24日）但是保罗·瓦尔马拉纳的评论就真的如他所说的那么客观吗？他是意大利上层社会天主教徒的御用记者，喜欢维斯孔蒂的电影，这位导演此时正在瓦尔马拉纳别墅拍摄他的电影。保罗·瓦尔马拉纳为基督教民主党的机关报《人民》写文章，这份杂志一直在宣扬让教廷在政治中发挥作用。因此，他也是为其利益而写作。

然而，在意大利天主教一派中，还有埃尔曼诺·科姆佐，他更加尊敬意大利电影大师迪诺·利斯，他的评论没有那么尖刻。他知道列出这部喜剧中的一些精彩片断，以及它的独创性："我们可以说，"他的文章发表在《贝尔加莫日报》上，"《教士之妻》是一部反教权主义的电影，但是，从某种意义上说，这部电影是支持宗教的。实际上，在教士的个人生活中没有抱怨，特别是他也是一个和其他人一样的正常的男人；迪诺·利斯最感兴趣的就是把这个麻烦问题全部推给了教廷，归因于它现在最明显存在的矛盾。"（1970年12月27日）在这部电影的评价上，意大利的天主教评论员分成了两大阵营，一方是保守派，一方是改良派或者是左派。

有些影评人表扬了索菲娅的演技。在他们中间，有维托里奥·里希蒂，他是那不勒斯《晨报》的影评人，现在他站到了罗兰的支持者阵营里，还有塞尔焦·弗洛萨里："在饰演了几个平淡的角色之后，"他的这篇文章刊登在佛罗伦萨的《国家报》上，"索菲娅·罗兰回到了她很出彩的角色上来，她的本能让这个人物更加细腻丰富，取得了很大的成功。"（1970年12月27日）

《肉肠缘》是继《教士之妻》之后拍摄的一部电影，这部电影不是很成功，是另一位意大利电影大师马里奥·莫尼切利的作品。索菲娅在戏中饰演马达勒娜·西阿拉皮科，一个在意大利的一家熟肉制品厂工作的女工，她要去纽约看望她的未婚夫米歇尔。但是，这个年轻女人被海关截住了，因为她随身携带了一大块意大利式的猪牛肉大香肠，这是她的同事给她的礼物，他们不知道美国政府禁止携带任何熟肉制品进入美国。

和维斯孔蒂齐名的编剧苏索·瑟西·达米科和莫尼切利一起编写了剧本，而美国版的剧本是他和编剧雷·莱德纳一起写的。他也是第一个抱怨难以忍受这样一个"内容贫乏"的题材。但是卡洛·庞蒂很喜欢这个剧本，他觉得很有趣。身为一个律师，庞蒂觉得美国人在这一点上自相矛盾，他们很喜欢意大利的美食，但是又制定了那么严格的卫生免疫制度，不允许超过一百克的意大利香肠入境："这个主题很有意思，但是素材不够长，不能支撑整部电影。缺乏必须的很强烈的冲突。最理想的状态就是作为一个电影短片的脚本。"主角索菲娅·罗兰不肯

电影《肉肠缘》剧照。在美国是禁止意大利香肠入境的，这成为了
1971年马里奥·莫尼切利拍摄的电影的故事源起。

放下巨大的香肠，被不知变通的美国
海关人员坚决地堵在出境处，充满了
喜剧感，画面也非常漂亮，让人又回
想起了地中海的万般风情。意大利的
喜剧电影通常都是从一个视觉上的画
面发展而来，然后对它进行丰富和挖
掘，以这幅画面为基调创造出一个长
篇剧本。在《肉肠缘》中，索菲娅有
几场唱歌的戏，由卢西奥·达拉和罗
莎里诺·瑟拉马尔配乐和作词（他后
来出名的时候叫罗恩，是意大利上世
纪80年代最有名的歌唱家和作曲家之
一）。这几场戏是这部平庸乏味的电
影中为数不多的亮点。

　　评论界几乎异口同声地批评这部长片有一些不切实际的想法。"莫尼切
利，"克罗迪奥·G.法瓦在《商报》的专栏中写到，"确定有十几年他都没有
悲痛和欢乐了：《肉肠缘》有着一堆幽默，也有点简单，但同时人物的性格不够
真实，不能与这部基调带着讽刺、内容引起争议、影像如风光片的电影相协调。"
（1971年12月24日）日报《国家》的评论员塞尔焦·弗洛萨里也直言不讳地说：
"这是一场真正的失败，在这部电影里索菲娅·罗兰又一次表现出她那来自那不
勒斯乡下的老女人气质……这部电影将会恶评如潮，用一个最简单的也是无法替
代的词来形容这部电影，就是'糟糕'。"（1971年12月24日）

　　很少有电影评论会下如此专断的结论，而且还显得那么无可置疑。《南方
报》的评论员皮耶罗·维基迪诺也加入了批评的队伍："使用了苏索·瑟西·达

电影《一份好差事》剧照，其中有意大利著名的歌唱家和舞台戏剧表演艺术家阿德里亚诺·瑟朗达诺。

米科的剧本，天才的导演马里奥·莫尼切利在这部电影中却让人觉得他江郎才尽，与电影《美国式的生活》中有好几处相同的场景，他想要达到讽刺的效果。但如果硬要从这部电影里找到一些有趣的地方，就会发现这个道德观念方面的小寓言不仅不让人快乐，而且还难以说服人……"（1971年12月28日）

在《公民》上，恩尼科·巴萨诺也在抱怨《肉肠缘》，因为这部电影让索菲娅·罗兰显得那么手足无措，这位女演员在他看来是非常有演技的："真是遗憾！魅力四射的索菲娅·罗兰，既是一位超级影星也是一位美女，在这部电影里好像变了个人。她的演技，是融合了简单、庄重、人情味和真实感的，但在这部电影里甚至都没能表现出来。"（1971年12月28日）

有一些完全相反的原因，《罗马观察家报》和《团结报》也在为这部电影辩护。"这部喜剧，"本纳德托·卡波勒在梵蒂冈的机关报上写到，"没有成功，是因为它的叙事结构有着缺陷，但画面仍然很吸引人，不仅有很多细腻的讽刺的眼神，而且还有女主演成熟的演技，将这个充满人情味的人物刻画得入木三分。"（1971年12月23日）《肉肠缘》并不是一部宣传"美食"的电影，而且不幸的是，根本就没有机会让观众好好看看这块香肠。但卡斯拉热认为这正是这部电影的妙处所在。

那些怀疑索菲娅·罗兰有反教权倾向的人这次说对了。这部电影好像是对天主教界的一个间接的报复，因为在几年以前，天主教组织认为索菲娅是一个破坏别人家庭的罪人，还自称嫁给了一个与妻子分居的男人。不管怎么样，在《教士之妻》登上了大银幕之后，她又有一部电影，名字叫《一份好差事》（1972年），讲述了一个修女和一个共产党员的爱情故事。这是两个人在意大利的传统观念里就是思想相互敌对的人，一个代表天主教，一个代表反教权主义。这部电影的剧本是由作家吉奥瓦尼诺·卡尔创作的，描写非常细腻，他的一系列作品一经改编成电影都取得了很大成功。《一份好差事》将这部悲剧故事加入了罗密欧与朱丽叶的情节：她是天主教徒（修女），他是一个激进的共产党人。

在《一份好差事》中，导演阿贝托·拉图达再一次回到修女的爱情故事这个题材，在二十年前，西尔瓦娜·曼嘉诺在《欲海慈航》中曾出色地扮演了一名修女，当时在这部电影里还有索菲娅，但她当时默默无闻，只有一个短暂的镜头。再一次，卡洛·庞蒂为索菲娅准备了一个和迪诺·德·劳伦蒂为他的爱人西尔瓦娜·曼嘉诺挑选的角色一样的角色。

在电影《一份好差事》里，索菲娅饰演杰尔马娜修女，这与她以往习惯扮演的角色大相径庭，但却很贴近她的内心情感。"杰尔马娜修女和我很像，"女演员说道，"这是一个有信仰、有爱情并热情的女人。我就像她那样：我要相信我做的一切。我在波佐利的卡洛·玛丽娅·罗西尼学院上小学的时候，修女们教给我很多东西。我对她们的世界非常着迷。我问她们在想什么，问她们的使命是什么。我也梦想穿成她们那样。"那个爱上她的共产党人由阿德里亚诺·瑟朗达诺饰演，当时他已经是一个著名的歌唱家和舞台戏剧表演艺术家。"最开始，""摇摆舞者"（意大利人给这位有名的演员兼歌唱家取的绰号，因为他跳舞的姿势非常特别）讲

240

道，"我感觉自己好像置身于一个高出我很多的雕像前。索菲娅和我演对手戏，让我感觉到很忐忑不安。我甚至觉得低她一等。我的惊恐很快就消失了，因为我发现这是一个可爱、热情也很直率的女人。"在拍摄的间隙，索菲娅和瑟朗达诺还一起玩扑克牌，据说总是她赢。

《一份好差事》无论在意大利媒体还是在美国媒体上，受到的评论反差都特别大。在《综艺》周刊上，罗伯特·弗里德里克认为拉图达的这部电影讲述了一段"热烈浪漫的感情，但不太真实"。（1973年3月21日）但是，琳达·耶勒在《好莱坞报道》的专栏里居然把《一份好差事》看成是意大利新现实主义传统中最好的一部电影。维托里奥·里希蒂在每天出版的《晨报》上的影评专栏里表达了完全相反的意见。在他看来，拉图达的这部最新的电影讲述了"一个充满了悲剧和妥协的故事"。（1972年4月1日）

在意大利，《一份好差事》在复活节的时候上映，这一巧合让评论员吉安·玛丽亚·居烈米诺有了更多的想象空间："缺少索菲娅我们就不能过节了，"他在都灵出版的日报《人民报》上写道，"于是，女演员继圣诞节前夜给我们上了一道不能消化的'大香肠'（《肉肠缘》）之后，现在又给我们带来了更加有滋味的东西，这不是更有代表性吗？就像一道甜点，复活节的鸽子……一个令人作呕的平庸无奇的爱情故事，对白也总是苍白平淡，电影的主题不切实际，站不住脚，导演毫无重点，总是将人物作简单的处理，整部电影处于游移不定的状态，在装腔作势的悲情与粗俗的幽默之间摇摆。"（1972年4月4日）

在亚瑟·利勒执导的音乐电影《梦幻骑士》中，索菲娅·罗兰饰演贫穷的厨房女佣，但对于唐·吉河德来说就是杜丝尼雅女神。

《梦幻骑士》剧照。

　　索菲娅在《一份好差事》中的角色是一个传统角色。影评记者多米尼科·麦克利注意到了这一点："在女演员的演艺生涯里，"他在《时代》周刊的专栏里写道，"修女的角色显然是重要的一个阶段：她们能从这个角色中得到很多启发，难道她们喜欢修女的白头巾？应该说白头巾让她们看起来更加迷人。而且，索菲娅·罗兰在穿着杰尔马娜修女的服装之后就更有魅力了……"（1972年4月16日）欧尔纳拉·里帕在《大众报》周刊里写道："索菲娅·罗兰穿着修女的服装分外动人，这是她作为女演员第一次饰演修女；这套服装简直和她太配了，因为制作服装的人是剧院的服装师，他们能把每一个细节都做得非常高贵。"　欧尔纳拉·里帕用她那女性的视角，敏锐地关注着每一个细节："裙子因为在身后加了几个蝴蝶结而显得非常轻盈，鞋子都是高跟的，上浆了的头巾把整个脸的轮廓都塑造出来了。"（1972年4月9日）

　　在1972年，在五年之后（六部电影之后）的第一次，索菲娅重新开始拍摄不是她丈夫卡洛·庞蒂担任制片人的电影。《梦幻骑士》（1972年）的制片人实际上是阿贝托·格里马尔蒂。这部电影和塞万提斯的代表作有关，但是关系不是很大。这部电影是达尔·瓦塞尔曼的一部歌剧的电影版，这部歌剧1965年曾经在百老汇取得轰动性的成功。在瓦塞尔曼的歌剧中，塞万提斯的小说就已经被改编了，得到的效果非常不错。电影将超越这些改编，讲述著名的唐·吉诃德和杜丝尼雅的故事，用一种奇特的音乐电影的形式。导演亚瑟·利勒从来没有执导过音乐剧，索菲娅·罗兰也没有这方面的经验。这种形式的电影已经远远超出了她的感觉和她的形象，但《梦幻骑士》是一部不拘一格的电影。索菲娅饰演的是她从来没有演过的歌剧中的角色，艾冬扎，贫穷的厨房女佣，但对于唐·吉诃德来说就是杜丝尼雅女神。这是一个双重角色：一方面是一个普通老百姓，一方面又是公主。也许是一种纯粹的巧合或者与现实相反，但是《梦幻骑士》中的杜丝尼雅融合了索菲娅·罗兰拍摄的《和埃及艳后的两夜》中同时扮演的两个角色。"我从来没有出演过一部音乐电影，"这位女演员在一次接受采访时说，"但是艾冬扎这个角色让我感觉如此亲近。我能够完全理解这个一直在斗争的女人。"

在意大利，亚瑟·利勒的电影受到了媒体和大众的歧视，他们都不习惯看一部音乐电影。在某些城市，影片只放映了几天，在8月份，正是电影的淡季。"音乐电影，"马赛罗·卡洛·雷特曼在《十九世纪报》上评论道，"在意大利的命运很悲惨；很少有人懂得去欣赏，观众们几乎都看不懂，虽然这是一种很细致、很吸引人的表现方式。《梦幻骑士》遭遇了同样的命运。"（1973年11月17日）雷特曼发现索菲娅·罗兰"在这部电影里很有天赋"。埃多尔·佐卡洛在《今晚时分》日报的专栏里认为导演亚瑟·利勒缺乏灵感，从他身上不能找到任何与音乐电影相关的细胞："亚瑟·利勒不是维森特·米纳利、诺曼·杰维森或者鲍勃·弗斯。很显然他的血液里没有音乐喜剧电影，因此他的电影毫无节奏，缺乏才情。实际上，这是我们看过的最难看的一部音乐电影，因为这部电影里的所有音乐和歌唱都不能与电影的情节需要紧密地结合，不能让观众产生愉快的想法。"至于索菲娅，他认为她"很讨人喜欢"，他说："表演很有层次，不过仅此而已。"（1973年8月10日）。卢迪·波尔在他为《晚邮报》撰写的文章中强调"索菲娅·罗兰的表演很有冲击力"（1973年10月6日）。皮耶特罗·比昂齐觉得她的表演"有点放肆"，除此之外没有再作评价。"想要世俗化，押上赌注或者就是想简单重复他们已经在歌剧领域取得的成功？"他在《日报》上刊登的文章里写道。（1973年10月6日）

《梦幻骑士》的拍摄刚结束，索菲娅·罗兰就发觉自己又一次怀孕了。这第二次怀孕让她不得不取消了下一部电影的拍摄计划，这部电影由迪诺·利斯执导。在这部电影里，除了索菲娅，还有马塞罗·马斯托依安尼和欧里维·里德。

1973年1月6日，埃德阿多出生了，小名叫多多。索菲娅又一次做了母亲。

电影《旅行》中索菲娅·罗兰的近镜头剧照

L'actrice
开创未来的演员
de notre avenir

两个孩子改变了索菲娅的工作和生活节奏，她决定将更多的时间留给家庭。在1960年到1967年之间，她每年拍摄三部电影。现在她做了母亲，她每年就拍一部，最多两部。索菲娅在不知不觉之中已经进入了四十岁，这就需要她留点时间照顾好自己的身体，放松心情。在埃德阿多出生之后，索菲娅又拍摄了《旅行》（1973年），这部电影的题材是来源于皮兰德娄的一篇短篇小说。这个故事很早以前就已经登上了大银幕，那是在1921年，由意大利的先锋电影导演基纳罗·利杰里执导，电影默片女明星玛丽娅·雅戈碧妮主演，她的角色此时由索菲娅·罗兰扮演。

　　"我本来想让这部电影更贴近于皮兰德娄的短篇小说的风格，那就拍成一部色调暗淡的电影，需要一个另类的女演员，另类的女人，也许是一个非专业的演员，"本片的导演在接受意大利日报《时间》的记者吉安·路易吉·隆迪采访时说，"不想用索菲娅·罗兰，她与皮兰德娄笔下的人物阿德里亚娜内心世界相差太大。"年老体衰的德·西卡直言不讳地宣布，他更喜欢让一个生面孔来饰演这个角色，比如雷夫瓦朗的妻子埃莱娜·瓦尔兹，或者是年轻的路易莎·弗里达，或者是安娜·麦兰妮年轻的时候。总之，选择索菲娅——和他一起拍过很多部电影的亲密战友——他并不是真的很满意。

　　索菲娅·罗兰也不是完全满意这个角色安排，她把这样安排的责任推给了

德·西卡在电影《旅行》中指导索菲娅·罗兰，这也是他最后一次做导演。

老导演。"他非常热情，"她在接受《白与黑》的记者采访时说道，"他坚持要拍这部电影。至于我，我开始有点茫然不知所措，接下来我就被说服了，我对自己说：'如果他那么想拍这部电影，说明他很有信心。'实际上，我们做了很多我们都不敢想的事情，为什么不试试呢？他的热情、他的愿望最终说服了我。现在，我很高兴能拍摄这样一部电影，因为在我看来，《旅行》是一部很精彩的电影，一部让人伤感的电影，是一位导演大师的收官之作。"

在听了德·西卡和索菲娅·罗兰的讲述之后，我们很容易就得出结论：这部电影对他们双方来说都是一次充满不确定性的冒险。这部电影的运气也不是很好：拍摄工作时断时续，因为德·西卡的缺席，或者是男主角理查德·伯顿的问题。德·西卡当时已经七十二岁高龄，而且患有严重的肺病。向外界宣称的是他的肺里长了个囊肿。他忠实的妻子玛丽娅·梅卡德叮嘱照顾他的医护人员不要告诉他实情：他得的是癌症。所有由这个隐性的病灶引发的呼吸问题都没能说服他放弃香

理查德·伯顿靠在索菲娅·罗兰饰演的阿德里亚娜的床边。

烟：德·西卡每天至少要抽三包香烟。《旅行》的拍摄工作突然中断，因为导演不得不被送去急救。

这是德·西卡第八次执导索菲娅（这同样也是他导演的最后一部电影），他从此以后可以闭上眼睛了。这位头发花白、声音慈祥的老人给了她很大的安慰。索菲娅总是喜欢可以做她父亲的男人，从卡洛·庞蒂到德·西卡都是这样；她喜欢看着这些男性的脸庞，在那里面她能找到她缺失的父亲的形象。在这部电影杀青的前一天，索菲娅做了一件对其他人没有做过的事情：她向德·西卡要一张照片。于是，在第二天，这位老导演给她带来了一张他签名的照片。他在照片上的题词回忆了他们第一次相见，当时女演员还是一个十五岁大的少女，身材丰满，他就半开玩笑半认真地预言，她今后将会在电影界大放异彩。索菲娅微笑着接过德·西卡的照片。这就是他们最后一次交谈。

为了使拍摄这部电影的工作变得更加复杂，理查德·伯顿也作出了他的贡献。这位英国的演员当时承受了爱情的狂风暴雨。他被伊丽莎白·泰勒抛弃，整日借酒浇愁。虽然他的肝脏已经出现严重病变，但理查德·伯顿仍然嗜酒如命。他到美国拍戏的时候有一位帮他戒酒的医生一直陪着他。但是戒酒的治疗让他变得更加神经质，他对自己丧失了自信。据说，他每次拍摄都会迟到，也不能集中精力去完成拍摄工作，有时还会发呆。在拍摄电影的两个月之前，他和他的随从一起到了意大利，受到了庞蒂和索菲娅的热烈欢迎，邀请他到他们的别墅里去玩。于是专门制造花边新闻的记者编造他和索菲娅·罗兰之间有绯闻，说索菲娅很同情被脾气古怪的伊丽莎白·泰勒抛弃的理查德·伯顿，给他以安慰。

这部电影反映的主题也和理查德·伯顿的爱情悲剧很像，并且还有德·西卡的最后一部电影带来的那种悲伤气氛。即使有摄影师恩尼奥·夏尼耶利拍摄的美妙画面，电影在第一部分也显得非常平淡，没有突破，也没有有趣的对白。但是在第二部分，追忆起了上世纪20世纪初的西西里岛，然后，电影开始集中反映阿德里亚娜和恺撒的爱情。德·西卡给我们呈现了一个最后的绝唱："浪漫至极，充满激情，"佛罗伦萨出版的日报《国家报》的评论员塞尔焦·弗洛萨里写到，"这部电影避免了那种对爱情的外在的描述。它多少触及了爱情带给人的内心感受：描述了一个特别的氛围，相比电影《猎豹》中的场景，这部电影忽视了对历史和社会现实的参照点。"（1974年3月17日）但雨果·费纳蒂却有另一种看法。虽然他同样也很欣赏这部影片，他对这部电影的赞美建立在完全不同的思考方式上："这是十几年来最有趣的一部影片，而且从某些方面来看，展现了最真诚的德·西卡，"这篇文章发表在意大利社会党的机关报《前进报》上，"用一种积极的眼光来看的话，不管是这部电影讲述的悲剧故事，还是塑造的这些人物都一起反映出了在1914年至1918年战争前夕的错综复杂的社会环境。导演用一种让人十分信服的手法再现了当时的那个年代，好像就是我们生活的昨天，重现了那段幽灵般的岁月的精髓。"（1974年3月17日）

问题是德·西卡已经不能再通过他讲述的故事中的感情戏来吸引观众了，然而，情感和悲剧在他的电影中占了主要的位置。"他带来的触动是轻轻的，"安吉洛·法尔沃在《信息报》的专栏里评论道，"一点也不俗气；阿德里亚娜这个人物和她的表哥之间的爱情并没有超过一定的界限。但是，这个悲剧并不能打动观众，他们都很冷淡，感觉就像在一本旧书的书页里发现一朵并不属于他们的紫罗兰干花一样。"（1974年3月19日）

在电影《判决》中，饰演法官的贾班举枪对准索菲娅·罗兰饰演的寡妇。

几乎所有人都认为索菲娅的演技很好。只有杜里奥·凯兹奇觉得伯顿和索菲娅组成了一对不般配的夫妻："这两个人根本就不像一家人，"他的文章发表在《全景》上，"这对夫妻在任何时候都不般配：伯顿总是若有所思，罗兰的表演充满激情，在死亡的那场戏中，在威尼斯，她甚至在以扎科尼（埃尔迈特·扎科尼，意大利著名女演员，很早以前曾家喻户晓，她特别擅长饰演悲剧角色）的方式在演戏。"因此，杜里奥·凯兹奇认为索菲娅在这部电影里的悲剧表演有点过于夸张。虽然索菲娅·罗兰的表演饱受争议，但她凭借在这部电影中的表演获得了西班牙圣塞巴斯蒂安国际电影节的最佳女主角奖，这个电影节在此后逐渐成为欧洲最有影响的电影盛会。

在与索菲娅·罗兰演对手戏的男明星的名单里还缺少一个人，那就是让·贾班。索菲娅在《判决》（1974年）中达成了这个愿望。这部电影由安德烈·卡耶特导演。这位导演兼律师在好多年前就因为执导侦探片而一举成名，而且还常常

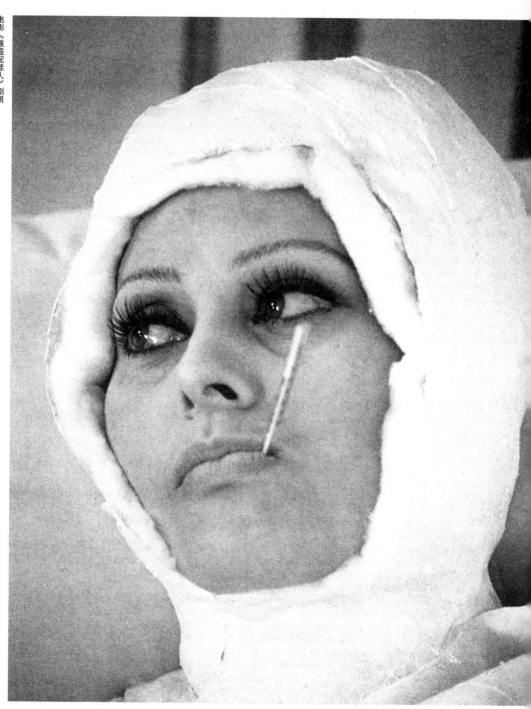

電影 《强盗配佳人》 劇照

在报纸的侦探作品专栏上发表文章，编造一些道德犯罪的小故事。但是，贾班和卡耶特在当时已经是过气的明星了。在几年前，这位导演就以"电影之父"的形象出现，被引领新浪潮的电影人认为是过去的时代的人物。

在《判决》中，贾班饰演一位快要退休的法官。索菲娅扮演的是一个寡妇，她的前夫是个罪犯，她一直在为洗清她儿子的抢劫杀人罪而努力奔波。为了对法官施加压力，她绑架了法官的妻子并向他讨要赎金。

卡耶特要求索菲娅在表演时要注意分寸：他希望这个悲剧能反映在人物的内心深处，不用太激烈的表现。索菲娅已经在别的电影里有过饰演这类角色的经验，所以非常完美地满足了导演的苛求。但是，她觉得和卡耶特一起拍戏非常不自在，尤其是个人性格的原因："我请求他不要让我重复一个场景太多的次数。因为我是一个靠感觉的演员，我喜欢即兴发挥。否则，我就无法集中精力。"

这部电影有很多不足。埃多尔·佐卡洛在日报《今晚时分》上的评论认为这个故事"有点虚假，立不住脚"。他觉得索菲娅很有"战略，但是没有性格"（1974年12月2日）。米兰日报《日报》的评论员皮耶特罗·比昂齐将这个论点发挥了一下："很遗憾两位优秀的演员让·贾班和索菲娅·罗兰出现在这样一个不可信的故事里，就像两只狮子出现在赶集的集市上一样。"（1974年11月23日）。《团结报》的评论员雨果·卡斯拉热发现了这部影片的演职人员表中的一个细节，让他很不舒服："毫不客气的是，索菲娅·罗兰的名字在演职人员表中列于让·贾班的前面……但是，不管怎么样，这两个人在表演的时候都像有心事：她，在想她日内瓦的别墅；他，想他的奶牛，想这个世界的坏事，想他就要退休，这些经常都被媒体报道。"（1974年11月22日）。

索菲娅想要参与翻拍电影《短暂的相聚》（1974年），这部电影原来是由大卫·里恩拍摄的，曾经重振了战后的英国电影业。女演员在这部电影里又和才合作过的理查德·伯顿搭戏，他是在最后一刻顶替罗伯

电影《强盗配佳人》剧照

特·肖担任男主角的，罗伯特·肖最开始就被定为男主角，结果到开机的时候却没有档期。

这部《短暂的相聚》的剧本本来是为了拍摄一部电视剧准备的，但是卡洛·庞蒂说服了导演阿兰·布利杰将这个电视剧剧本改编成了一部电影剧本，搬上大银幕。庞蒂还让编剧将电影里的角色修改一下，更加适合索菲娅。于是，戏中的女主角就变成了一个多年前到英国居住的意大利女人。

里恩导演的老版《短暂的相聚》推出了塞丽娅·约翰逊和特沃·霍华德，他们当时一文不名（尤其是塞丽娅·约翰逊）。相反，索菲娅并不需要通过阿兰·布利杰的翻拍电影来扬名。这部电影的主题很短，是根据诺埃尔·科沃德的一篇精彩的小说改编的，并不适合表演，也不能满足两位好莱坞巨星理查德·伯顿和索菲娅·罗兰的要求。将老电影和新版本进行比较是不可避免的，但是在比较之后，阿兰·布利杰的新版毋庸置疑地失败了。卡洛·罗朗兹在为《日报》撰写的评论文章中很不高兴地写到："《短暂的相聚》的新版与老版很接近，但是它将科沃德的小说里比较简短的悲剧部分进行了大肆扩充，最终是将悲剧推向了极致，或者是把内容都挖掘出来。演员的动作也很缓慢，反映了当代的一个停滞不前的英国……人物之间的关系没有交代清楚，观众看得一头雾水。"（1975年3月16日）

另一位意大利作家纳塔丽娅·金斯贝格则是反对索菲娅饰演这个由纤弱的塞丽娅·约翰逊饰演的角色："我们不能相信戏中的每一句话，"他的文章发表在意大利的《世界》周刊上，"在塞丽娅·约翰逊和特沃·霍华德的位置上，

《卡桑德拉大桥》剧照。

出现的是索菲娅·罗兰和理查德·伯顿。没有比这样的选择更糟糕的了。索菲娅·罗兰根本就不是害羞的人，根本就不笨拙，根本就不是不知名的演员。她努力用一些手势和微笑装出来的窘迫不安，显得非常僵硬和不自然。她的对白仿佛沾满了蜂蜜，沾满了失败电影的让人讨厌的蜂蜜。"（1975年4月3日）

对于索菲娅的演技，众说纷纭。《团结报》的评论员雨果·卡斯拉热并没有被索菲娅的表演所征服，但还是承认她"表演得很有分寸"。（1975年3月16日）卡利斯托·科苏利希虽然对索菲娅大加赞扬，但也认为她不是很适合这个角色："索菲娅·罗兰，"他的文章发表在罗马出版的日报《国家晚报》的影评专栏里，"虽然她就要到四十岁了，虽然她饰演一个这样年纪的角色，但她的美貌如此吸引人，她应该被疯狂地爱恋，而不是现在这样的一个忐忑不安的有夫之妇心中的短暂即逝的爱情。"（1975年3月16日）在米兰出版的日报《晚邮报》上，吉欧瓦尼·格拉兹尼公开地赞扬索菲娅的表演："索菲娅·罗兰的表演很精彩，不只是因为她很漂亮，甚至是在两三场戏中非常出彩：在安娜的特写镜头中，透过她细腻的表演，拿捏得当的姿势，我们隐约看到了这位影坛巨星长盛不衰的前景。她不会因为害怕失去观众们的喜爱而放弃每一个过分妖娆的打扮，或者是穿睡衣的打扮！……将来有一天她要是碰到一个有新点子的导演，她就会成为未来的演员。"（1975年3月15日）格拉兹尼的预言让我们想起了这位女演员后来在电影《特别的一天》中的表演。我们先不要急着下结论。在当时，索菲娅同样还在

全明星阵容的《卡桑德拉大桥》，除了索菲娅·罗兰，还有理查德·哈里斯、马丁·辛、里奥纳尔·斯坦德、伯特·兰卡斯特、艾娃·加德纳。

乔治·卡皮塔尼执导的电影《强盗配佳人》（1975年）中有着滑稽而大胆的表演，在这部电影里她又再一次与马塞罗·马斯托依安尼演对手戏。卡皮塔尼是国际知名导演。他也是喜剧剧作家，幽默风趣。他让索菲娅穿上了奇怪的妓女的服装，索菲娅饰演的这个妓女因为妒忌戳穿了一个黑社会老大的阴谋。马塞罗·马斯托依安尼饰演这个黑社会老大，一个凶狠的西西里人，爱上了丽塔·海华斯：这部短篇小说在美国喜剧中也是这样一种很轻松的笔调。索菲娅很听从导演的指挥。"可怜的女演员被扇了好多耳光，"导演回忆说，"每天都会挨两至三个耳光！她手里捏着一瓶阿斯匹林，因为她在被打耳光之后常常会头痛。她大口吞下阿斯匹林，然后对马塞罗·马斯托依安尼说：'不要担心，马塞罗，继续，打吧！'然后马塞罗·马斯托依安尼又打她。"

　　媒体都对《强盗配佳人》好评如潮，萨尔瓦多·皮斯瑟利当时是社会党的日报《前进报》的电影评论员，这样为卡皮塔尼定义的：这是一位"喜欢传统喜剧的导演，不是普通的喜剧，而是有点世俗的。无疑是他的这种偏好传统的趣味让他选择了拍摄这样一部电影，真的很陈旧，在这么多年以后，再一次将银幕夫妻索菲娅·罗兰和马塞罗·马斯托依安尼聚集到了一起。"（1975年3月2日）都灵的日报《新闻报》的评论员莱奥·佩斯特利也很高兴能看到索菲娅和马塞罗再次联手演绎："男女主演都是电影艺术家，曾经也有过很精彩的合作，他们的表演游刃有余，又有很大突破；电影导演也是一位专家，在执导这两位演员的时候，不仅很专业而且很有天赋。"（1975年1月21日）对于《时代》的评论员多米尼科·麦克利来说，《强盗配佳人》又给了两位擅长表演喜剧的电影明星一次机会，使他们得以联手推出这样一部给观众带来欢笑的新戏。（1975年3月7日）在少数几个对电影持批评观点的评论员中，有弗朗西斯科·萨维奥，他把功劳都归于索菲娅的出色表演，他的文章刊登在《世界》周刊上："这部轻松愉快的电影，展现了索菲娅·罗兰的扎实的表演功底，她有作为电影演员的一切，而且还幸运地得到了卓别林的莫大帮助。我们在这部电影里还能看到《香港女伯爵》中她的滑稽才能和准确的节奏把握能力。这就再一次肯定了她高度的模仿天赋，以及她作为巨星的风范。"（1975年3月13日）

在1975年，出现了索菲娅拒演吉娜·罗洛布里吉达的导演处女作的风波，其实吉娜·罗洛布里吉达的摄像才华早就得到大家的公认。法国出版的《电影杂志》还散布了一个传言，说吉娜·罗洛布里吉达执导的第一部影片的制作人是卡洛·庞蒂，现在正在甄选主要演员。1975年4月10日，这本杂志的专栏记者还讽刺说女主角暂定为索菲娅，虽然她对吉娜·罗洛布里吉达没有什么好感，但还是勉强接受了这部由她过去的对手导演的新戏。据说，这样做的原因是"高度机密"。

然而，这不过是一个善意的玩笑。相反，索菲娅正在拍摄克斯马托导演的《卡桑德拉大桥》（1976年），这部电影承袭了当时已经取得成功的电影的模式，也就是灾难片，处于《无尽的旅程》和《东方快车谋杀案》之间。一位正在世界卫生组织进行破坏活动的恐怖分子发现了一种新的传染性肺病的病毒。于是，他携带这种病毒上了一趟国际列车，让其他乘客都传染上这种病毒。为了防止这种病毒继续扩散，美国秘密行动小组密封了火车的门窗，使这列火车朝着一座离地很高的摇摇晃晃的波兰的大桥驶去。目的就是要把这列火车连同车上的人一起送进地狱……

这部电影的导演是执导过很多质量一般的动作片的乔治·潘·克斯马托，他选出的演员是好莱坞最豪华的阵容：除了索菲娅·罗兰，还有理查德·哈里斯、马丁·辛、里奥纳尔·斯坦德、伯特·兰卡斯特、艾娃·加德纳、英格丽德·图林、李·斯特拉斯伯格、雷伊·洛乌罗克、约翰·菲利普·洛和阿莉达·瓦莉。"这一次众星云集的演员阵容，"米兰出版的日报《晚报》的记者卡米洛·布朗比拉评论道，"并没有给这部枯燥无味的巨制增加点亮色，这道大餐的烹饪方式流于俗套。至于本片的主题，既带有政治色彩，又夹杂着科幻题材……作为惊险片，还算过得去，虽然我们一看开头就能知道结尾，但是作为灾难片，实在不是上乘之作。"（1977年1月5日）《卡桑德拉大桥》完全是在意大利电影城拍摄的，代表了意大利电影的高制作水平，已经开始学习好莱坞的大型灾难片的模式。索菲娅扮演一位医生的前妻：两个人在这辆倒霉的火车上相遇，想要一起拯救所有乘客的命运。演员表上的第一个就是索菲娅·罗兰的位置，但是她的角色并不是主角，因为《卡桑德拉大桥》的主角是其他六位，合到一起就像一曲合唱。"我们很少有机会能看到这么多风格的明星同台竞技。"天主教的日报《未来》的评论员桑德罗·勒佐阿尔感叹道。（1977年1月6日）《卡桑德拉大桥》此后得到了观众的喜爱，还有评论员和惊险片的爱好者的一致好评。

有些人对这部电影传达出来的一种思想有更严肃的看法，甚至有些担忧："让我们震惊的是，"罗马出版的日报《时间》的特约评论员瓦勒里奥·卡普拉拉在他的文章中写到，"潜藏在这部悲剧电影中的那些乱七八糟的思想：勇敢被看成是不合时宜的品质，死亡成了净化一切的手段；对错误的形而上学的辩护，伴随着廉价的技术进步，还有对美国军国主义的虚假揭露。"（1977年1月30日）除了媒体作出的评价外，理查德·哈里斯和艾娃·加德纳还对意大利的司法

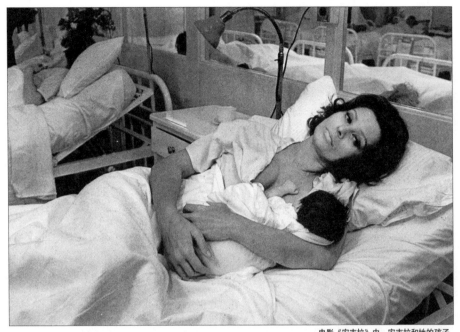

电影《安吉拉》中，安吉拉和她的孩子。

制度进行了争论。

　　如果说《卡桑德拉大桥》这部电影带来了什么好处的话，那就是电影《安吉拉》（1978年）！这部电影导演是鲍里斯·萨嘎尔，这部影片影响不大，制作成本也不高。这部电影经过了很长时间才拍摄完成。因为在拍摄的途中有好几次都被迫中断，总是比拍摄计划延后。索菲娅饰演的就是片名中的人物：安吉拉，一个生活在加拿大的意大利女人，一个命运坎坷但坚强勇敢的女性。在很多年前将她那玩世不恭、残暴的丈夫送进监狱之后，她又爱上了一个比她年轻的男人。她不知道这个男人不是别人，就是她的儿子。他在很小的时候就被他的丈夫密谋绑架，丈夫只在影片中短暂地出现了一下。在这个乱伦的爱情故事中，编剧查尔斯·伊斯拉尔肯定是想到了古希腊的经典悲剧《俄狄浦斯王》，当时正盛行弗洛伊德的心理分析方法。虽然《安吉拉》有着雄心壮志，但也只能像一条四处漏水的小船。它离伟大的希腊悲剧还差得很远……

《安吉拉》的主题并不是很有意义，剧本就更加糟糕了：故事的情节不太可信，非常严肃，但同时处理的时候又很肤浅，让人觉得有点滑稽。人物的对白也是非常平庸。在剧本中最精彩的几句话是这样的："我爱你，啊，你真高贵！"都灵出版的日报《新闻报》的评论员雨果·布佐兰认为《安吉拉》像是一部"杂糅的电视剧，简直就是一部萨嘎尔导演的平淡的电视剧，他在里面努力想让画面和对白协调一致。如果这只是一部虚构的电视剧也就罢了，但它居然还宣称是承袭了古希腊的悲剧，这部电影和古希腊悲剧之间的差异就如同贝多芬的《第九交响曲》和贝特鲁切诺夫的《玛祖卡舞曲》之间的差异一样大。"（1978年4月23日）

另一位意大利影评人艾弗里奥·坎特利直言不讳地对这部电影进行了批评。"这部电影想要将某些从电视剧中引进的模式变得让观众可以接受，但是形式很富丽堂皇，表演很矫揉造作，"他的这篇文章发表在《日报》上，"情节进行得很艰难，并不能让人找到正确的解释，根本无法燃起观众的热情。"（1978年4月26日）尽管这样，观众还是大量涌进影院去观赏这部电影。这次的索菲娅很受她那个年代的人的欢迎：他们在岁月的长河中，年轻的时候为《那不勒斯的黄金》中那个比萨店老板娘欢呼，三十岁时为《烽火母女泪》中的悲剧感动不已，现在慢慢地到了五十岁。他们觉得安吉拉的故事好像与自己有关，比别的人更有感触，如同乔治·卡彭在看了鲍里斯·萨嘎尔的电影在米兰的点映后讲的那样："观看电影点映的年轻人，对那些笨拙的桥段发出嘘声，"他的文章发表在《晚报》上，"但是，中年妇女们却两眼饱含着泪花。这样的现象真的很奇怪，这样荒谬的一部影片仍然有一群喜欢的观众！这一群体，我们说的都是中年人，是过去的那一辈。但是，这一群体存在着。他们时刻准备着在庞蒂夫人的鳄鱼的眼泪流出来的时候他们也会热泪盈眶。"（1978年4月26日）电影改变了电影明星产生的模式。现在已经不是《暴君焚城录》的时代了，而是《星球大战》的时代。索菲娅是意大利电影复兴时期的明星。现在，为了继续发光，新的电影问世：《安吉拉》的品位已经远远过时了，这部索菲娅·罗兰和马塞罗·马斯托依安尼在由埃多尔·斯科拉执导的电影《特别的一天》中。

电影表现的情感也不是新时代的，这是一部陈旧的电影，不仅是它的演员的表演方式，还有它的故事都是老掉牙的。"有谁知道二十年以后，这部电影会不会被当做意大利的经典影片。"毛里齐奥·波罗扪心自问，他是米兰出版的日报《晚邮报》的资深评论员。

在拍完《安吉拉》之后，索菲娅紧接着就又为她的演员生涯添上了一笔色彩，拍摄了《特别的一天》。这部电影的拍摄正赶在加拿大导演萨嘎尔的电影刚拍摄完成的时候。上星期五晚上，索菲娅在蒙特利尔拍完《安吉拉》的最后几个镜头。下星期一早上，她就马不停蹄地赶往罗马开始拍摄这部由埃多尔·斯科拉执导的电影。在她身边的，还是和她合作过无数次的马塞罗·马斯托依安尼。索菲娅饰演的是安东尼叶塔，一位安静的家庭主妇，而马塞罗饰演的加布利耶勒是一个同性恋者，被意大利广播收听局派到法西斯统治下的意大利国家广播电台做播音员。他们的故事就是一个短暂的见面，那一天正好是墨索里尼统治下的漫长的一天：他们偶然相识在一幢房客都被押解一空的大楼里，那些房客被押着去街道两旁为希特勒的官方访问欢呼鼓掌。索菲娅终于演了一个真实的人物！这个人物就是和比萨店老板娘相似的角色，在这个角色里她可以表现出自己的真实性格，尽情挥洒自己的热情。当然，这个安东尼叶塔是一个普通老百姓，但是非常细致。她的真实、内敛、谨慎小心刻画出了一位隐藏了很多激进的无产阶级思想的女人，她为了这些宁愿牺牲一切，索菲娅将这个人物演得非常高尚。

在这部电影里，和以往完全不同，马塞罗和索菲娅在为对方表演。他们的表演配合得天衣无缝。当然，这样的功劳除了是演员的，还应该给剧本，这个剧本就像是被瑞士的钟表定时了，准确地定位了他们的人物，构成了整部电影的基础。

1977年5月17日，《特别的一天》在戛纳电影节上放映。这是一个无冕的冠军，但还是冠军。在《晚邮报》派往戛纳的通讯员格拉兹尼看来，多亏了《特别的一天》，意大利"终于在戛纳电影节上扬眉吐气，一雪以前的耻辱"。（1977年3月20日）

几乎所有的意大利媒体都盛赞《特别的一天》是近十年来意大利最优秀的影片之一。《商报》的评论员克罗迪奥·G.法瓦认为，这部电影讲述的是"法西斯衰落时期的一则小趣事，非常真实，让斯科拉记录下了所有能收集到的悲伤和在扎实基础之上的精湛的'文学'技艺，不只是在他身上，也在最近拍摄的电影里能看到"。（1977年10月4日）

斯科拉定义这部电影是一出"意大利的悲喜剧（在意大利，几乎所有的喜剧都带着点悲剧色彩）"。相反，有几位评论员认为《特别的一天》标志着意大利式的喜剧的覆灭，与它过去的形式相比较而言。杜里奥·凯兹奇抓住这个机会期待会有一种新的电影形式出现："意大利式的喜剧的走向，"他的这篇文章发表在日报《共和》上，"是一个值得讨论的问题，关于这一点还有很多话可以说，但是，这部电影给了我们想要的答案。超越了其他电影，这部斯科拉的最新电影照亮了正在这条长长的充满雄心的道路上探索的其他导演的路。"（1977年9月19日）

米诺·阿尔根蒂利在共产党的周报《重生》的专栏里认为斯科拉是"卡梅利尼或者德·西卡的竞争对手，但他从德·西卡那里学到了在他的电影里贴上了新现实主义的标签，既讨人喜欢，又毫不留情，让人微笑，也让人想要撕咬。"但是，《重生》的评论员也表达了自己在看演员表时的一点遗憾：他希望在马塞罗·马斯托依安尼和索菲娅·罗兰的位置上能出现其他不同的面孔。"索菲

电影《特别的一天》剧照。

娅·罗兰和马塞罗·马斯托依安尼组成了幸福的愉快的银幕夫妻，演出了他们不熟悉的悲剧，努力让他们成熟地控制他们的性格和脾气，但是他们根本无法脱下他们习惯戴的面具。他们是明星，一对不常组成银幕夫妻的演员或者一对不知名的银幕夫妻搭档也许在他们的位置上能取得更大的成功。"（1977年9月30日）

　　对于《日报》的评论员卡洛·罗朗兹来说，索菲娅·罗兰的表演同样也算不上是她的代表作。但是，他们的评论只不过是个别意见，很快就淹没在了为索菲娅·罗兰娴熟的演技唱赞歌的大合唱中了。罗贝托·瑟拉凡在《信息报》的专栏中强调："索菲娅和马塞罗完美准确的表演，现在已经超越了德·西卡的电影中的所有情感，也巩固了他们作为电影巨星的地位。"（1977年9月17日）在日

《特别的一天》剧照

报《时间》上，吉安·路易吉·隆迪发现索菲娅总是那么"真实而鲜活"，"能够从开始到结束一直控制住一个人物的悲喜，仔细研究人物的真实内心，细致入微，重点准确，恰到好处。"（1977年9月17日）古格列莫·比拉夫在他为《信使报》所写的文章中提到一位"了不起的索菲娅"（1977年9月17日）。在达里奥·扎纳利看来，索菲娅·罗兰有着影星人性化的一面："应该说斯科拉的导演确实很有功力，一开始就能指挥像索菲娅·罗兰这样的大牌明星，让她饰演一个和她的地中海风情的形象相般配的角色。"他的文章刊登在《剩下的卡尔利诺》上，"自从电影《烽火母女泪》以来，这位来自那不勒斯的女演员再也没有像现在表现得这么情真意切了。"（1977年11月18日）

在日报《西西里日报》的影评专栏上，格里高利奥·拿波里对索菲娅大加赞扬："摄影机对准了这位出色的女性的身影，索菲娅·罗兰在继《烽火母女泪》之后的又一次精彩表现。这位平凡的家庭妇女，徐娘半老，风韵犹存，她漫步于那些承载着悲伤的照片和一大堆无用的摆设中……是一个能打动人心的角色，她的家被纳粹军官占领，但是她没有屈服，她要用尽一切力量去反抗。"（1977年10月23日）

也就是在这个时期，庞蒂让乔治·C.斯科特根据索菲娅来把马里奥·普佐的小说《卢西娅妈妈》改编成电影剧本。1978年11月，索菲娅在洛杉矶接受采访时说她对女性的生活状况问题很感兴趣。她再次强调她塑造的安东尼叶塔就是这样的一个人物："长期以来，女性都处于被动的地位；所以她们应该要解放自己，尤其是那些现在仍然是家庭的奴隶的女性更应该意识到这一点……每个人都可以决定自己的命运，难道女性会例外吗？"

在由丽娜·韦穆勒导演的电影《血染西西里》（1978年）中索菲娅的新角色同样也是一个"女权主义者"。罗兰再一次和马塞罗·马斯托依安尼共同出演另一个发生在法西斯统治时期的故事。那是在1922年，黑暗的西西里岛上。

《血染西西里》是在罗马拍摄的，在德鲍里斯电影公司的摄影棚里。在拍摄的过程中，有差不多五百名临时演员，组织了一场规模很大的示威游行来反对索菲娅·罗兰，他们挥舞着标语牌，边走边喊着口号"索菲娅滚回去！"意大利的报纸迅速将这次游行报道了出去，认为主要是因为她的大部分资产都投资到了国外，再一次玷污了她的形象，她原来的形象是上世纪60年代由鲁切利尼和女演员的媒体公司辛辛苦苦建立起来的。一部分意大利人对她强烈的反感是来自她被开除教籍的那件事，因为她与庞蒂的关系致使庞蒂离婚，这些人的厌恶情绪再次苏醒。而那些临时演员在电影拍摄期间举行示威游行还有别的原因。"他们想利用索菲娅在场的机会，"这篇文章发表在《共和》上，"强烈地抨击索菲娅，因为她和她的同行们一样把大部分的资金都投向国外，还趁机批评一部分演员的高收入，而他们临时演员的收入却少得可怜。"（1978年9月21日）

他们选择索菲娅作为攻击目标有两个原因：首先，因为她是电影制片人庞蒂的妻子，庞蒂在雇用临时演员的时候给他们使劲杀价；其次，因为索菲娅·罗兰代表着富有的电影明星，她有着好莱坞巨星的派头（比如，每天接送她往返于拍摄地的都是豪华的大车），这与意大利电影的惨淡现状形成了鲜明的对比。

但是临时演员的示威只不过是一些小火苗。第二天，拍摄工作照常进行，《血染西西里》又在正常的情况下开始继续拍摄。意大利评论界对这部电影不是很欢迎。"说实话，"马尔科·瓦罗拉在都灵出版的日报《人民报》上的专栏里写到，"这部电影的节奏缓慢，故事的讲述手法不是很清晰，观众不禁要问这个故事到底发生在哪里。为了不让观众们担心，这部电影有着很强大的演员阵容，都是一线明星，有一些才华横溢，但最终都没有发挥作用。整部电影就是一部没有重点的'大杂烩'，毫无生气，缺乏灵感。"（1978年12月23日）对于瓦罗拉来说，丽娜·韦穆勒的电影就是一部"让人担心"的片子。这个论点被很多意大利媒体所接受。埃里奥·马拉欧纳在为天主教日报《未来》撰写的文章中认为《血染西西里》是一部"灰暗的电视剧，结构陈旧，不仅令人讨厌，还很滑稽"（1978年12月22日）。

《七美图》在美国取得的成功为丽娜·韦穆勒打开了国际电影市场的大门，

她导演的《血染西西里》继承了她的通俗喜剧的创作模式，沿袭传统的西西里风格。在《大众报》周刊上，欧尔纳拉·里帕机灵地强调实际上这部新片中所展示的西西里正是为了讨好美国市场而作："实际上，在电影里，我们看到的是一个美国人想要看到的意大利的样子，美国人心目中想象的样子，从古希腊遗留下来的精美绝伦的废墟到贫穷的人民，从拉丁血脉中的暴躁到南部迷人的风景。"（1979年1月16日）虽然媒体对这部电影还有些保留意见，但索菲娅的演技却得到了一致好评。"《血染西西里》中最精彩的，"塞尔焦·罗利在《罗马》日报上写到，"还是演员的表演：尤其是索菲娅·罗兰，带着傲气和挑衅，有着野性的眼神，故意将自己的妆化得丑陋，变得臃肿：裹着沉闷的黑色衣服，她才华横溢，表情丰富，将一个泼辣的平民女子演绎得惟妙惟肖。"（1978年12月23日）塞尔焦·罗利在二十七年前曾经在《节日》上写过第一篇称赞索菲娅的文章，当时的索菲娅还叫索菲娅·拉扎罗。

莫朗多·莫朗蒂尼也非常喜欢索菲娅："索菲娅在多年以后又一次找回了她的乡音，"这篇文章发表在米兰的《日报》上，"她完全放松了，她又找到了她在电影里的最佳状态——她化着浓妆，像被烟熏过的黑色，与她深色的寡妇穿的裙子相搭配，但并不能减弱她那成熟的美丽。"（1978年12月22日）

Se rappellera-t-on
encore de moi?

你们还记得我吗？

在上世纪70年代，索菲娅同样拍摄了两部探险片，但没有对她的声誉和形象产生多大的影响。这两部影片是《目标大作战》（1978年）和《火力》（1979年）。《目标大作战》是一部探险片，故事发生在第二次世界大战。导演约翰·胡和编剧阿尔凡·波勒兹想要将弗雷德里克·诺兰的小说《阿尔衮琴计划》搬上大银幕，讲述的是巴顿将军的逸事。当然，索菲娅在演员表中又是头名的位置，即使她在这部影片中并不是担任主角。她在电影里贡献不大，扮演的是玛拉，一个意大利女人，和军事成员里的每一位都有过恋爱关系。玛拉喜欢上了德卢卡少校，由约翰·卡萨维兹饰演，他是新生代影星的代表人物之一，但不在好莱坞的圈子里发展，他在扮演这个角色的时候同样不太专心，没有激情。

导演迈克尔·文纳给索菲娅在电影《火力》中分配的角色就要更加有内涵。索菲娅处于一个精心策划的警匪故事中。她饰演的角色与她自己的感觉有很大距离：阿德乐是一个寡妇，她的丈夫是一个科学家，被人谋杀了，因为他发现了他工作的那个公司里使用的一种物质是致癌的：一个关于阴谋、金钱，美国联邦调查局耍两面派、抓捕凶手，以及腐败的探员的故事。"虽然这里有很多舞台剧的镜头，整体也很具有观赏性，"安东尼奥·马扎在罗马出版的日报《时间》上写到，"结果却让人难以信服，有些做作。"（1979年10月8日）在他看来，索菲娅·罗兰在这个错综复杂的故事里并没有起到多大的作用。佛

电影《目标大作战》剧照。

罗伦萨出版的日报《国家报》的影评专栏的评论员拉尼耶里·伯勒兹也表达了相同的观点："到底这位电影女明星在这么一个情节复杂的间谍片中有什么作用呢？通常情况下，她不过是一个华丽的道具，摆在那里为了让场面更富丽堂皇。"（1979年11月3日）

不要认为这样就算解释了索菲娅对这部电影不是那么有兴趣。阿西勒·瓦尔达塔在都灵出版的日报《新闻报》上刊登的文章也是同样的印象，强调了女演员在电影中表现出很麻木的神情："憔悴的索菲娅·罗兰，是一个双面女人，比别的演员更显得面无表情，在整部电影里都是冷淡而高傲的样子，好像她心不在焉，虽然她的名字占了演员表上的第一个。"（1978年10月11日）《日报》的电影评论员艾弗里奥·坎特利这样写道："索菲娅·罗兰变成了一个王后，即使她的角色不是王后，而且每十分钟换一套衣服。"（1978年10月12日）

273

《火力》在意大利公映前的几个月，准确地说是在3月份，制片人泽夫·布朗在纽约向媒体宣布，他的下一步影片将邀请美国黑人的偶像拳王阿里担任主演。索菲娅和拳王阿里在泽夫·布朗的别墅中见面了，在记者们的闪光灯中。借着这次机会，拳王对索菲娅说了这样的甜言蜜语："你不仅是世界上最美的女人，也是最聪明的。如果有一天我退出拳坛了，我想做你的经济人。"《每日新闻》用以下的大标题刊登文章："索菲娅和阿里，一场怎样的较量！"影坛新秀约翰·特拉沃塔刚在《狂热的星期六夜晚》里表现了他的才华，看来也要参与这部电影的拍摄。泽夫·布朗还提到想替索菲娅拍一部电视剧，让她演一个女医生，嫁给了一个职业赌徒。但是最终，这些计划都没有实现。

　　1979年这一年，美国出版了索菲娅·罗兰的一本自传，是用第一人称来写的，实际上，她根本就没有写过一笔。根据好莱坞的造星计划，一位作家以她的口吻替她写的：阿隆·E.霍特齐纳，他已经为女演员多利丝·戴写过自传，也为小说家海明威写过自传。在英语国家，这部书的名字叫做：《索菲娅生活着，爱着：她自己的故事》，在法国，这本书的名字叫《索菲娅：一颗闪耀的明星》。

　　这还不是她的第一本书。在1971年，她就已经出版了《有爱进厨房》，一本有趣的菜谱集锦，其中加入了很多个人体会。这本书是她在1968年从夏天到秋天闲来无事的产物，当时，她怀孕了准备生第一个孩子，整天待在日内瓦国际饭店的十八楼。这也不是她的最后一本书。在1985年，她还出版了一本指导女性怎么保养自己留住青春的书。

　　然而，索菲娅最热卖的书还是这本由阿隆·E.霍特齐纳编撰的书：这本书取得了巨大的成功，以致制片人彼特·卡茨都想要根据这本书拍摄一部电视片：《索菲娅：她自己的故事》，编剧由约拿·克劳夫担任，由梅尔·斯图阿特做导演。索菲娅在这部电视片中扮演她自己，同时还有她母亲罗米尔达的角色。里普·汤姆饰演年轻时候的庞蒂。爱德蒙·佩顿扮演德·西卡。阿尔芒·阿桑特饰演索菲娅的父亲里卡多·希科勒内，少年时的索菲娅由里扎·布朗扮演。上下两

集的电视片从1980年10月26日起在美国全国广播电视台播出。

这部描写索菲娅一生的电影耗资超过三百万美元，总的来说是场惨败，因为在外国这部电视片没有市场。甚至在美国，也没有产生很大的影响。它在意大利还引发了一场争论：她母亲罗米尔达抱怨她被丑化成了一个"无知的乡下女人"。索菲娅公开道歉，并承认她母亲是她生活中最重要的人。即使是这样一个争论也没能引起公众对于《索菲娅：她自己的故事》的任何兴趣。

这次失败并不能阻止索菲娅过她的幸福生活。她在巴黎和瑞士之间过着很悠闲的日子。她不想再拍电视片。有人建议她拍摄《王朝》——一部在美国取得成功的电视连续剧，但是，她拒绝了。相反，她想重新回到演电影上来，她准备拍摄丽娜·韦穆勒的新电影，这部电影的剧本是由热·亚马多的短篇小说改编而来，专门为她量身定做的。"我饰演一个性感迷人的巴西女人，"她在当时接受记者采访时说，"这部电影讲述了一个十四岁的女孩，非常贫穷，去圣保罗谋生，最后进了妓院，因为她实在找不到工作。然后，她遇到一个很优秀的男人，帮助她经商。后来她成为一个有钱有权的女人，也被社会所接纳，能满足自己的任何欲望。"

这部电影一开始是在巴西拍摄。后来，因为经济的原因，不得不移到意大利拍摄。但是，这样的变化给索菲娅带来了一个无法逾越的障碍：此时这位知名的演员和意大利司法制度之间的关系异常紧张。在1981年，最高法院第三次开庭撤销原判，认为她违反了刑法：没收了她收藏的名家艺术品，其中有卡纳莱托、毕

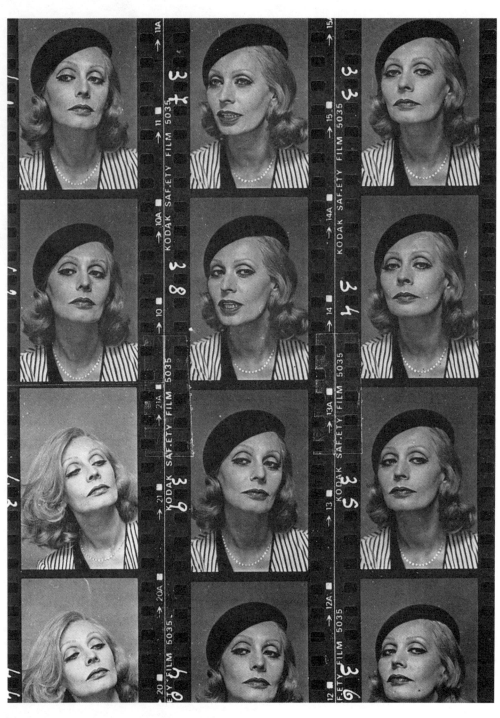

索菲娅·罗兰为电视片《索菲娅：她自己的故事》试镜·她扮成她的母亲罗米尔达。

加索等人的油画。

"怎么处理这笔宝藏呢？"米兰出版的日报《晚邮报》的专栏记者问道，"只有两种选择：或者是这批名家珍品被放在一个博物馆里供大家观赏，或者是拍卖这些艺术品给出价最高的人。如果这样的话，拍卖所得的款项就最终会进入国家公共财产，填补财政部和司法部所需的资金。这两个部门的代表律师实际上已经指控女演员的丈夫卡洛·庞蒂违反了经济方面的法律，犯了民事案，1979年1月，他被罗马地方法院宣判入狱四年，罚款二百二十亿里拉。"（1981年5月5日）长期以来，庞蒂一直避免踏上意大利的领土。索菲娅的处境也并不乐观。

最开始，她很犹豫：她该不该回意大利去？她很想把这部丽娜·韦穆勒的新电影拍完。但是只交一点罚款是无法逃脱罪责的。法院最终宣判：她将入狱三十天。

最终，她作出了决定。1982年5月20日，快到中午的时候，她到了罗马的机场。在跑道上，一辆白色的警车在等着她，车里坐着三名警察。警车载上她立刻开往那不勒斯附近的卡塞塔女子监狱。索菲娅由她的律师、她的妹妹玛丽娅，还有她和庞蒂的第一个孩子陪着。下午1点13分的新闻向全意大利报道了索菲娅·罗兰被捕入狱的消息。

卡塞塔监狱非常狭小，比较安静（在一个月以前这里没有人们想象的那么安静，在女囚之间曾爆发了一场用剃须刀做武器的斗殴事件！），这座监狱建在离著名的王宫不远的地方。里面只有二十三名女囚。索菲娅是第二十四个。当她进入这座监狱的时候，就受到了用嘲讽的语气欢呼着她的名字的人群的迎接。不管怎么样，意大利人很喜欢她！很奇怪的是，这次引起轰动的逮捕最终的结果是索菲娅和普通民众更加接近了。她用自己的亲身经历来证明了法律面前人人平等。而且，在意大利南部的人民心中，特别是那些下层老百姓的心中，存在着（现在可能还存在）一种对犯罪的人的同情，这种同情使大家站在罪犯的一边而不是警察的一边。

索菲娅的牢房比较大，长五米，宽五米。她还有一个电视机，这在当时的监狱里已经是很奢侈的了，但是索菲娅把每天的时间都用来阅读。她手里应该已经

索菲娅·罗兰在罗马南部几公里处的住宅，里面有她收藏的世界名画。

有了《衣锦还乡》的剧本。所有的女囚都向她索要签名照，她也都很友好地满足了她们的要求。当然，她和她的狱友们并不是很熟悉，但是在她入狱后的第一个星期天，她请所有人一起吃了一顿大餐，其中有几个菜是用她已经出版的《有爱进厨房》里的菜谱做成的。

她曾向桑德罗·皮蒂尼总统求情，但是她的请求被拒绝了。根据《电视经典》的调查问卷，统计的结果是71%的意大利人希望总统能答应她的请求。在同一个调查问卷中，当人们被问道怎么看待这位著名的演员被逮捕：只有26%的被调查者认为应该监禁这位将意大利的形象推广到全世界的女演员；其他人都对这一行为表示遗憾。当被问到为什么明明知道回国会有危险，索菲娅还是要回来，意大利人的反应就多种多样了：17%的被调查者认为她这样做是为了做广告；22%的被调查者认为是因为她对意大利的热爱；21%的人认为是回来看她的老母亲；13%的人认为是想要拍摄意大利的电影；10%的人认为她是因为私人原因才回国的；5%的人谈到她或许是"对她犯的错误感到后悔"；仅有2%的人赞成税务机关的做法。

至于这件让她入狱的事情的前因后果，索菲娅把主要责任都推给了她的财产顾问："我想解释的是在1963年，负责帮我纳税的财产顾问建议说报税的事情不应该在意大利办，因为我在外国演戏，我要给我演戏的国家纳税。后来，又是这些财产顾问让我明白只能在意大利纳税，我做的一切就是签署他们的合同和听他们的建议。"

每天晚上，总会有人在索菲娅的牢房外的窗户下面窃窃私语。在墙角下放上几束玫瑰花。他们来自意大利的各个地方，有的甚至来自国外：其中还有一位来自美国宾夕法尼亚州的叫里尔维·格林斯贝利的先生。更不用说那些慰问的电报了。阿贝托·索迪是派驻戛纳的记者，他动情地说道："怎么会这样？他们都溜走了，只有她回来了。别开玩笑了，替我紧紧地拥抱她吧！"贝特·雷诺兹也为她鸣不平："我不相信你还会待在监狱里，如果真的是这样，我将带领一群黑社会的人把你劫走，还你自由。"在那不勒斯，年轻的演员雷奥波尔多·马斯特洛尼为释放索菲娅正在征集大家的签名。

全世界的几十个记者，甚至还有来自日本东京的，都来采访她。一天天过去，小小的卡塞塔监狱变得世界闻名。索菲娅收到了各大出版集团纷纷向她发出的要求，希望能购买她被监禁的照片的独家发表权。里佐利出版社向她出价两亿里拉想买她在狱中所写的日记。《生活》周刊参与竞价愿意出两倍的价格。然而，她最喜欢的拜访者还是她真正的亲戚，他们将为她拍摄一部反映她生活的电视片，但是实际上，女演员在十多年之后才看到这部片子。她的多拉姨妈，还有马里奥舅舅、基多舅舅都从波佐利来了，1943年的那两个小伙子因为藏在外甥女的裙子里而躲过了纳粹的追捕，现在这两个小伙子已经白发苍苍了。

有时候，卡塞塔的电影院会放映《昨天，今天和明天》，这是索菲娅·罗兰表演得最好的一部影片：在这三部短片中，她饰演了一个卖走私香烟的小贩，她为了躲避被抓捕，不断地让自己怀孕。那时的索菲娅·罗兰最像现在的处境！

"那些日子我会永远记得：没有人——如果他没有坐过牢——能了解听到牢房的门锁里有钥匙在响意味着什么。当我最终获释，我熬过了最艰苦的日子，我一直待在我母亲家里：我从早到晚都在哭，我在母亲永远张开的怀抱里输液。"

于是，女演员在监狱里服刑十九天之后，比原来的三十天提前出狱了：就像所有的囚犯一样，她也有权利申请在家人的看护下假释。1982年6月7日，她出狱了。那是一个星期六。在——与狱中的难友们惜别之后，她坐上了一辆灰色的奔驰车，车子飞快地向罗马驶去。她还要在家人的看护下服十一天刑。白天，她可以自由地在罗马城里穿行，但是晚上九点之前，她都必须回家，在家里一直待到第二天早上的五点。

"这一次打击让我认识到了一个我完全不知道的世界，"女演员在一次接受格洛丽亚·萨塔的采访时回忆道，当时正是《奥罗拉》（1984年）上映的前夕，"一个被抛弃的、绝望的、吸毒的可怜的女性世界。其中有一位杀死了自己的丈夫，另一位将她的孩子们送进了监狱，还有一个对生活完全绝望……"有好多年，索菲娅在提到监狱时，都用"医院"这个词，不想再说出那个词来。这段经历同样又把她带上了法庭。"卡帕"图片社将一张伪造的索菲娅在监狱里的窗前的照片卖给了全世界的新闻媒体。《每日通信》《纽约邮报》《建设》，还有很多重要的报纸都借机炒作。索菲娅再一次出现在法庭上，这次她是原告。"卡帕"图片社的照片犯了欺骗罪，他们是从卡塞塔的一个摄影爱好者的手里买的这张照片。但是，索菲娅的私人摄影师安贝托·比兹向法官解释说：照片上我们看到的索菲娅，神情忧郁，在铁栏杆的后面，实际上是由相片经过精心处理以后得来的，这个照片应该是来自她拍摄的电影《特别的一天》中的一个镜头。围绕着索菲娅的争论还远远没有停歇。在经过几个星期的准备之后，女演员退出了《衣锦还乡》的拍摄。"制片方，"索菲娅的律师解释说，"并没有完全履行他们的义务，实际上，索菲娅没有收到一里拉的酬劳。"而制片方的说法就是完全不同的。他们说女演员"脾气古怪"。阿里克斯电影公司、高蒙电影公司和意大利广播电视二台，他们三方共同制作这部电影，他们公开宣称是索菲娅在电影拍摄期间时常不在。"他们在说什么！"女演员的新闻发言人吉奥瓦纳·科说，"索菲娅·罗兰根本就没有消失：电影开拍的日期一拖再拖。另一个公司欧培拉电影公司应该代替阿里克斯公司。而且，我们还没有收到一个子儿。我们不可能一直两手空空地在那里站着吧。索菲娅还有别的表演安排，正是因为这样她才退出剧组。"在7月，所有的报纸都刊登了这场论战。"我很吃惊，也感到深深的遗憾，"索菲娅说，"但是，这件事并不是我的错，我只不过是拒绝了别人笨拙而粗暴地想把这部电影没有拍摄的责任全部加在我的身上。我在反驳那些含沙射影、煽动群众的坏话，他们说因为我，意大利的电影工作人员又失去了一次工作机会，然而，就是为了避免这样我才回到意大利，我来了之后才发现我还没有被遗忘。"

为了拍摄这部戏而准备的所有道具都已经备齐了。为了拍摄，在意大利电影城新建了一个造价高昂的巴西风情村：这是一个整整占地一公顷的村子，有六十株高达二十米的棕榈树，还有为筑建"爱巢"准备的所有装饰品，还专门从南美洲运来一个集装箱的外国水果。所有这一切都要被浪费了。一时间有传闻说将用索尼娅·波拉吉换下索菲娅·罗兰。接下来就又没有消息了。

在电影《奥罗拉》中，索菲娅·罗兰和她的儿子在一起。

毛里齐奥·庞茨执导的电影《奥罗拉》剧照。

　　在一次新闻发布会上，索菲娅说在等待拍摄《衣锦还乡》的时候，她不得不推掉了两部电影，一部是和马塞罗·马斯托依安尼合作的，一部是和齐克·道格拉斯合作的。但是，现在她要飞回美国去，在那里还有更重要的电影在等着她：一部翻拍电影《玫瑰刺青》，在这部电影里她将饰演一个角色，当年安娜·麦兰妮就是凭借出色地表演了这个角色拿到奥斯卡奖的。在其他拍摄计划中，还有一部和导演贝特·雷诺兹合作的新戏。

　　这些电影的拍摄计划后来都没有实现。但是在秋天，索菲娅再一次出现在意大利的舞台上：布雷拉的最高学院和卡塞塔的博物馆在争抢索菲娅被没收的那些珍贵的艺术收藏品。玛利诺市——庞蒂夫妇的别墅在这里——也加入了这场争吵：当地政府负责人想要把古老的桑塔·卢西亚教堂改造成一个美术馆。1982年

电影《奥罗拉》剧照。

的整个秋天，还有一部电影在计划中，就是再现女歌唱家玛丽娅·卡拉斯的传奇一生。想要筹拍这部电影的是美国的有线电视网（HBO）、百代唱片、萨希丝电影公司和意大利国家电视一台。很多年以前，索菲娅曾经有过良好的拍摄歌剧电影的经验，她主演过《阿依达》和《宠妃》。但这一次，拍摄的电影却是完全不同的：一个伟大的女性的代表，她在歌剧演出史上占有重要地位。这部电影的导演是肯·卢瑟尔，欧里维·里德饰演亿万富翁欧纳西斯。大约到了1982年10月底，这部电影的拍摄计划得到了很大的支持。"很少有人知道，"男高音歌手朱塞佩·迪·斯台芳诺说，"卡拉斯在舞台上风光无限，但生活中却不是如此。她甚至非常内向害羞，在某些方面就像一个初出茅庐的小姑娘。我相信索菲娅·罗兰也和她一样内向，她能够演好这个角色。"可惜的是，这部电影的拍摄计划最终搁浅。

索菲娅又一次回到探索她未知的生命旅程中来，尤其是做一个母亲。一年之后的10月份，她得到了一份很特殊的奖项。这不是一个在电影节上颁发的奖，这些奖她从世界各地的电影节上都得到过很多次。哥伦布市民基金会是一个意大利-美国组织，它的宗旨是在纽约推广"哥伦布日"活动，以此来纪念哥伦布发现美洲大陆。每一年，这个组织都会给在社会生活中的各种领域最杰出的意大利裔美国人的代表颁发奖项。1983年的这一年，索菲娅得到了哥伦布市民基金会颁出的"大元帅"奖。和她一起获奖的还有纽约州州长马里奥·郭莫、佩斯大学的校长爱德华·莫托拉和工业家尼科·卡波勒拉，他们都是意大利裔的美国人。索菲娅本来还要去参加每年在第五大道举行的游行表演，但是这一次，这个游行被取消了，因为当天第五大道上要举行纽约大主教特朗斯·库克的葬礼。

索菲娅·罗兰又回到意大利去饰演一部由意大利新生代导演中的佼佼者毛里齐奥·庞茨执导的电影中的主角。《奥罗拉》讲的是一个出租车女司机奥罗拉的不平凡的人生，她以前曾是索朗特的一家大酒店的女佣，这是那不勒斯湾附近的一个不大的旅游城市。她与六七个酒店的旅客都发生过关系，并怀了其中一个人的孩子。她一个人抚养这个唯一的儿子长大。她的儿子在两岁时遭遇了车祸，几乎双目失明（他只能感觉到有没有光线；在他的记忆里，他母亲只不过是"一团金黄色"）。当他长到12岁时，他需要做一次恢复视力的手术，而手术费非常昂贵，需要三千五百万里拉。于是，这个女人开着自己的出租车，开始了一次朝圣之旅，她不断地叩开那些可能是她儿子的父亲的人的家门，向他们募集资金。但是手术需要的费用实在太高了，她要说服那些和她发生过关系的旅客给她资助，她要让他们每一个人都相信小西诺是他们的儿子。而西诺很自如地配合他妈妈进行表演。并且他很高兴能接触到可能是他亲生父亲的那个男人。

小男孩的角色由索菲娅的第二个儿子埃德阿多——昵称"多多"——扮演。他虽然还未满十二岁，但他锐利的目光已经穿透了银幕。这个男孩很喜欢电影，他宣布他以后要做一名演员。十几年之后，我们在威尼斯电影节的导演名单上发现了他，他导演过很多部不同类型的电影。

电影《奥罗拉》是一部小成本影片，讲述的是家庭题材，制作人是阿里克斯·庞蒂，并由庞蒂家族最小的孩子演出。索菲娅通过这部影片重塑了她的演员形象，当时她已经快五十岁了，但她为自己的年龄而自豪。现在德·西卡已经不在了，她很信任这位意大利新生代导演的感觉，导演为她量身定做了这部融合了很多种类型的电影。《奥罗拉》是一部杂糅的电影，它有两条主线、两种叙事速度：一方面，汇聚了一群五十岁左右的人（索菲娅饰演的那位女佣的情人），如果我们不把活泼的里奇·托纳齐——雨果·托格纳兹的儿子——算在内的话；另一方面，故事的情节环环相扣。索菲娅带着失明的儿子生活：这个情节让人想起那部让她得到奥斯卡奖的《烽火母女泪》。一位勇敢的母亲为了自己的骨肉的肉体而斗争：在德·西卡执导的电影里那个被强奸的女儿，在《奥罗拉》中那个身患眼疾的儿子。这部电影是一次机会，让女演员发现她生活中的一些乐趣，索菲娅不会让这个机会溜走；但是她受到了自己既有的明星的形象的限制。庞茨也许更想塑造一个被生活所"摧毁了的"女性的形象。但是我们怎么能破坏索菲娅这个好莱坞成功塑造出来的影星形象？也许老德·西卡能够做到，他凭借自己很高的威望……奥罗拉是一个五十岁左右的女人，却错误地拥有了一副好莱坞的美丽面容。当她穿上方格子衬衫时，她也掩饰不住那种在曾经的女佣、现在是出租车司机的眼神中不能流露出来的贵气。然后，当她的儿子就要重获视力的时候，她急匆匆地跑到美容院去做美容，想让儿子看到她"美丽的"样子。索菲娅又再次出现在了时尚杂志的封面上，朝气蓬勃，美得很不真实。

《奥罗拉》将会在美国的电视台放映，这一点也不奇怪，虽然这部影片是用庞茨的电影语言拍摄的，但是成本很小。1984年这部影片在NBC电视台放映，有三千万电视观众观看了这部电影，这已经是一个很好的成绩了。相反，在意大利，观众们对这部戏中的感情戏很不满意，认为有点仓促。除了个别的情况，意大利电影评论界对这部电影也是不怎么欢迎。《大众报》周刊的特约评论员朱塞佩·朗达左认为《奥罗拉》是一部"激动的电影，虽然它有点融合了悲喜剧的风格"。（1985年2月8日）在《晚邮报》的专栏里，吉欧瓦尼·格拉兹尼稍微表现电影《奥罗拉》剧照。

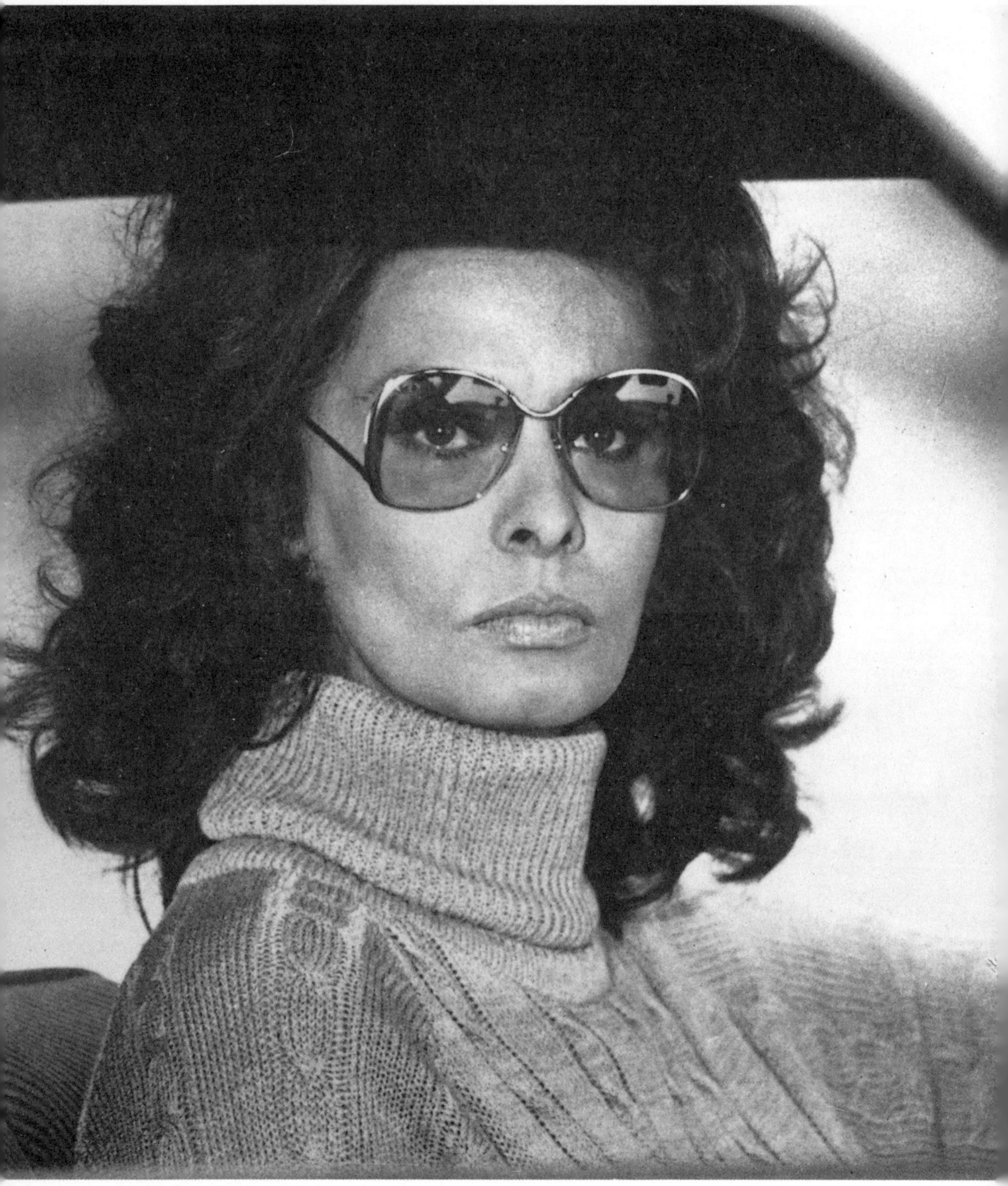

了一点热情："《奥罗拉》与暴力电影和色情片不同，这是一部反潮流的影片：用一个美好的事情来盛赞意大利的热情，向地中海的母亲们致敬，她们的勇敢得到了爱的回报。"（1985年2月9日）

曾经和索菲娅在玛利诺的别墅里打过扑克牌的索菲娅的老朋友评论员古格列莫·比拉夫的观点要更加严厉："整部电影在有时充满恶意的体面中变得很灰暗，其中还有一种浪漫的爱情故事的味道，"他的文章发表在《信使报》上，"主演是索菲娅·罗兰，她并不适合这个角色，讲的对白也无法理解。很遗憾！对这样一个充满活力的年轻导演我们期待他能拍出比这更好的影片。"（1985年2月8日）

然而，年近五十的索菲娅·罗兰却得到了众多的赞誉："亲爱的索菲娅，"斯特凡诺·勒吉阿尼在《新闻报》上写道，"我们带着好奇和尊敬欢迎你回来。我们从来没有宽容地对待过这位女演员，但是我们喜欢女性。在五十岁到来之际，索菲娅可以放松一下，取掉保护她的坚固的美丽的面具，每一天都展露出她的微笑。"（1985年2月9日）"西诺可能的父亲们，在十二年之后，很难再回忆起过去——但是他们不像吗？——而她，她要重新激活他们的记忆。不要担心，索菲娅：观众还记得你。索菲娅的眼泪、笑容、泼辣和欢快怎么可能被人遗忘呢？总之，只要是索菲娅知道怎么做的，都已经做到了……"这是阿尔多·皮罗在《星期天邮报》的专栏里写的；他很欣赏这部电影，认为"这部电影没有成功（在本地）的原因，首先是这部电影无法引起青少年观众的兴趣，在当时他们是唯一进电影院的人。"他还坚持预测，"这部电影将在电视台放映时取得巨大的成功，因为意大利的妈妈们想要看看是否小埃德阿多真的很有表演天赋，当他饰演盲人时，还有索菲娅的肚子有没有再一次变大……"（1985年3月2日）

而且，如果电视片更喜欢反映真实的事件，是否他们会更希望能看到索菲娅作为真实的母亲饰演银幕上的母亲，和她"亲生的"儿子一起表演，将她的"真正的"作为母亲的自豪感传播开来？在拍摄《奥罗拉》的过程中，索菲娅和意大利司法部门了解了一个纠缠她已久的官司。这是一个充满热情的女人，大家都知道。我们看到她在很多电影场景中淋漓尽致地演绎角色，即使是一个很微不足道的小场景中，她也能投入她的全部活力。比如在一场戏中，她嘲笑意大利警察要她在服务区让她停车，检查她的驾驶执照。奥罗拉开着出租车去旅行，这样可以因为"公共交通工具"而少交一些税。这种逃税的办法只能在出租车运营登记的城市内使用：这就是意大利公共管理系统中的一个缺陷的样本，这就使这一政策无异于空谈。"这样啊，好吧，我将把缴税的差价补上！"奥罗拉很漫不经心地回答。交通警察摇摇头，意思是说事情远比这严重。在直到现在还是实用主义的美国，索菲娅找到了她的"解决办法"：她从出租车顶上取下了出租车的标志牌，从车里的控制板上拔出了运行公里计程系统，这样就把她的"公共交通工具"变成了一辆普通的汽车。她非常高兴地这样做了，并为这场戏超出她的一本正经的表演基调发怒……

但是，《奥罗拉》至少有一个优点，就是让索菲娅又回到了意大利。女演员回到了她的故乡波佐利，这里经常因为地壳变动而摇晃，在原野里还有从地底下冒出的火焰。人们亲切地聚集在她的周围。他们还是很喜欢她。意大利人都喜欢她，他们都坐在电视机前看电视里播出的她的电影系列，这是由电视四台制作的一档特别节目，将她的演艺生涯分成了三集进行介绍。但是，最喜欢她的人还是她的同乡，波佐利的居民们虽然没有她那么好的运气，但是从她的光辉经历中，也看到了一个命运创造的奇迹。"欢迎索菲娅！"安东尼奥·特立克米在那不勒斯出版的《国家晚报》上写道，"成千上万的波佐利居民都很高兴地庆祝她的到来，拥戴她。索菲娅已经成了一个传奇人物，索菲娅得到了奥斯卡奖，索菲娅得到了世界人民的爱戴，却没有忘记她卑微的出身。灰姑娘回来了。"（1985年2月12日）

她回到了波佐利，给这个城市带来一个礼物：五万里拉，用来充实市政图书馆的公共藏书库。"我再次发现了这个没有完全死亡的城市，"索菲娅说，"因为波佐利的居民有着一种难以相信的自尊。虽然可能会有危险，但还是有人留了下来。还有一些商铺在营业，一个开张的杂货铺，一个卖鱼的小摊……"但是她原来的房子将要倒塌了，就像城里其他房子一样。她当年和妹妹玛丽娅一起玩耍的地方现在已经没有人烟，长满了杂乱的荒草，在那里面隐藏着过去的时光。

索菲娅·罗兰对烹饪的热爱从来没有停止，这是从她的外婆那里继承下来的。

Les mères 第一流的母亲

en première ligne

和许多女演员同行不同，她们一直在演未婚妻的角色，远离母亲的角色，就是不想提醒人们她们的年龄，索菲娅·罗兰在上世纪80到90年代一直都很愿意接一些扮演母亲的戏。她甚至树立了自己的女性形象：波佐利过去的维纳斯每天的梦想就是有朝一日能得到奥斯卡的最佳母亲奖，这一点她常常在接受采访时开心地说。而且，索菲娅·罗兰毫不犹豫地将她的小儿子埃德阿多——绰号"多多"——带到摄影机前面来，他同样也是在电影《奥罗拉》里她儿子的饰演者。当人们问她喜欢日内瓦的别墅，还是加利福尼亚的那个家时，她总是很干脆地回答："我最喜欢的家就是我时常能和儿子们待在一起的地方。"小卡洛在加利福尼亚生活，正在学钢琴。埃德阿多的性格更加外向，受到演出《奥罗拉》的经验的鼓舞，想向电影界进军。他想做一名导演，或者是演员，或者是作家。

1987年2月1日，阿勒桑德罗·布拉瑟蒂去世，他导演的短片电影《生活中的某处》《好可怜，这个骗子》和《游击女郎》使索菲娅在罗马名声大振，当时索菲娅正在拍摄电视短剧《勇敢的母亲》的意大利版。"我想去参加葬礼，"女演员回忆说，"我不能不去看看这位第一次将我和马塞罗·马斯托依安尼安排在一起演对手戏的导演，当时我每天坐一辆蓝色的小型有轨电车去意大利电影城拍戏，他见到我总是对我温柔地问候。最终我还是待在了家里：我不想让我对他的悼念、对他的热爱变成一个摄影记者笔下的轰动新闻。看到那些我热爱的人离开我总是让我悲痛欲绝，就像阿勒桑德罗·布拉瑟蒂、德·西卡、卡里·格兰特、威廉·侯顿或者查理·卓别林。也就是在这个时候，我才真正有想法要写回忆录，因为现在写传记很流行。但是，实际上，我觉得要和陌生人分享这些很私人的情感真的很困难。"

　　1987年2月15日，情人节的第二天，意大利电视五台放映了电视短剧《勇敢的母亲》。当时整个世界都充满了爱的甜蜜。不过这只是在意大利版中，因为在美国原版中，这部电视短剧的名字叫《勇敢》。在法国，这部电视短剧的名字更加吸引人：《与黑社会斗争的唯一女性》。"这是一个很美的故事，因此我决定不惜一切也要演绎，"女演员解释道，"和我一起的是迈克尔·贾拉迪，他饰演我的两个儿子中的一个，还有郝克托·艾里宗多饰演丈夫，他是一位职业厨师。"《勇敢的母亲》讲述的是一个妇女在一家小工厂当工人，她每天的工作就是将一些彩色的珠子穿起来做成项链或者小戒指。索菲娅·罗兰补充说："这个故事讲的是一位母亲的一系列离奇惊险的经历，她一个人对抗很多人，她拯救吸食毒品的儿子，并破坏了一起三十亿美元的毒品交易。这个故事发生在纽约，是根据真实事件改编的。"索菲娅总是对女性遭受的痛苦非常敏感，她很想亲眼见见这个故事的真实主角马尔塔·托勒，记者迈克尔·戴利专门将她的事迹写成了一个报道刊登在《纽约时代杂志》上，文章的名字就叫《勇敢的母亲》。

　　为了保护这个妇女不被坏人报复，《纽约时代杂志》的记者给她取了个化名：玛丽娅娜·米拉多，这就是索菲娅在电视短剧里要饰演的那个角色的名字。索菲娅·罗兰最终没能见到真正的马尔塔·托勒。于是，她把满腔的母爱都融入了这个角色，担心托勒夫人的儿子受到的困扰也出现在她自己的儿子身上，她自己的儿子当时和剧中的儿子年龄相仿。

　　"我试着用我的整个身心去演绎这位母亲，用我所有的演戏经验，"索菲

1988年由斯图尔特·库佩执导的电视电影《幸运的朝圣者》剧照。

娅在接受米兰《晚邮报》的记者吉欧瓦尼·格拉斯的采访时说（1987年2月14日），"我的心跳得很快，就像一个新入行的人，在这场戏中，我站在法官面前，被岁月摧残的脸上带着疲惫，那是我连着几天与我的儿子吸毒相抗争之后，我说了一句：'我发誓'。"

《勇敢的母亲》在意大利的电视台放映几个星期之后，索菲娅宣布她要去南斯拉夫，3月份将在那里拍摄一部新的电视电影《幸运的朝圣者》，讲的是另一个母亲的故事。索菲娅·罗兰在银幕上的母亲形象一直都不间断。当有人说发觉她饰演的银幕上的母亲角色太多了的时候，索菲娅反驳道："我在《烽火母女泪》中饰演了母亲，这个角色让我拿到了奥斯卡奖，当时我才二十五岁，我银幕上的女儿才十四岁……"她摆出一副标准的好莱坞影星的派头，继续说，"为了演好这个角色，我没有求助于任何演绎的技巧：我从内心里真正懂得了一个母亲的本能，我所做的一切都是站在人物的位置上做的。做母亲的心态让我很着迷。"

《幸运的朝圣者》1988年在意大利以三集的形式在电视五台播出。导演是曾经执导过《阿诺·多米尼》的斯图尔特·库佩，他是伦敦皇家学院毕业的老演员，曾参演阿尔德里奇导演的伟大的历史题材影片《十二个坏蛋》。

如果说《勇敢的母亲》的故事是来自一则社会新闻，《幸运的朝圣者》相反是改编自一本畅销书，作者是马里奥·普佐。小说的名字也同样叫《幸运的朝圣者》，小说将我们带入了20世纪初的纽约。在小意大利街区生活着一个泼辣的意大利女人，她很勇敢，心直口快，两次成为寡妇，是五个孩子的母亲。这部斯图尔特·库佩的电视电影讲述着这个妇女每天的反叛生活，在人们的不理解中生活，在压迫中生活，在社会边缘生活，迎接了一系列挫折和不幸。这是一个性格丰富的角色，很适合像索菲娅这样的有激情的演员。在演职人员名单中还出现了她的密友安娜·斯特拉斯贝尔格，索菲娅在开始拍摄《奥罗拉》之前，就把她的儿子埃德阿多托付给这位好朋友照料，并把埃德阿多送到了戏剧艺术学校学习。在剧中同样还有著名的电视演员爱德华·詹姆斯·欧姆斯。还有约翰·特托罗，也出现在这部反映美国的小意大利社区的概况的片子里。

《幸运的朝圣者》由卡洛和阿里克斯·庞蒂共同制作，在南斯拉夫拍摄，就像是《烽火母女泪》的一个新版本，因为庞蒂家族在这个国家有着很多朋友。

1987年9月26日，索菲娅·罗兰得到了"意大利之冠"颁发给她的金面具，奖励她的整个演艺生涯，这个奖只发给很少一部分演艺圈的人士，不只是颁发给电影界的人，以前曾经获奖的有托斯卡尼、玛丽娅·卡拉斯、乔治·斯特雷勒、菲德里克·费里尼、维托里奥·加斯曼、阿贝托·索迪、鲁西亚诺·帕瓦罗蒂。在《幸运的朝圣者》中，帕瓦罗蒂还演唱了《卡鲁索》，卢西奥·达拉写的一首歌，他给这部电影配所有的背景音乐。选择让达拉来为《幸运的朝圣者》作曲又是一次索菲娅·罗兰母亲形象的体现："有一天，"女演员在接受一次采访时说，"我在送儿子去学习的时候，听到他唱起了卢西奥·达拉的一首歌《卡鲁索》。我立刻去找来这盘磁带，马上就被这美妙的音乐征服了。"

所有采访过索菲娅的记者都无一例外地很喜欢她。她才是真正的电影，一部活的电影。在这些年里，罗兰这个人总是站在电影世界的顶峰上，主宰着她想讲述的故事。有一个很明显的例证就是不管她的脸上有多少皱纹，她仍然

昨天的索菲娅，今天的索菲娅：谁能想象在墙上照片上的索菲娅和下面化妆的索菲娅之间相差了三十年？

活力充沛。"我不觉得自己老了，我每天早上都要做体操，我尽量不要透支自己的体力。我现在还没有看到衰老的迹象。"索菲娅·罗兰的"老"是一种神奇的老，是不易被发觉的。记者皮耶特洛·卡拉布勒斯在为罗马的日报《信使报》写的文章里写了在日本做的一项研究，结果是需要合成二十五亿个基因才能制造出一个索菲娅·罗兰这样的人。总的来说，就是在二十五亿人里面只有一个索菲娅·罗兰。这看起来已经太多了……在她每次做的采访中，她总不厌其烦地评论她美好的"秋季"。在每次对她私人生活的访谈中，她总是说她很害羞。如果采访她的人怀疑这一点，她就会生气。索菲娅一直有这个缺点，在她那女性坚强的肩膀下有着"黑暗的一面"，这一点帮助她在弱肉强食的演艺圈杀出了一条道路。当她饰演一个角色时，她的缺点就消失了，因为她藏在了这个角色的身后。但是，当她没有面具可以戴时，索菲娅就感觉被剥光了，有了这个人类共有的本能的需要。

有时，她会感到忧郁，但是她有一个屡试不爽的方法可以把忧郁都赶走：大量做家务。于是，她展现出了家庭妇女的一面。"当我感到忧郁时，我就像一个疯子一样打扫房间。我在家里忙里忙外，重新收拾我的衣橱，我用吸尘器打扫灰尘，我把家具都换地方摆。我不停地忙碌着，一刻也不休息。然后，当我感觉到忧郁已经离我而去的时候，我才会拿起一本书坐下来读。这个方法对我总是很有效。"

索菲娅非常喜欢尼基塔·米恰科夫导演的《黑眼睛》，因为她在这部电影里又看到了她一直很喜欢的宽厚而温柔的马塞罗·马斯托依安尼。至于她喜欢的电影演员，她很喜欢杰西卡·朗热和戴布拉·温格所扮演的女性角色，同样还有她的那些女演员同乡们，她们正在电影界崭露头角，比如托洛丝和维尔多娜。她最想合作的导演是英格玛·伯格曼。

她喜爱史提夫·汪达的歌和雷·查尔斯的钢琴曲，还有迈克尔·杰克逊的假声唱法，她和迈克尔·杰克逊是好朋友（1988年，她接受了为迈克尔·杰克逊制作的一部电视纪录长片的采访，这部纪录片的名字叫《传奇在继续》）。她很高兴看到麦当娜走红好莱坞，她们都是意大利血统，但她们有着截然相反的价值观。家庭主妇，全职妈妈，索菲娅在家人爱的包围中。她来自一个全是女性的单亲家庭（罗米尔达、玛丽娅和她），现在处于一个都是男性的家庭（庞蒂、小卡洛和埃德阿多）。

然而，重新回到她最喜欢的搭档马塞罗·马斯托依安尼身边是刻不容缓的事情。现在有另一个改编自爱德华多·德·菲利波的戏剧的电影正在筹备中，离上次改编电影《意大利式婚礼》已经过去好多年了。这次要改编的戏剧名字叫《星期六、星期天和星期一》，让这两位有名的演员再次进行较量。"我们这一对银幕情侣的成功就在于我们之间可以互补，"索菲娅·罗兰在接受采访时说，"我们俩有太多的不同点，但是我们相互很欣赏对方：我，我早上七点到拍摄现场，化妆、作准备、把整个剧本都装进脑袋里，而马塞罗·马斯托依安尼早上一点就醒了，来的时候非常疲倦，没精打采，脾气也不好；我从来不抽烟，他是个烟鬼；我喝酒和吃饭都很有节制，而他大吃大喝，如果我批评他吃得太多，喝得太多，他就老躲着我！"

但是，《星期六、星期天和星期一》的拍摄计划延期了。另外一部电影反而被提上了日程，就是为电视重新翻拍《烽火母女泪》。这一次的导演是迪诺·利斯，很多年前，他曾执导索菲娅拍摄电影《教士之妻》，当时一起表演的还有马塞罗·马斯托依安尼。

"当他们向我建议再拍一次《烽火母女泪》时，我有点犹豫，"在就翻拍的问题答记者问时，索菲娅说，"但是，不久以后我还是接受了这个挑战，因为我知道这部电影将与十八年前的那部电影完全不同。今天，我更加成熟，有了更多作为女性的经历。而且，我也知道每一次翻拍电影，那里面的人物都会有所不同。今天，我想我能让马拉维亚笔下的这个女人更加丰满。更不用说这次在电视上放映的版本将比原来的电影版长，在以前电影拍摄中被省去的场景，这一次都会重新补上。"迪诺·利斯执导的电视电影，实际上增加了很多战争难民们在山上艰苦度日的情节，寻找一个鸡蛋，找一小块奶酪，找一点面粉：城里人和农民们的迪诺·利斯执导的电视电影《烽火母女泪》中，索菲娅·罗兰饰演母亲。

对比将是一个新的塑造人物性格的好机会。索菲娅这一次又出演那位"勇敢的母亲"。

在这部曾经给她带来奥斯卡奖的电影中，索菲娅饰演的塞茜拉温柔地看着让–保罗·贝尔蒙多；在利斯版的电视电影中，由安德烈·欧西班迪来饰演这个有文化的农民的角色，他与塞茜拉的女儿罗塞塔——十四岁的小女孩，在最新版中年龄要大一些——发生了三角恋，罗塞塔疯狂地爱上了他。但是这位坚持共产主义的帅气的农民更喜欢她的母亲，而不喜欢她，他根本不顾身份的悬殊。人物之间的心理联系和情感关系发生了改变。甚至影片的悲剧色彩也没有那么浓烈，比不上德·西卡的那个版本。利斯非常坚持的一幅场景成为了这部戏的一个代表形象：在风沙满天的土路上，塞茜拉和她的女儿罗塞塔，一个人手里拿着一个大纸箱，另一个人把纸箱顶在头上，就像农妇做的那样。

在意大利，利斯导演的《烽火母女泪》在1989年4月9日（星期天）和10日（星期一）分成了上下两集播出。也是在电视五台，就是当年播出《勇敢的母亲》的那个频道。在冬天的时候，所有的意大利报纸，虽然他们经常报道索菲娅的事情，又开始关心起了庞蒂夫妇的别墅的归属权问题。这座别墅在玛利诺市，这座城市被誉为"上帝的珍珠项链"上掉下来的一颗明珠，在罗马的南边，就像是意大利的贝弗莉山。这座别墅在1977年的财务案件中被查封，玛利诺市对这座别墅很感兴趣，想要把它改建成一个博物馆。

在1989年1月，市长里昂纳多·马萨非常不满这座别墅被公开拍卖。共产党的议员罗兰佐·西奥斯，原来是玛利诺市的市长，向议会发出质询。这座别墅估价七十七亿里拉，并且它的价格还应该更高，因为这个价格还包括了这座别墅的客厅里陈列的大约七十件艺术藏品，其中有很多名家的油画，比如马蒂斯、玛格丽特、德·西里克、雷诺阿、卡纳莱托、柯哥西卡、巴拉和毕加索。还有摩尔的雕塑，古老的俄罗斯圣像，以及一些无法估价的古董。根据当时的意大利报纸所说，税务机关得到了二百二十亿里拉。这座别墅还包括了一个占地几公顷的花园。别墅总共有五十多个房间，其中有些房间还精心装饰了壁画，有十几个浴室，还有一个网球场、一个小型骑马场、一个放映厅、一个游泳池、一个油橄榄园和一个果园。

然而，也就是在同一时间内，意大利每星期六晚上最受欢迎的电视节目《梦想》收到了堆得像山一样高的观众来信，他们都认为索菲娅·罗兰是意大利电影界的第一名。第二名，是远远落后于她的玛丽莲·梦露。也就是在此期间，波佐利的一个委员会决定为她建一座塑像。"但是我们都是为死去的人立塑像！"女演员抗议说，她还没有完全被冲昏头脑，而且她很相信那不勒斯盛传的迷信，害怕这样的塑像会给她带来厄运。

有人建议她出演《意大利式婚礼》的歌剧版。她很害怕演歌剧，虽然她已经演过这个电影的角色。但是，她好像有很强烈的参与的愿望。在一次采访中，她给大家的印象是如果这出歌剧在那不勒斯上演，她就很愿意演。"我的儿子埃德阿多向我一再重复如果我没演过歌剧就不是一个真正的演员。我就只好退步接受了！"但是，她并没有退步。卡洛·庞蒂非常聪明，他也很了解索菲娅，记得他妻子从来没有演过歌剧。

1990年，历史音乐电影《西区故事》的编剧里昂纳多·贝斯坦建议索菲娅主演一部音乐剧。贝斯坦想要将《意大利式婚礼》改编成一个音乐剧。但是索菲娅的回答依然是不行。因此，庞蒂的看法是正确的。

她继续梦想着能饰演电影《玫瑰刺青》中安娜·麦兰妮演的那个角色，这个角色和她的年龄很相称，而且还得过一次奥斯卡。"这是一个很快就要实现的拍摄计划。"索菲娅宣布说。此时，又有人开始重新提起将爱德华多·德·菲利波的喜剧《星期六、星期天和星期一》改编成电影的计划。但是，索菲娅在

在喜剧电影《星期六、星期天和星期一》中，索菲娅·罗兰演主角，导演丽娜·韦穆勒以这部影片向爱德华多·德·菲利波致敬。

接受《晚邮报》的记者吉欧瓦尼·格拉斯的采访时说卡洛·庞蒂正在为她筹备另一部古典戏剧，一部由诺埃尔·科沃德的作品改编而来的出色的电影。

在所有她喜欢的电影演员中，有活泼的迈克尔·道格拉斯，但是，索菲娅最喜欢的还是吉恩·哈克曼（"我总是觉得他很男人，性感而有魅力"）。在银幕上，她喜欢那种有点野性的男人。她不喜欢那些长相英俊的男孩……她读过普鲁斯特的《追忆似水年华》，还有契诃夫、纳博科夫的作品，以及埃尔莎·莫朗特的《历史》。她喜欢听布鲁斯·斯普林斯汀和普林斯；她的儿子卡洛也在学习音乐课程，向她推荐巴赫、马勒和巴托克。

索菲娅还常常打扑克牌。有人说她每次都想赢。"但是，我从来不作弊。我会赢是因为就像德·西卡每次对我说的一样，我天生看起来就像一个赢家。"被查封的家庭收藏艺术品问题的解决也表明了这一点：在1989年夏天，罗马的法官卡特纳西作出了判决，撤销了对庞蒂夫妇的艺术收藏品的扣押。到了1990年4月，最高法院第三次开庭维持了这一判决。

1989年9月2日在翁布利举行了托迪戏剧节，一部描写索菲娅的戏剧——名叫《索菲》——登上了舞台；这是一部向女演员致敬的戏，由帕特里克·罗斯·加斯塔尔迪策划。编剧是吉欧瓦尼·凯克，他重现了索菲娅生活中的四个故事，剧本的灵感是来自1951年到1962年报刊上的新闻、专栏记者的评述和一些消息。

在1990年，《星期六、星期天和星期一》终于要开始拍摄了。这部电影在特拉尼的布耶地区拍摄，那里所有的居民都倾巢而出，用南方人特有的热情来帮助摄制组。这部电影的制片人还是阿里克斯·庞蒂（如今索菲娅已经是法国电视五台的收视保证）。他在这座小城的街道上张贴出了很多标语，上面写着"谢谢特拉尼"。就是在这里，丽娜·韦穆勒重新建立起了30年代的波佐利，由她的丈夫恩尼科·乔布担任舞台背景设计。

在《星期六、星期天和星期一》中，索菲娅将爱德华多·德·菲利波笔下的另一个女性角色演绎得有血有肉。角色的名字叫罗莎·普里奥尔。爱德华多·德·菲利波很多年来都在为那不勒斯的歌剧皇后普派拉·麦吉欧写剧本。丽娜·韦穆勒也让普派拉·麦吉欧在剧中扮演麦麦婶婶的角色。

《星期六、星期天和星期一》同样表现了一种传统的那不勒斯美食，索菲娅在她自己写的烹饪书里也曾提到过：就是浓味蔬菜炖肉块。在爱德华多·德·菲利波的戏剧和丽娜·韦穆勒的电影里，整个故事也是围绕着一周一次的浓味蔬菜炖肉块展开的，并且这道菜把这个故事分成了不同的几个阶段，就如同索菲娅自己解释的："星期六作准备的工作，星期天吃这道菜，吃不完的留到星期一。"索菲娅为罗莎·普里奥尔这个人物赋予了很多新的内涵，这个女人"在厨房里有无限的精力，而且享有不容置疑的权威"。至于这个故事的背景涉及到一些用餐的礼仪，反映了在意大利南部的一种不信教的宗教观。

"这部喜剧包括了爱德华多的小世界，"索菲娅·罗兰宣称，"爱情、生活、家庭、死亡、嫉妒。这是一个我非常熟悉的世界，我总是感觉我也生活在这样的世界里。甚至在这部丽娜的电影还没有开拍之前就是这样。"《星期六、星期天和星期一》讲述了一个臆想的背叛的故事，一些模棱两可的回答和担忧让一位丈夫的大脑快要疯狂了。丽娜·韦穆勒和索菲娅·罗兰一起对这部爱德华多·德·菲利波的戏剧做了"纯女性"的角度的诠释。索菲娅认为，罗莎·普里奥尔"想要通过对周围的家人的爱和关心来重新在家里树立她指挥者的地位。爱德华多·德·菲利波讲述了所有女人的悲剧。但是这是一场还没有开打就注定会失败的战争，因为要争取自己的权利是很困难的。需要非常有耐心，需要我们这些其他女人都接受现实"。

索菲娅非常激动地又讲起了关于妇女解放的话题："我看到在我们的社会里女性的价值还不能得到广泛的承认。这个社会不感激女性在家庭里做的工作，也不感激女性在外面做的工作。我也是，我每天要做很多事情：妻子、母亲和演员。而所有人都觉得这是理所应当的，特别是我的儿子们。"

丽娜·韦穆勒讲这个故事发生的时间从50年代变换到了1934年，正是法西斯猖獗的时期，故事发生的地方也在地震不断的波佐利，这种地壳活动常常将地面上升或下陷。卢卡·德·菲利波在电影里饰演的角色名叫佩皮诺·普里欧尔，这是爱德华多·德·菲利波为自己预留的角色，这个角色在拍摄电影之前还传闻是由马塞罗·马斯托依安尼来扮演。鲁西亚诺·德·克勒桑佐就是佩皮诺·普里欧尔怀疑的与他的妻子罗莎有染的那个男人。丽娜·韦穆勒给鲁西亚诺·德·克勒桑佐安排的职业是火山学家，他是到波佐利来考察地壳活动情况的。鲁西亚诺·德·克勒桑佐是一个性格活泼的人，于是这样描述这些情景和他所扮演的人物："这个研究员发明了这样一个有趣的理论：地壳的运动与普里欧尔家的冲突和罗莎表达的不满情绪正好吻合。浓汤蔬菜炖肉块在双耳盖锅里慢慢地煨着，而此时佩皮诺的心里已经被嫉妒所蒙蔽，一团乱麻。"

这一次，索菲娅的儿子埃德阿多没有参加演出。然而，和这位女演员一起演戏的有她的侄女亚利桑德拉·墨索里尼，是她妹妹玛丽娅的女儿，杜斯·贝尼特的孙女。丽娜·韦穆勒给了小姑娘一个角色，角色的名字叫朱丽娅娜，是普里欧尔夫妇的女儿。在当时，亚利桑德拉要在意大利的司法部门任职，很认真地想要追随索菲娅的足迹："我观察我的姨妈怎么演戏，我希望能学到更多的东西。即使我知道她是唯一一个能表演得这么好的人。"

1990年10月15日，《星期六、星期天和星期一》在芝加哥电影节上举行了点映仪式，索菲娅得到了她的演艺生涯中的一个大奖。当记者希尔维亚·比佐在德拉克酒店——这个旅馆是芝加哥最古老的旅馆之一，在旅馆的房间里能欣赏到美丽的密歇根湖的景色——里的一间套间内采访索菲娅时，她阐述了第一次观看这部电影时的一些感受："最有趣的反应来自我的儿子们，他们坐在我的前面，不

停地笑，还不断地相互用手肘碰对方，然后，再回过头来看我，当他们发现了一些我平时生活中每天都对他们做的事情。卡洛在通常情况下都很严肃的，现在也热情洋溢。"不仅是女导演将这出爱德华多·德·菲利波的喜剧改在了波佐利，索菲娅也很坚持要这样做，因为这样会在影片中加入她的很多个人的回忆。她在这个熟悉的地方能找到很多感觉，就像是她的自传，充满了真实的感情。

《星期六、星期天和星期一》是她第四部改编自爱德华多·德·菲利波的戏剧的电影。这部戏剧世界闻名，以前曾经在伦敦的西区上演过舞台剧，由洛朗斯·欧利维耶和琼·普劳怀特主演。在丽娜·韦穆勒之前，还有其他导演，比如斯科西斯、博格达诺维奇和莫索斯基想将它改编成电影。"但是这是不可能的！"索菲娅·罗兰在一次采访中回忆道，"很多东西都无法翻译，怎么还原一种典型的那不勒斯的吵架方式，以及那些对白呢？"

这时的索菲娅·罗兰，虽然离舞台剧的距离很远，但也明白在这些优秀电影背后，不可或缺的是聪慧的大脑和细腻的笔触（最好的论据就是她最喜欢的导演之一阿勒桑德罗·布拉瑟蒂）。正是因为这样，在1990年，作家加布利埃尔·加西亚·马奎斯专门为索菲娅量身定做了一个故事。"我还从来没有和他见过面，"索菲娅在一次接受意大利日报驻美国的特派记者希尔维亚·比佐的采访时说，"我们只是通过电话，但他很吸引我。我读过他所有的书，我很喜欢看这些书。"

与此同时，索菲娅参演的电视电影也赢得了热烈的欢迎：在意大利、法国和美国都取得了很高的收视率。全世界的脱口秀节目都在谈论她。1991年3月25日，她得到了一个奥斯卡的终身成就奖，这个奖和当年她主演《烽火母女泪》时获的最佳女演员奖重量相当。1991年是收获的一年。在法国，索菲娅得到了法国电影恺撒终身成就奖。这只是长长的获奖季节的开端，每一个奖项都是对她作为演员的终身成就奖。但这一年对她来说也有巨大的悲痛：她的母亲罗米尔达·维拉尼在她的怀中去世。

之前的几年，每次索菲娅回到罗马都会到她母亲的家里住，那是一个安静的公寓，离吕西诺·维斯孔蒂住的别墅很近。为了能和母亲待的时间更久一些，女演员还在这里接待采访的记者。罗米尔达去世之前的几个月，在一次接受记者弗兰科·欧西宇兹的采访时还说，如果她当时不"勇敢地决定离开波佐利，到罗马来，就不可能有现在的索菲娅·罗兰"。"这是真的，"她说，"即使今天那些帮助索菲娅成功的男性的名单已经很长了。"

直到现在，当有记者问索菲娅她认为哪一部是她最好的电影作品时，她都会毫不犹豫地回答："我的儿子们。"实际上，对于罗米尔达·维拉尼来说，她没有真正实现自己的电影梦想，最美的电影就是她的孩子们，索菲娅在她眼里也不过就是一部小电影。

在索菲娅的内心里，还有一个梦想没有实现，而且与纪念她母亲有关，以后也不会变成现实了：扮演安娜·卡列尼娜。这个角色以前曾经由格丽泰·嘉宝饰演，对索菲娅·罗兰来说，几乎是一个遗憾，是她母亲无法实现的梦。我们回想起来，罗米尔达曾经在少女时期在《安娜·卡列尼娜》的舞台剧中演过一个小角色，而且曾经在一个选秀活动——和那位"天后"最相像——中得到冠军。我们还记得罗米尔达遗憾地没有能实现她对艺术的抱负，因为她的家庭不准她接受那次选秀活动的奖品——去好莱坞。

人们有很多次都跟索菲娅谈演这个角色的事情，但都没有下文。拍摄计划不计其数。剧本也有好几十个。现在，女演员已经达到了一个很舒服的位置，可以任由她来挑选好的剧本演出。在等待新戏的时候，她就待在家里，享受和儿子们的天伦之乐。

至于表演，她喜欢爱情电影，反映家庭生活的。这么多年以来，索菲娅现在已经成了那些人中的一员，她在看一部电影时，会为他们而流泪，不会掩饰和他们一样的情感。

索菲娅没有想到她重新和"她的"朝思暮想的马塞罗·马斯托依安尼一起演戏是托了一位典型的美国商业片导演罗伯特·奥尔特曼的福。电影《成衣》中出现了几十个人物。他们都在巴黎，是世界潮流的领军人物，有记者、服装设计师、工业家、花花公子、懒鬼、贵族，所有这些人都涌向了法国的首都：这是一个人来人往的大城市，其中充满了奥尔特曼的灵巧创造，塑造了很多小人物。在这样一幅人物画卷中，罗伯特·奥尔特曼为马塞罗·马斯托依安尼和索菲娅·罗兰预留了一个位置：一对很突出的夫妻，去参加一个特别的聚会，在这次聚会中演员们再现了意大利电影史上无法遗忘的一幕：索菲娅在电影《昨天，今天和明天》中曾演过的一段脱衣舞。

离德·西卡导演的那场幽默而高贵的脱衣舞的表演几乎已经过去三十年了。索菲娅·罗兰现在的身材还有着以前的风韵，但也留下了岁月的痕迹。马塞罗·马斯托依安尼是一个反应迟缓的、有点发福的先生。罗伯特·奥尔特曼很有趣地没有给这个迟了三十年的爱情邂逅加入什么色情成分，而是为这两位意大利的性感代表安排了一次恰如其分的巴黎见面。在索菲娅的脱衣舞跳得正美的时候，这时回响起了德·西卡电影里的那首歌作为背景（灯罩，从中透出一丝蓝色的光线……），马塞罗·马斯托依安尼闭上了眼睛睡着了……

就像费里尼的最新电影中的那些人物一样，罗伯特·奥尔特曼电影中有一些幽默的小人物，没有什么复杂的心思。因此，我们对索菲娅饰演的这个人物了解不多，只知道她名叫伊莎贝尔·德·丰丹，她的丈夫是一位法国著名的时装设计师，丈夫的死因至今不明。但是，在他过去的生活中，他是另外一个男人，另一个女人的丈夫，自从他移民俄罗斯之后他们就失去了联系，但他们又偶然遇见了。这个女人的角色不像一个真实的人物，更像是索菲娅职业生涯的一格片断，她离开了她最理想的搭档马塞罗·马斯托依安尼，到俄罗斯的土地上去拍摄电影，也就是拍摄那部米克哈尔科夫导演的电影《黑眼睛》。

《成衣》中的伊莎贝尔·德·丰丹在某些场景中都没有穿衣服，这与这位女演员表演的一系列勇敢的母亲的角色非常不同：索菲娅刚在柏林电影节上得了终身成就奖，正在享受假期，远离那些摄影机镜头，照顾孩子们，总是在为受到战争和贫困的人们奔走。在某些方面，《成衣》也同样是给今天的索菲娅·罗兰的一个调侃的致敬，她现在是时尚人士，收藏了所有阿玛尼的最新款时装：总之，就是表演艺术界的一个代表性人物。

《成衣》让索菲娅得到了又一次美国金球奖最佳女配角的提名，标志着她又回到了喜剧的天地，这一次回归在她随后马上拍摄的另一部电影中得到印证。那就是霍华德·达奇导演的《斗气老顽童》，这部影片是改编自取得成功的舞台喜剧《两个令人无法忍受的老顽童》，当时是由两位奇妙的搭档沃尔特·马修和杰克·雷蒙主演，这两位好莱坞巨星虽然年事已高，但也很有票房号召力。有个很有趣的想象，不管是霍华德·达奇的电影，还是罗伯特·奥尔特曼的电影都是大电影公司制作的，他们都认为索菲娅身上还有潜在的喜剧天赋没有发掘完，而与此同时，有些索菲娅的电影是由卡洛·庞蒂私人制作，相反，他把索菲娅塑造成一个悲剧女演员。索菲娅·罗兰也许在演悲剧时能够更加打动人，也能给她带来更多的荣誉，更能把她出众的才华发挥到极致。

索菲娅·罗兰在《斗气老顽童》中继续施展她诱人的魅力，即使她已经年过六旬。准确说来，就在霍华德·达奇的电影拍摄的期间，美国的《帝国》周刊将她评为电影史上最性感的百位女星之一。索菲娅·罗兰在参加金球奖的颁奖典礼期间，同时得到了塞西尔·B. 戴米尔奖。

编剧马克·斯蒂芬在《斗气老顽童》中为索菲娅·罗兰量身定做的角色是一个意大利女人，有过五次失败的婚姻（在电影里没有孩子），她住在一个村子里。在她母亲的帮助下，她盘下了一个旧的渔具店，把它改造成一个意大利餐馆，这就给两位热爱钓鱼的老头带来了麻烦。但是，马修脾气暴躁，和她发生了激烈的争吵，最后爱上了她，想要做她的第六任丈夫。

电影《斗气老顽童》的主要演员，还有一只狗。

《斗气老顽童》表现了好几个索菲娅的"嗜好"。首先，是烹饪。索菲娅已经出版了一本菜谱，正在写第二本，并将于1998年推出，烹饪同样也构成了对原来的家庭的回忆，伴随着很多有关饮食的建议。烹饪的魅力还在于这是一个意大利女性的核心概念，是美国人眼中的意大利女性，也是索菲娅表现出来的意大利女性：浪漫的拥有湖景的小饭馆就像一个动人的节目。我们在《斗气老顽童》中发现的索菲娅·罗兰的另一个嗜好就是家庭，总是有一位母亲在那里寸步不离，完全就像索菲娅少女时代演戏的时候总有母亲陪伴身边，五个前夫只是她过去的故事。只是缺少孩子。在电影的结尾，她在目瞪口呆的马修面前一一列举她前夫的名字，这些名字都在某种程度上影射了索菲娅自己的生活：卡洛、马塞罗……

意大利媒体非常喜欢这位微笑着的索菲娅。"索菲娅·罗兰的演技越来越精湛，臻于完美。这是一位六十岁的女人，光芒四射，在美国取得的成绩比在我们国家还要辉煌。"维托·阿托里尼在为《南方报》写的文章中写道（1996年7月7日）。艾弗里奥·坎特利在《日报》（1996年4月19日）的影评专栏中强调索菲娅是多么巧妙地周旋于这对"奇怪的老顽童"雷蒙和马修之间，从而找到真正的喜剧元素。法比奥·波在罗马出版的日报《信使报》上则更加热情。他虽然觉得这部电影有些令人失望，但他热烈地赞扬索菲娅的演技，"非常大气，精彩绝伦，外向活泼，无法拒绝的魅力"，她的每一步前进都"吸引了所有人的目光。她穿的衣服总是能体现出她的品位。她的性格丝毫没有改变，她有着地中海边的女性独有的泼辣和热情，在朴实无华的镜头里，和她的那两个搭档组成了一个黄金三人组。"（1996年4月28日）米兰出版的《日报》的评论员希尔维奥·丹纳斯也是同样的观点："索菲娅的演技非常出色……她把这个角色演活了。她的镜头感好得惊人。应该说是在电影中很上镜：在以她为代表的平民出身的女明星中，如今她的演技已经带着高贵的气质了，她很有天赋，对人物塑造时的姿势、动作和眼神都是信手拈来。索菲娅·罗兰的每一次亮相都能让哪怕成本很低的电影增色不少。"有点矛盾的是，与比她更加年老的马修和雷蒙在一起，反而让索菲娅更显得年轻，比她现在的实际年龄还要显得年轻。"在镜头里，"希尔维

2000年丽娜·韦穆勒导演的电视电影《南兹阿塔和弗朗西斯卡》剧照

电影《斗气老顽童》剧照。

奥·丹纳斯继续在他的文章中写到，"她成熟而丰腴的女性美就像一朵漂亮的鲜花，永远不会凋零。"（1996年4月19日）罗马日报《时间》的评论员吉安·路易吉·隆迪，很久以来都是索菲娅的仰慕者，发现这时的索菲娅"对自己的美貌很自豪，喜欢开玩笑，她的每一个动作都充满自信，准备在与两位电影巨星的合作中绽放光彩。"（1996年4月29日）在《邮报》的影评专栏里，列塔·托纳布欧尼认为她"非常感性"，还说："她那永恒的美丽……成了一个奇妙的光环，对所有六十岁的女人来说都是一个充满美好希望的慰藉，她非常高兴地站在脸上布满皱纹、有眼袋和双下巴、皮肤松弛、眼神浑浊、神情犹豫缓慢的两位搭档面前。她始终非常吸引人，热情似火……"（1996年4月20日）杜里奥·凯兹奇在《晚邮报》的专栏里谈到她时，认为她是一位"光彩照人的女人，是女性中的佼佼者"。（1996年4月20日）

在1996年底，索菲娅·罗兰对马塞罗·马斯托依安尼的去世非常难过，这是她在很多部喜剧电影中最理想搭档。他们在一起总共合作了十部电影，演绎了各种各样完全不同的夫妻。女演员在第二本烹饪的书里将最美味可口、最受人欢迎的菜献给了他："马塞罗·马斯托依安尼的特点就是这样一种宽厚的自嘲，非常坦率。为什么在一本烹饪的书里面讲起他来？只是因为我想要回味在他身边的最真实而平常的事情，是因为我还记得他对一道特别的菜表现出的那种欣喜之情，是因为他是世界上最细腻的人：豌豆公主。这是一道价格低廉的菜，农民们餐桌上的菜，在最最低档的饭馆里能点到的菜。这也许就是马塞罗·马斯托依安尼为什么喜欢这道菜的原因，他是一个简单的人。"

在1997年8月，美国杂志《型》向它的读者们征集在8月15日的这一周里，投票选出他们认为世界上最性感的十个女人。这完全是由这本周刊的读者自己投票选举！在这世界前十名最性感的女人中就有评论员杜里奥·凯兹奇认为的"波佐利的维纳斯"，她排在第六位，落后于戴米·摩尔、辛迪·克劳馥、米歇尔·菲佛、加布利埃拉·雷斯、帕米拉·安德森·李；排在莎朗·斯通、拉蔻儿·薇姿、桑德拉·布洛克和麦当娜前面。这是对索菲娅·罗兰的一次嘉奖，她现在已

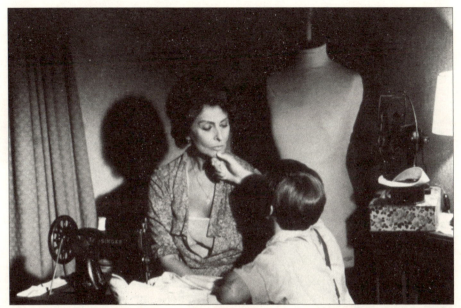

索菲娅·罗兰在电影《阳光》中饰演主角。

经六十三岁了!

　　《成衣》和《斗气老顽童》又将索菲娅·罗兰带到电影观众们面前。她很喜欢这种回归,并且因为这些电影又一次获得了终身成就奖。她接着又参与了在阿尔及利亚拍摄的罗热·韩南导演的电影《阳光》。

　　索菲娅在《斗气老顽童》里有五个丈夫,没有孩子,这一次在《阳光》中终于可以尽情地展示她的母性魅力,在罗热·韩南导演的电影中,她的角色是一个很多孩子的母亲,这个角色让索菲娅·罗兰非常喜欢:抚养五个孩子(几乎是想要让人联想到电视电影《勇敢的母亲》),在被战争破坏而十分贫困的阿尔及利亚,在法国的维希政府的极端法律的禁锢下。她是个犹太人,正因为这样她失去了工作。为了能养家糊口,她尝试了各种职业:衬衫缝纫工、裁缝、女佣、卖布的。这样的艰辛让人想起了女演员在电视版的《烽火母女泪》——由迪诺·利斯导演——中的表演。这样一个为了给孩子挣到一块小面包的钱而奔波劳累的母亲形象深深地刻在了索菲娅·罗兰的形象中。她的这种求生的动力来自她困苦的童年,还有她母亲罗米尔达所面对的那些艰难。索菲娅用无限的热情去演绎这个角色。

《阳光》一直到1999年7月才在意大利公映，比拍摄完成晚了几乎两年，正好在意大利电影金像奖给索菲娅终身成就奖之后，吉安·路易吉·隆迪因此向索菲娅致敬。罗热·韩南导演的电影在评论界引起了分歧。有一些人，比如杜里奥·凯兹奇觉得这次索菲娅饰演的五个孩子的犹太母亲的角色不是很令人信服，因为其中几个孩子看起来太小了——对她这么大年纪的一个母亲来说。另外一些人从这部电影里又看到了《特别的一天》——和《阳光》反映的是同一时期的事情——中那个家庭妇女的形象。

在电影《阳光》中，索菲娅·罗兰饰演的角色名字叫蒂蒂娜，也许是为了纪念爱德华多和佩皮诺·德·菲利波的妹妹。拍摄的时候非常细致，有天才导演罗伯特·阿拉兹拉吉的指挥，索菲娅在影片中完全看不出她的实际年龄。列塔·托纳布欧尼在《快讯》周刊上说他觉得索菲娅在这么多次表演勇敢母亲之后的形象看起来很做作。

差不多几个月以后，她的烹饪书兼回忆录在1998年的法兰克福书展上亮相。这本烹饪书被认为是当年最好的饮食类图书，同样也得到了一家法国美食协会的褒奖。索菲娅越来越像家庭主妇，她开始转向了美食界（在意大利，她为帕马科托牌的火腿做广告）。她的书被翻译成了很多种文字在全世界得到推广，让她能有机会去世界各大国的首都环游。

在1998年8月15日前夜，当她乘坐一架飞机从日内瓦飞往纽约的时候，索菲娅突然感到心律不齐，"我一个人，在一万米的高空，远离我的家，我的孩子，我的丈夫。"她害怕她的心脏在下降的时候会受不了压力。两个月之前，她还去教堂参加了弗兰克·斯纳特拉的葬礼，他是死于心肌梗塞。于是，这一次她非常害怕。

索菲娅的新闻发言人比贝·克林娜在新闻发布会上宣布："索菲娅·罗兰女士需要在医院观察几天，但她并没有得心脏病。"她在纽约的一家医院里住院观察了十天，然后她又在纽约待了一个月，住在她的朋友安娜·斯特拉斯贝尔格家里。医生的诊断认为她当时的心脏应激反应是由她过度的会面和活动安排造成的。卡洛·庞蒂也在意大利媒体面前公开表示，他的妻子应该好好休息一下了。

虽然她一家减少了很多电影拍摄的计划，索菲娅仍然是一个空中飞人，不停地上飞机和下飞机：电视节目、拍摄照片、广告宣传、推广活动、开幕式、晚会、时装表演、采访。她是商业表演中最受欢迎的、最经常邀请的人。医生们都建议她要休息一下，虽然女演员的身体状况一直没有对外公开。正是因为她这次在日内瓦飞纽约的飞机上有不舒服的感觉，所以就没有出席威尼斯电影节，在9月初举行的电影节上她得到了金狮奖的终身成就奖。是由卡洛和她的两个儿子去帮她领的奖。在当时，索菲娅生病的事情还没有公开。于是，人们都不能理解为什么卡洛在领奖的时候会和两个儿子一起抱头痛哭。

由于健康原因，索菲娅1998年的下半年没有再参加任何国际性的活动。她被迫给自己放了一个长长的假期，远离商业演出。她在几个月之后才又和公众见面。她再一次出现在公众的面前是在1999年1月11日，那天她接受了美国全国广播电视台的采访，他们把摄像机搬到她家里拍摄，人们看到的索菲娅，容光焕发，正在为摄制组准备意大利的菜肴。她又开始继续她的烹饪书兼回忆录的推广工作。索菲娅看起来身体很健康，再次讲起了去年夏天的那些难过的日子。在接受记者斯通·菲利普的采访时，她承认自己曾经面对死亡的威胁。"现在，我应该要当心，"她说，"因为我还想多和我的家人待在一起。"

向她提的问题总是那些相同的：作为一个性感女星的代表，永葆青春的秘密是什么，她与卡里·格兰特的旧情……因为罗兰和庞蒂这对夫妻是公众人物里最牢固的一对夫妻，有人问她怎么能让婚姻保持得这么长久。索菲娅想了想，然后回答道如果一个婚姻能坚持这么久，那是因为这个妻子想要这样做。"如果有了孩子，一个妻子就应该不惜一切地经营好这段婚姻。"

1999年1月28日，索菲娅被邀请参加了CBS电视台收视率最高的脱口秀节目《大卫·雷特曼秀》，借此推广她的烹饪书。雷特曼是一个喜欢挖掘别人隐私的主持人，女演员看起来好像有点反感他，他坚持要她详细讲讲她在监狱里的那段经历，还逼问她在拍摄1956年的那部老电影《气壮山河》的时候她和弗兰克·斯纳特拉到底是什么性质的关系。接着，在索菲娅为美国的电视观众表演怎么准备一道意大利菜的时候，雷特曼啜饮了一口一个玻璃杯中的饮料，女演员抓住这个机会问他是不是喝醉了。

索菲娅完全康复了。她重新找到了她原来的气力和泼辣。在录制完这个节目的第二天，索菲娅又来到了第五大道上的巴诺书店，为她的烹饪书进行签名售书的活动，这本书现在已经成了畅销书。她穿着一条超短裙，露出线条完美的大腿。那些手里拿着书在排队等候签名买书的人都在想这个有着灿烂微笑的那不勒斯女人到底和魔鬼签了一个怎样的合约啊。

1999年从1月到2月，索菲娅一直在马不停蹄地忙碌，主要是在为她的烹饪书作宣传。"所有人都想见到她，所有人都邀请她，"马格丽特·麦阿里斯特说，她负责这本书的推广宣传，"今天，她不得不对美国最受欢迎的周刊《人物》说'不'。如果她接受了克林顿总统的邀请，下个星期她的新书推广活动就得改期，其实说实话，她的新书根本就用不着做任何广告。"

在这几个星期内，另一档很受欢迎的电视节目《今天秀》邀请了索菲娅，同时还邀请了罗贝托·贝尼尼，他当时正来往于美国各个城市之间到处出席他的新片《美丽人生》的宣传活动。有人问起索菲娅贝尼尼的电影已经获得了四项奥斯卡提名，是否能得到一座奥斯卡奖杯。这个问题十分棘手：索菲娅是唯一一位凭借一部非英语的电影获得奥斯卡金像奖最佳女演员奖的，这在奥斯卡评奖规则上也是一个例外。索菲娅·罗兰很有预见性地回答："我不会只给贝尼尼一座奥斯卡奖杯，我要给他上百个。"

在大西洋的另一边的意大利，有人传言索菲娅的经纪人拒绝了三亿五千万里拉的让索菲娅出席意大利音乐节的酬劳。相关的传闻越来越多。"我不知道这个谣言是从哪里传出来的，也不知道是谁在传播，"她在接受《晚邮报》的采访时说，"我从来没有得到过这个音乐节的负责人的邀请。"又有人重新提起另外一个已经放弃很久的拍摄计划，而且越来越言之凿凿：米开朗基罗·安东尼奥尼在很久之前的1952年准备让索菲娅·罗兰饰演曾经捧红卢西娅·博塞的《不戴山茶花的女人》，现在米开朗基罗·安东尼奥尼正在筹备拍摄一部奇异的电影（有的人称之为"科幻片"，但是编剧托尼诺·格拉所反映的主题是来源于美国作家杰克·菲纳的小说，这是一个简单的关于存在和幸福的幻想的故事）。这部电影的名字叫《目的地威尔纳星》，由菲利斯·罗达蒂奥担任制片人，他是威尼斯电影节的导演，同时也是作家和电影制片人。在演职人员名单上，和索菲娅·罗兰并列的还有安东尼·霍普金斯、马西莫·旺杜耶罗、加布利耶勒·费泽蒂、切瑞拉·凯瑟丽、斯蒂芬妮·罗卡、卡洛·赛奇，也许还有瑙密·坎贝尔。

《目的地威尔纳星》讲述了一个中年妇女面临的生活危机，她失去了所有的爱情，准备踏上一次神秘而未知的旅程，去一个特别的地方，另一个星球威尔纳星，那是一个充满幸福和宁静的地方，只要在一家旅行社买了票就能去。在电影里没有任何一艘宇宙飞船，因为这是一个科幻故事，一个象征性的东西：总之，在宇宙中遨游，没有重力，没有特别的反应，这是一趟心灵之旅。这部电影是想讲述那个参加这次太空旅行的人的内心活动，因为要想去到威尔纳星，首先必须要相信这个星球是存在的。必须有信仰。

在1999年2月，在意大利天主教的《电影院杂志》上，刊出了对索菲娅的采访，并谈了她对信仰的态度。"没有信仰，"她说，"我们就不能接受也不能想象死亡。我想对那些积极生活的人肯定上天会有回报的，而那些消磨生命，损害别人的人也会受到惩罚。"她回忆起在波佐利的老家中有一件家具，确切地说是在她外婆的卧室里，那件家具的上面画了"一幅圣母像，给我们这些孩子带来一种神秘的力量，特别是在空袭来临的时候，但当这幅像被小油灯烧坏的时候，对我来说就是一场灾难"！她的外婆路易莎认为这就是索菲娅的保护神。这位包裹头巾的女性形象出现在了她的《索菲娅·罗兰的烹饪书和回忆录》的第一页，画的下方写着四行发自她内心的话："我想把这本新的烹饪书献给我的外婆路易莎，不只是因为她所教给我的一切，也是因为她能熟练地把最平淡的菜肴变得美味可口。"

5月份的奥斯卡典礼上，索菲娅穿着一袭黑色的晚礼服——当然是阿曼尼

索菲娅·罗兰饰演的弗朗西斯卡是一位母亲，她毫不犹豫地在为她的儿子安排一桩婚姻，以挽救濒临倒闭的家族企业。

的。正是由她打开了那个让她的预言成真的信封，揭晓了奥斯卡最佳外语片奖，得主是《美丽人生》。罗贝托·贝尼尼像一个调皮的孩子一样爬上椅子，然后跑过去拥抱索菲娅，整个场景洋溢着浓浓的意大利式的热情。在如今已是影坛巨星的索菲娅·罗兰面前，贝尼尼保持着他特有的对喜剧的热情和爱好……（在接受电视采访时，罗贝托·贝尼尼毫不掩饰他的欣喜和热情，热烈地拥抱了主持人，还有其他意大利名人，节目快结束的时候还差点把他们掀翻在地！）

索菲娅·罗兰和她的外婆路易莎一样，现在她觉得自己好像也变成外婆了，虽然她还没有真正的当上。她总是要去反驳那些认为她整过容的传言。她的美貌有什么秘密？多休息，心态平和，多做运动。她宣称自己是"世界上最性感的祖母"。直到现在，她的头上也只有几绺白发。"每个女人，"她说，"如果从身体内部焕发光彩，都会显得美丽。不需要华丽的服装，也不靠化妆，而是她从内心发出的光芒。"

电影《目的地威尔纳星》开拍的日子定在1999年5月。在非洲的选景工作变得十分紧迫。埃德阿多·庞蒂同样也在筹备这部电影的拍摄，并继续在加利福尼亚大学学习怎么拍摄一部成功的电影。索菲娅说："我的儿子埃德阿多是安东尼奥尼的助理，时常给我提供一些可靠的决策。"

6月2日，"美国时尚设计师协会"授予了她一个得到很多认同的头衔"最有魅力的女人"：所有人都承认她在最近的奥斯卡颁奖礼上的穿着打扮比其他女星都要显得高贵。但这个消息不足以给她安慰，因为电影《目的地威尔纳星》的拍摄一拖再拖。实际上，这部电影的拍摄已经推迟了好几个月了。最难逾越的障碍就是导演的身体健康问题。夏季的传统的问卷调查再一次得出一个让索菲娅·罗兰自豪的结果。根据《人物》杂志的读者的投票，索菲娅跻身世界十大最高贵的女人之列。这对于索菲娅这样的人来说，这样的结果也在意料之中。她总是在阿曼尼的时装发布会上走在最前面，在她的同行们前面。

在意大利，索菲娅经常做节目的意大利广播公司频道，为了让她高兴，给她推荐了三个剧本，其中有一个可能会由马尔丹·斯科西斯导演。在夏天过去的时候，索菲娅庆祝自己的六十五岁生日，但没有举行盛大的晚会！所有的家庭成员聚在一起，在日内瓦的别墅里吃了一顿生日晚餐，索菲娅其实更喜欢加利福尼亚的那座别墅，因为它更宽敞，有四十公顷大的农场。第二天，所有人都各奔东西：索菲娅要去慕尼黑，参加在那里举行的一个由德国的出版社组织的她的烹饪书的德文版的推广会。小卡洛，绰号辛比，回到维也纳，他是维也纳交响乐团的领导；埃德阿多去华沙，在那里，他要和已经去世的大导演基耶斯洛夫斯基合作过的摄制组一起拍摄一部电影，他当导演。

就在索菲娅·罗兰庆祝六十五岁生日的前几天，她的律师起诉七十六家网站非法使用这位女演员的名字和照片。"起诉的是这些网站在没有预先得到许可的情况下公布了索菲娅·罗兰的裸照和一些半裸的姿势照的照片，"这是呈交给印第安纳州法院的诉状上写的，"上面还登上了她的名字，网站借此来吸引网友收费观看。"女演员在日内瓦对此事发表了看法，她认为这样做对她更多的是造成了精神上的伤害：她说她觉得受到了污染。她希望能尽快通过法律途径来解决此事，并且要求这些网站立刻撤掉有关她的图片。她的律师，同时也是为索菲娅·罗兰打造形象的顾问公司的总经理，解释说有些网站给一些不是索菲娅拍摄的色情图片也冠以索菲娅的名字。另一些网站则使用了索菲娅当年主演的电影《和埃及艳后的两夜》的法文版的某些视频截图。还有一些照片是用电脑软件拼接而成的。在同一时期，莎朗·斯通、帕米拉·安德森和卡门·伊莱克特拉也以同样的理由起诉这些网站，控告他们非法使用她们的肖像。

在这一年的11月，索菲娅又被卷入了一场论战，这场争论是由罗马的检察院的一项调查引起的，这项调查旨在剥夺索菲娅·罗兰"时尚代理"的名誉主席的头衔。所有人都知道索菲娅是世界闻名的"意大利制造"的一面旗帜。时尚代理是一个公司，由罗马的工商会控股，也由罗马市市长管理。没过几天，她就用传真发出了一封请辞信，在信里，她很感谢所有和她合作过的人，以及和她一起走过的道路。她的请辞信有一个冠冕堂皇的理由，就是她有很多别的事要做。

1999年11月30日，在米兰的阿曼尼服装店举行了她的烹饪书的意大利文版的发布会。索菲娅穿着一件外套和一条黑色的裤子，戴着一条深灰色的镶满亮钻的珍珠项链、一对绿宝石的耳环和一条黑色珍珠手链，她解释说做饭实际上是对家人的一种爱的表现。她不是每天都做饭，但只要她的儿子们想吃她做的饭，她就会很高兴地把锅架到炉子上。在这次采访中，她还谈到了她的儿子们，谈到她作为母亲的责任，她把这看得比一切都重要，谈到她在做平常饭菜时倾注的爱，比如做面包。

很多家杂志都邀请她写饮食方面的专栏。最后，却是她的妹妹玛丽娅和《谁》周刊签了合约，为这份杂志写饮食专栏，揭露一些这个家族做菜时的小诀窍。但是，在索菲娅自己写的烹饪书兼回忆录里，索菲娅写道："妹妹比我会做菜。玛丽娅有两个孩子，现在已经有三个孙子了；她在厨房里做饭并不只是为了要养育这么多孩子，这就是我所说的一种对炉灶的天然的喜爱造成的。"有人提到两姐妹在厨房里甚至有些敌对。索菲娅继续说："我和妹妹之间在烹饪厨艺方面的敌对并不是一场战争。"

电影《目的地威尔纳星》的拍摄已经无限期地推迟了。2000年2月初，索菲娅去了伯尔尼的造币厂，因为在那里，人们专门为她制作了纪念币。3月份，她被意大利的政府首脑马西莫·达莱马授予了和平奖。当有记者问她对意大利的政府首脑有什么看法时，她回答道："他表现得很绅士。"但是，这次会面也没有免去她深深的失望：在几个月后，女演员才知道在开始全民公投之前，自己的名字已经被从意大利的选民名单上划掉了。和她同时被"划掉"的还有四万多人，实际上，这些人都不住在意大利，而且有几年没有参加选举了。现如今，在意大利当局看来，索菲娅·罗兰是个美国人，就算她总是认为自己的祖国是意大利。"我来自那不勒斯，我一辈子都是那不勒斯人。"

而且，索菲娅正想要回意大利去。如果说安东尼奥尼的电影拍摄计划还很遥远，现在有一部由丽娜·韦穆勒导演的影片已经浮出水面。这位导演已经成了她最喜欢的女导演了。在2000年初夏时分，一向对索菲娅很有兴趣的罗马的狗仔队拍摄到了她和大儿子卡洛，还有卡洛的女友安德勒阿·梅斯拉佐一起在市中心逛街。借此机会，现任俄罗斯国家交响乐团指挥的辛比宣布："我不会去做电影，这是一个很肤浅的圈子。"索菲娅也发表了自己的看法："当我看到他站在领奖台上时，我觉得我的心跳都加速了……"

2000年8月30日，《纽约邮报》宣称索菲娅·罗兰买了一套复式套间，也就是跃层式的公寓，在特朗普大厦的64楼和65楼，这栋大厦是由工业巨头唐纳德·特朗普修建的豪华住宅楼。据说一套公寓的价格在两百亿里拉左右（约合六千万法郎）。在这段时间，丽娜·韦穆勒导演的电影也在继续筹备中。这部电影改编自玛丽娅·欧斯尼的小说，讲述的是两个在那不勒斯省的内陆地区做馅饼的女人的故事。有很多村子都在候选这部电影的外景地拍摄点。最受导演青睐的村子名叫格拉尼奥诺，当地的特产就是馅饼。在这个小镇上，人们在醒目的位置贴出了标语，上面用大写字母表示了他们的欢迎："欢迎索菲娅！"

电影《南兹阿塔和弗朗西斯卡》剧照，吉安·卡洛吉安尼尼的表演很出色。

　　11月初，女演员去参加第24届开罗国际电影节，并且游览了金字塔。她谈起了她的儿子埃德阿多将在2001年春天拍摄的电影《第一步》，这部电影将在加拿大拍摄。在开罗歌剧院里，索菲娅·罗兰又一次得了终身成就奖。她的电影在埃及很受欢迎，她已经家喻户晓了。

　　从开罗回来之后，女演员又去了那不勒斯，然后去了一个海上高尔夫球场——普罗奇达岛。在这个岛上，她将和马西莫·托洛丝一起主演《邮递员》，而且还要开始她的另外一部电视电影的拍摄，这部电影的名字叫《南兹阿塔和弗朗西斯卡》，由永不知疲倦的丽娜·韦穆勒导演。索菲娅至少有十五年都没有回过那不勒斯了，自从上次在那不勒斯的街头咖啡馆拍摄了电影《奥罗拉》的外景。

　　正当《南兹阿塔和弗朗西斯卡》的摄制组开始工作的时候，女演员又收到了意大利的圣雷默音乐节的邀请。音乐节制作频道的主任雷伊诺·莫里兹奥·贝勒塔承认确实和索菲娅有联系过，邀请她出席圣雷默的音乐盛会，和主持人拉法埃拉·卡拉一起："索菲娅是意大利演艺圈最积极的代表，"贝勒塔说，"罗兰也是我们

327

最有名的文化使者，她得到了各种人的赞誉，这就是我们想要的圣雷默音乐节。"

在意大利，圣雷默音乐节是一年一度最重要的音乐演出盛会。索菲娅在普罗奇达岛的一座18世纪的宫殿里结束了一天的电影拍摄之后，就被无数个记者的电话轰炸了，这些记者都住在面对克里塞拉海湾的一个由原来的宪兵军营改造的旅馆里。索菲娅在做了一大堆否定的回答之后，决定让她妹妹玛丽娅发表一个公开声明澄清事实。

直到2000年12月27日的采访中才没有再谈论圣雷默音乐节的话题，在这次采访里，索菲娅·罗兰却谈起了一部将要由那个在电影《奥罗拉》里的小男孩来执导的电影，他现在已经成了导演，而且凭借一部中篇电影受到威尼斯电影节的邀请。"我的儿子埃德阿多写了一部很棒的电影剧本，里面为我量身定做了一个很精彩的角色。我简直是迫不及待想要拍摄这部电影。对我来说，这将是一次难忘的经历。"小卡洛正相反，他以一种怀疑的态度审视着这个为电影而变得狂热的家庭。索菲娅有一天对记者说道："音乐同样也是我们家的人具有的天赋。"女演员想起了她的母亲罗米尔达——她很会弹钢琴，还有她的妹妹玛丽娅——有一副好嗓子。而且，索菲娅的歌声也很动听。由迪诺·利斯执导的电视版《烽火母女泪》的片头字幕之所以让人过目难忘，是因为背景音乐是由索菲娅演唱的由维尔德和特洛瓦若利共同创作的歌曲《但是，天啊，他到底在哪里？》。最近这几年，索菲娅在继续她的电影表演的同时，也从没有忽视唱歌，出了一张又一张唱片：1995年出了一张她演唱的歌曲的精选合辑；1998年，她和约翰·巴里合作出版了《索菲娅·罗兰在罗马》专辑；1999年，出版了专辑《动物园》。

电影《南兹阿塔和弗朗西斯卡》的拍摄工作在2000年12月结束。这是索菲娅·罗兰第三次与丽娜·韦穆勒精诚合作。还要在这个合作名单中加上一部中途停止的电影《衣锦还乡》。到现在，女演员和导演丽娜·韦穆勒之间建立起了在很久以前女演员和德·西卡之间建立起来的那种关系。"我们相互都很欣赏，我们能立刻明白对方的意图，"女演员说，"丽娜·韦穆勒是一个外表看起来很强硬的女性，非常自信而坚强，但在面对情感的时候又很脆弱。我很喜欢她和女儿，丈夫组成的这样的家庭关系，很美妙，而又充满了爱。"

在这部电影里，索菲娅·罗兰"为了演出需要"，将头发染成了灰色，饰演弗朗西斯卡，一位温柔慈爱的母亲。南兹阿塔的角色由克罗蒂亚·杰里尼担任，他是拉乌尔·保娃的爱人。摄影师是索菲娅最喜欢的阿尔菲奥·康迪尼。和索菲娅演对手戏的是吉安·卡洛吉安尼尼（丽娜·韦穆勒喜欢的另外一位演员）。他们在电影《血染西西里》里曾经搭档过。"在这个故事里，我们之间要演绎一段微妙的爱情，我相信这种很艰难的关系在电影里已经被很好地诠释了。"弗朗西斯卡是一位19世纪的女性，她出身卑微，但在自己的生活中创造了奇迹，就如同索菲娅自己一样。"这是一个慈爱而大胆的女性；她要面对千难万险，但是在爱情面前，她又无比脆弱。"丽娜·韦穆勒把《南兹阿塔和弗朗西斯卡》拍摄得如同一个传奇故事，故事发生的时间大约在18世纪到19世纪之间，在农业文明和已经萌芽的现代文明之间游走。弗朗西斯卡是一家馅饼厂的厂长。她嫁给了一个游手好闲、一文不名的贵族子弟，最终她的丈夫使她的工厂破了产。但是，她又挽起袖子，在她收养的热心活泼的孤女的帮助下，她最后成为一个成功的商人。在家庭里对烹饪的热爱最终成了一门生意。这一次，丽娜·韦穆勒又将索菲娅自己的某些故事加入到了电影中来……不管怎么样，当索菲娅一讲到意大利时都会两眼放光："意大利真的很了不起，可以在任何环境中站立起来。我们现在的安定生活也许只是表面的，但这就能让我们继续活下去了。"在等待新的拍摄计划的时候，索菲娅已经迫不及待想要当奶奶了。她的两个儿子埃德阿多和卡洛常常都会被她教导。"我想要很多孙子、孙女，"她向记者西尔瓦娜·贾科碧尼坦言，她的这次采访被刊登在2000年12月27日的《谁》周刊上，"在我看来，这就是我热烈而持久的母爱的总结。"索菲娅，祝你好运！

附录

参演电影目录

海上心（1950）   暴君焚城录（1950/1951）

卖艺春秋（1950）   许愿（1950）

恶丈夫的六个妻子（1950）   托托泰山（1950）

回到班奇市（1950）   米兰大富翁（1950）

麻风病人（1951）   奇妙的夜（1951）

欲海慈航（1951）   佐罗的梦（1951）

胆小的魔术师（1951）   调音师来了（1952）

贩卖白奴（1952）   宠妃（1952）

海底的非洲（1952）   阿依达（1953）

一个了不起的女孩（1953）   勇敢的人的星期天（1953）

轻罪法庭的乐趣（1953/1954） 追求爱情的人（1953/1954）

和埃及艳后的两夜（1954）   这些流浪汉（1953）

人生的几步（1953）   悲惨与高贵（1954）

神奇的旋转木马（1954）   追求爱情的人（1954）

征服者（1954）   那不勒斯的黄金（1954）

好可怜，这个骗子（1954）   维纳斯的暗示（1955）

河娘泪（1955）   风车上（1955）

面包、爱情和其他……（1955） 游击女郎（1955）

气壮山河（1956）   爱琴海夺宝记（1956）

宝城艳姬（1957）   榆树下的欲望（1957）

船屋（1957）　　　　　　　　云雨夜未央（1958）

黑兰花（1958）　　　　　　　那种女人（1959）

豪侠艳姬（1959）　　　　　　碧港艳遇（1959）

宫廷丑闻（1959）　　　　　　百万富婆（1960/1961）

烽火母女泪（1960）　　　　　万世英雄（1961）

圣吉里夫人（1961）　　　　　三艳嬉春（1962）

黑夜五哩行（1962）　　　　　万劫余生情海恨（1962）

昨天，今天和明天（1963）　　罗马帝国的覆灭（1964）

意大利式婚礼（1964）　　　　爆破死亡谷（1965）

兰黛夫人（1965）　　　　　　血肉长城（1965）

谍海密码战（1965）　　　　　香港女伯爵（1966）

灰姑娘的故事（1967）　　　　意大利的方式（1967）

向日葵（1970）　　　　　　　教士之妻（1970）

肉肠缘（1971）　　　　　　　一份好差事（1972）

梦幻骑士（1972）　　　　　　旅行（1973）

判决（1974）　　　　　　　　强盗配佳人（1975）

卡桑德拉大桥（1976）　　　　安吉拉（1977）

特别的一天（1977）　　　　　血染西西里（1978）

目标大作战（1978）　　　　　火力（1979）

奥罗拉（1984）　　　　　　　成衣（1994）

斗气老顽童（1995）　　　　　阳光（1997）

参演的电视电影目录

短暂的相聚（1974）　　　　　　索菲娅：她自己的故事（1980）

勇敢的母亲（1987）　　　　　　幸运的朝圣者（1988）

烽火母女泪（1989）　　　　　　星期六、星期天和星期一（1990）

南兹阿塔和弗朗西斯卡（2000）

参演的图片小说目录

我不能爱你（《梦》1950年11月19日第47期到1951年4月21日第16期）

安拉的花园（《影视解析》1951年5月20日第20期到1951年10月14日第41期）

落难公主（《梦》1951年7月22日第29期到1951年12月16日第50期）

梦想的囚徒（《影视解析》1952年1月27日第4期到1952年7月6日第27期）

可爱的闯入者（《梦》1952年4月16日第14期到1952年8月17日第33期）

所获奖项

1956年	阿根廷布宜诺斯艾利斯电影节：《好可怜，这个骗子》获最佳女演员奖
1958年	日本电影节：《云雨夜未央》获最佳女演员奖
1958年	威尼斯国际电影节：《黑兰花》获最佳女演员奖
1958-1959年	意大利金像奖：《黑兰花》外语片最佳女演员奖
1960-1961年	意大利金像奖：《烽火母女泪》最佳女演员奖
1961年	戛纳国际电影节：《烽火母女泪》最佳女演员奖
1961年	意大利影评学会：《烽火母女泪》最佳女演员奖
1961年	好莱坞国际媒体金球奖：《烽火母女泪》最佳女演员奖
1961年	奥斯卡金像奖：《烽火母女泪》最佳女演员奖
1961年	纽约电影评论界奖：《烽火母女泪》最佳女演员奖
1963-1964年	意大利金像奖：《昨天，今天和明天》最佳女主角奖
1964-1965年	意大利金像奖：《意大利式婚礼》最佳女主角奖
1964年	好莱坞国际媒体金球奖：《意大利式婚礼》最佳女主角奖
1965年	莫斯科国际电影节：《意大利式婚礼》最佳女演员奖
1969-1970年	意大利金像奖：《向日葵》最佳女主角奖
1973-1974年	意大利金像奖：《旅行》最佳女主角奖
1974年	西班牙圣塞巴斯蒂安国际电影节：《旅行》最佳女主角奖
1977-1978年	意大利金像奖：《特别的一天》最佳女主角奖
1978年	意大利影评学会：《特别的一天》最佳女演员奖
1991年	奥斯卡终身成就奖
1991年	恺撒终身成就奖
1998年	威尼斯国际电影节：终身成就金狮奖
1999年	意大利金像奖：终身成就奖

在索菲娅·罗兰的演艺生涯中，她还获得过的其他的奖项：

四次金球奖最佳女演员奖：分别在1964年、1965年、1969年、1977年；

一次塔加电影公司特别奖：在1984年，用以奖励她在从艺二十九年中成为获得意大利金像奖奖项最多的人；

一次柏林国际电影节终生成就金熊奖，1994年；

一次塞西尔·B.戴米尔(1995年)在美国颁发的金球奖；

一次美国ShoWest Convention的终身成就奖；

八次帮比流行奖（西德），1960年、1962年、1963年、1964年、1965年、1966年、1967年、1968年，还有一些很多国家颁发的荣誉奖（印度、芬兰、智利、英国、比利时等）；

她还凭借《意大利式婚礼》获得1965年奥斯卡和金球奖最佳女主角的提名，凭借《成衣》获得1994年金球奖最佳女配角的提名。

（京权）图字：01-2010-5720
图书在版编目（CIP）数据

索菲娅·罗兰画传/（意）马斯著；黄凌霞译. —北京：作家出版
社，2012.5
　ISBN 978-7-5063-6417-1

Ⅰ.①索… Ⅱ.①马…②黄… Ⅲ.①罗兰，S.—传记—画册
Ⅳ.①K835.465.78-64

中国版本图书馆CIP数据核字（2012）第096823号

Sophia Loren
Stefano Masi
Enrico Lancia
© Copyright GREMESE, 2001, E.G.E. s.r.l.-Rome

策划：猎文文化发展有限公司

索菲娅·罗兰画传

作者：（意）斯特凡诺·马斯
照片和研究资料：（意）恩里科·朗西亚
译者：黄凌霞
责任编辑：冯京丽　邢宝丹
装帧设计：视觉共振设计工作室
出版发行：作家出版社
社址：北京农展馆南里10号　　　邮编：100125
电话传真：86-10-65930756（出版发行部）
　　　　　86-10-65004079（总编室）
　　　　　86-10-65015116（邮购部）
E-mail：zuojia@zuojia.net.cn
http://www.haozuojia.com（作家在线）
印刷：北京汇林印务有限公司
成品尺寸：170×230
字数：300千
印张：21
版次：2012年5月第1版
印次：2012年5月第1次印刷
ISBN 978-7-5063-6417-1
定价：39.00元

作家版图书，版权所有，侵权必究。
作家版图书，印装错误可随时退换。